«Spannende Festtagslektüre.»
Hamburger Morgenpost

«Hier ist Schluss mit Friede, Freude und
Lametta. Stattdessen heißt es:
mörderisch gute Weihnachten!»
Börsenblatt

«Nichts ist schöner, als sich bei einer
Tasse Tee und dem Flackern der
Adventskerzen mal so richtig zu gruseln.»
Neues Deutschland

«Passender könnte ein Geschenk
an Heiligabend gar nicht sein.»
Münchner Merkur

«Langeweile zum Fest?
Mit diesem Buch sicher nicht!»
Lea

Jul-Morde

SKANDINAVISCHE
WEIHNACHTSKRIMIS

Herausgegeben von
Sibylle Klöcker

Rowohlt Taschenbuch Verlag

Veröffentlicht im Rowohlt Taschenbuch Verlag,
Reinbek bei Hamburg, November 2014
Copyright © 2013 by Rowohlt Verlag GmbH,
Reinbek bei Hamburg
Umschlaggestaltung any.way, Cathrin Günther,
nach einem Entwurf von Hafen Werbeagentur
Umschlagabbildung Woodhouse/shutterstock.com
Typografie Farnschläder & Mahlstedt, Hamburg
Satz aus der Adobe Jenson Pro
Druck und Bindung CPI books GmbH, Leck
Printed in Germany
ISBN 978 3 499 26731 4

MIX
Papier aus verantwor-
tungsvollen Quellen
FSC® C083411

Das für dieses Buch verwendete FSC®-zertifizierte Papier
Lux Cream **liefert Stora Enso, Finnland.**

Inhalt

ÅKE EDWARDSON

... dann steht Lucia vor der Tür

Aus dem Schwedischen von
Angelika Kutsch

E s war wieder Winter geworden, Weihnachten nahte. Vor drei Wochen war in Göteborg der erste Schnee gefallen. Doch er war schnell wieder geschmolzen, erst der zweite Schnee war liegengeblieben. Der zweite Schnee. Das klang wie ein Titel, vielleicht ein Filmtitel. Erik Winter überlegte, ob es einen Film gab, der so hieß. So einen Film sollte es geben, schön und friedlich, nett und fröhlich, mit Charakteren, die voller Güte waren. Solche Unterhaltung brauchen wir, dachte er. Von all dem anderen gibt es heute schon mehr als genug in Büchern, Filmen, Illustrierten, Theaterstücken, Erzählungen. Zu viel Gewalt. Ich mag keine Gewalt. Ich versuche sie zu vermeiden, versuche alles zu vermeiden, was nicht nett, hübsch und angenehm ist. Menschliche Güte, das ist es, was letztlich zählt. Vielleicht habe ich den falschen Job gewählt. Vielleicht war ich zu naiv. Vielleicht bin ich zynisch geworden.

Er hoffte, dass dies nicht der Fall war. Als er vor sechzehn Jahren zum jüngsten Kriminalkommissar Schwedens befördert wurde, hatte er sich geschworen, den Job in dem Moment aufzugeben, wenn er Anzeichen von Zynismus an sich entdeckte. Das war gleichzusetzen mit Selbstzerstörung, als Zyniker verlor man seine Empathie, seine Humanität. Seine Mitmenschlichkeit. Und wenn man einmal so geworden ist wie sie, wie die, die man verachtet, dachte er, dann hat man endgültig verloren.

Vielleicht waren das aber auch nur die Gedanken eines alten Mannes. Unwillkürlich musste er lächeln. Er war doch erst dreiundfünfzig, in der fortgeschrittenen medizinischen Welt von heute fast noch ein Jugendlicher. Trotzdem gab es beunruhigende Zeichen, seine Wahrnehmung von Zeit zum Beispiel: Die Jahreszeiten wechselten einander immer schneller ab. Plötzlich war es Frühling – Sommer-Herbst-Winter, wie jetzt, schon wieder Winter, da draußen der Schnee überm Fattighusån, Schnee deckte alles zu, ließ die Welt hübsch und unschuldig erscheinen.

Winter wandte sich vom Fenster ab und kehrte zurück an den Schreibtisch, setzte sich und nahm sich die Mordbibel vor, die den neuesten Fall zum Inhalt hatte. Im Stadtteil Frölunda war ein junger Mann in seiner Wohnung erschlagen worden. Es war irgendwann gestern am späten Abend passiert oder in den Stunden nach Mitternacht. Das Opfer war dreiundzwanzig, arbeitslos, ein Alkoholiker, der sich noch am Leben festklammerte, als es ihn schon längst aufgegeben hatte. Und nun hatte es ihn endgültig fallengelassen.

Die Ermittlungen waren bereits abgeschlossen, bevor sie überhaupt begonnen hatten. Ein anderer Alkoholiker, auch er dreiundzwanzig Jahre alt, hatte sich in der Wohnung befunden, als das Einsatzkommando hineingestürmt war. Ein Nachbar hatte Schreie gehört und den Notruf gewählt. Der Verdächtige hatte auf dem Fußboden gelegen, neben ihm ein blutiger Hammer, das Opfer auf der anderen Seite. Auf dem Hammer hatten sie Fingerabdrücke des Verdächtigen gefunden.

Klar wie Kloßbrühe, wie ein Zyniker es ausgedrückt hätte.

So sahen die meisten Morde aus. Spannender als in diesem Fall wurde es selten.

Jemand klopfte an die offene Tür. Winter schaute auf und begegnete dem Blick seines Kollegen Bertil Ringmar. Ringmar, Winters Mentor, war schon ein erfahrener Kriminalkommissar gewesen, als Winter noch auf die Polizeihochschule ging.

«Was meinst du?» Ringmar zeigte auf die Dokumente, die auf Winters Tisch lagen.

«Der Mord in Frölunda? Deprimierend leicht gelöst.»

«Auf jeden Fall deprimierend», sagte Ringmar. «Ich bin dort gewesen, wie du weißt.»

«Ja. Wie war es?»

Ringmar antwortete nicht.

«Fahr nach Hause und schlaf ein paar Stunden», sagte Winter.

«Bald. Gehst du zum Lucia-Umzug?»

«Na klar.»

«Sie kommt in einer halben Stunde.»

Die Lucia-Braut kommt. Eine der größten schwedischen Traditionen in der Woche vor Weihnachten: Lucia mit der Lichterkrone auf dem Kopf, gekleidet in die Farbe der Unschuld, Weiß, gefolgt von ihren Jungfern, und dann die Sternjungen mit ihren großen Spitzhüten; so ziehen sie herein, das Lucia-Lied singend. Nur einem Zyniker stiegen bei diesem Anblick keine Tränen in die Augen.

In allen schwedischen Firmen, Schulen, Kindertagesstätten, Gefängnissen, Polizeirevieren sah es an diesem Morgen gleich aus. Der Lucia-Zug bewegte sich durch die Räume, er brachte Licht in die Dunkelheit, brachte Güte, die das Böse verdrängte. Oder? So muss man es sehen, dachte Winter, während er neben Ringmar den Korridor entlangging, nur ein Zyniker konnte es anders sehen.

«Du hörst mir ja gar nicht zu, Erik. Ich hab grad gesagt, der Hammer-Kerl will nicht gestehen.»

«Entschuldige, Bertil. Ich habe über menschliche Güte nachgedacht.»

«Na, das tun wir doch alle gern. Jedenfalls behauptet er, er hat nichts getan.»

«Nie hat jemand etwas getan», sagte Winter. «Die Dinge geschehen, aber niemand hat etwas getan.»

«Ist das Beckett?»

«Nicht, soviel ich weiß.»

«Halders hat ihn heute Morgen lange verhört.»

«Der Junge steht wohl noch unter Schock», sagte Winter.

«Irgendwas ist seltsam an dem ganzen Mist», sagte Ringmar.

«Was ist daran seltsam?», fragte Winter.

«Ist mir noch nicht klar. Dann wäre es ja nicht seltsam, oder?»

«Hast du schlechte Laune, Bertil?»

«Nicht schlechter als sonst.»

«Ich werde jedenfalls noch mal hinfahren», sagte Winter. «Wenn in der Wohnung irgendwas nicht stimmt, fällt es mir hoffentlich auf.»

Jetzt standen sie im Lift auf dem Weg in den ersten Stock, wo gleich der Einzug der Lichterbraut stattfinden sollte. Winter betrachtete sein Gesicht im Spiegel. Es war nicht dasselbe Gesicht, das er zuletzt im Fahrstuhl gesehen hatte, dieses hatte tiefe Falten und Furchen. Es muss der falsche Lift sein, dachte er, der falsche Spiegel. Das bin gar nicht ich, dieses Gesicht gehört mir nicht.

Lucia und ihr Gefolge zogen durch das Polizeipräsidium, leise und stimmungsvoll, ein Kontrast zu dem Chaos, das hier an normalen Tagen herrschte, und das Lucia-Lied ertönte:

Schwer liegt die Finsternis auf unseren Gassen,
lang hat das Sonnenlicht uns schon verlassen.
Kerzenglanz strömt durchs Haus. Sie treibt das Dunkel aus:
Santa Lucia! Santa Lucia!

Winter hatte das Lied früh am Morgen schon einmal gesungen, in Elsas Klasse, als die Kinder langsam, mit frohem Blick und feierlichen Mienen, um ihre Plätze gewandert waren. Alle Mädchen waren Lucia gewesen, alle Jungen Sternjungen. Es hatte keine einfachen Jungfern gegeben. In diesem Land gibt es keine Untergebenen mehr, dachte er, wir sind weit gekommen mit unserer Gleichberechtigung. In Schweden sind wir alle entweder Lucia oder Sternjungen, zumindest in der Schule.

Hier war es noch anders. Lucia war die einzige Lichterbraut, die offizielle Lichterbraut der Stadt, vom Volk in der Lokalzeitung ausgewählt, ein hübsches Mädchen mit langen blonden Haaren unter der Lichterkrone, aber dahinter sollte man nun keine Diskriminierung vermuten, denn im letzten Jahr hatten sie eine schwarze Lucia gehabt.

Winter und Ringmar saßen an einem Tisch in der großen Cafeteria des Präsidiums. Sie tranken Kaffee und aßen die obligatorischen Safranwecken, die heute genauso heilig waren wie Lucias Kopf. Gerade schritt sie an ihnen vorbei. Winter lächelte. Lucia lächelte zurück, jedenfalls hatte es den Anschein. Sie war wirklich hübsch. Er dachte an die Kollegen in Stockholm, die vor einigen Jahren einen ganzen Lucia-Tag mit der Suche nach dem französischen Kultusminister, der auf Staatsbesuch war, verbracht hatten. Zuletzt war er am frühen Morgen auf einem Empfang mit Lucia im Stadthaus gesehen worden. Dann war er verschwunden. Die Sicherheitspolizei befürchtete eine Entführung. Schließlich wurde der Minister gefunden, spät am Abend, in zärtlicher Umarmung mit der Lucia beim Tanzen in einem Nachtclub im Stadtzentrum. Er war dem Lucia-Zug den ganzen Tag gefolgt, durch Schulen, Büros, Krankenhäuser, notdürftig maskiert als Sternenjunge. Es war Liebe auf den ersten Blick gewesen. Er hatte seinen Job behalten, soweit Winter informiert war, für so etwas hatte man in Frankreich Verständnis.

Winter dagegen verstand nicht alles, was er sah, als er in der Wohnung in der Mandolingatan in Västra Frölunda ankam. Sie lag im siebten von neun Stockwerken, er stand am Wohnzimmerfenster, das einen prachtvollen Blick über den westlichen Teil der Stadt bot. Man konnte sogar das Meer sehen. Es war ein schöner

Wintertag, blauer Himmel, weißer Schnee, der Norden in seinem feinsten Gewand.

Die Aussicht war allerdings das einzig Prachtvolle an diesem Ort.

Es gab nur wenige Möbel, und die sahen aus, als hätte man sie aus dem nächsten Abfallcontainer gefischt.

Er ging in die Küche. Der Kühlschrank enthielt zwei Dosen Bier und eine Gurke im letzten Stadium der Verwesung. Was kommt jenseits des letzten Stadiums?, dachte er, als er die Kühlschranktür schloss. Wie sieht das Jenseits für Gurken aus?

Wie sieht das Jenseits für Johnny Berg aus? Winter musterte die Konturen seiner Leiche, die die Spurensicherung aufgezeichnet hatte. Ist das Jenseits für Opfer schlimmer als für Mörder? Das Opfer hat keine Wahl. Unvollendet bis in alle Ewigkeit, dachte er. Vorausgesetzt, man glaubte an das ewige Leben der Seele.

Hoffmann hatte neben Berg gelegen, als die Polizei kam, bis auf weiteres außer Gefecht gesetzt von wer weiß was, die erste Schnellanalyse der Chemie in seinem Körper lag noch nicht vor. Irgendwas ist seltsam an dem ganzen Mist, hatte Ringmar gesagt. Aber nur dann, wenn Hoffmann bewusstlos war, als Berg den Hammer an den Schädel kriegte, dachte Winter. Dann hatten sie es mit einem Rätsel zu tun, oder mit einem Mysterium. Um was es sich handelte, würde er irgendwann erfahren. Ein Rätsel war einfacher, bei einem Rätsel konnte man immer irgendwelche Puzzleteile zusammenfügen. Ein Mysterium war interessanter, bot aber keine Puzzleteile. Beide Alternativen waren gleichermaßen deprimierend, doch nur für Außenstehende oder einen empathischen Kommissar, der alles *verstehen* wollte. Das Warum war immer die schwerste Frage. Es gab nur wenige Antworten, wenn es sie überhaupt gab. Viele scherten sich einen Dreck um das Warum, aber er wusste, dass der Grund zu allem, was ihm bei seinem Job begegnete, dorthin zurückführte, zu der Frage nach dem Warum.

Die Vergangenheit warf immer die längsten Schatten. Niemand entging ihnen.

Hoffmann hatte in einer ersten Vernehmung einen recht verwirrten Eindruck gemacht. Er hatte ausgesagt, dass er und Berg auf Lucia trinken wollten und er «ziemlich schnell voll» gewesen und erst wieder zu sich gekommen sei, als ein uniformierter Polizist ihn heftig schüttelte, «Scheiße, der hätte mir den Arm auskugeln können», wie er zu Halders gesagt hatte.

Hoffmann, das war Angelas Mädchenname. Seine Frau hatte nie einen Peter Hoffmann erwähnt, andererseits hatte er auch nie gefragt. Halders hatte nicht notiert, ob der Kerl einen deutschen Akzent hatte. Angela hatte auch keinen, obwohl sie ihre ersten Lebensjahre in Leipzig verbracht hatte, in der sogenannten DDR, bevor die Familie nach Westen geflüchtet war.

Es ist an der Zeit, mit Hoffmann zu reden, dachte Winter, ging in den Flur und öffnete die Wohnungstür.

Er begegnete dem Blick eines Mannes in einer anderen offenen Tür, auf der gegenüberliegenden Seite des Treppenhauses. Das war kein Zufall. Der Nachbar hatte dort auf ihn gewartet oder gelauscht. Ein Neugieriger. Nichts Ungewöhnliches, die blau-weißen Absperrbänder vor dem Tatort waren ja nicht gerade zu übersehen. Winter wusste nicht, ob die Kollegen ihn schon vernommen hatten. Der Mann wollte gerade seine Wohnungstür schließen.

«Warten Sie», sagte Winter.

Der Nachbar wartete an der halboffenen Tür. Winter ging zu ihm, zeigte seinen Dienstausweis, der Nachbar nickte. Er war älter, vielleicht um die siebzig oder fünfundsechzig, das war schwer zu sagen. Es hing davon ab, wie gesund oder ungesund jemand lebte, vielleicht war er auch erst fünfunddreißig oder hundertzehn.

«Was ist hier eigentlich passiert?», fragte er.

«Waren Sie heute Nacht zu Hause?», fragte Winter.

«Ja.»

«Leben noch mehr Personen in Ihrer Wohnung?»

«Ich lebe allein», sagte der Mann, der Gustafsson hieß, wie Winter vom Türschild abgelesen hatte. «Aber gestern war meine Schwester zu Besuch hier. Sie ist über Nacht geblieben.»

«Können Sie mir bitte den Namen Ihrer Schwester geben?»

«Selbstverständlich, Sigrid Karlström. Sie war mit Karlström verheiratet, ist aber Witwe.»

«Wo wohnt sie?»

«In Påvelund. Sie ist jetzt nach Hause gefahren. Sie stand unter Schock.»

«Hat die Polizei Sie schon vernommen?», fragte Winter.

«Warum sollten die mich vernehmen?», fragte Gustafsson zurück.

«Was denken Sie denn?»

«Okay, okay, ich verstehe. Ich habe mich ein wenig mit einem Ihrer … Kollegen unterhalten, heute Nacht, als ich angerufen hatte.»

«Warum haben Sie angerufen?»

«Das Lied», sagte Gustafsson. «Nach elf haben die angefangen, das Lucia-Lied zu grölen, und als sie um Mitternacht immer noch nicht still waren, hab ich die Polizei angerufen. Mein Schlafzimmer grenzt direkt an das Zimmer, in dem sie gefeiert haben. Meine Schwester hat es auch gehört.»

«Aber die Polizei ist nicht gekommen», sagte Winter.

«Wollen Sie mich auf den Arm nehmen? Ich weiß doch, dass die … dass niemand von euch kommen würde. Aber ich wollte das irgendwie trotzdem loswerden. Vielleicht kommen sie dann das nächste Mal, hab ich gedacht.»

«Was ist danach passiert?»

«Sie haben aufgehört zu singen. Waren wohl zu besoffen. Ich bin eingeschlafen und wurde wach, als jemand nebenan aufschrie.»

«Aufschrie?»

«Ja, es klang wie ein Schrei oder ein Ruf. Und dann hörte es sich an, als würden sie sich prügeln, ich weiß nicht. Es klang unheimlich. Meine Schwester hat es auch gehört. Irgendwas passierte nebenan, und da habe ich die Polizei gerufen … tja, und da seid ihr dann tatsächlich gekommen.»

«Haben Sie jemanden gesehen?», fragte Winter.

«Wen gesehen?»

«Haben Sie irgendjemanden kommen oder gehen sehen?»

«Ich glotz doch nicht dauernd durch den Spion», sagte Gustafsson. «Außerdem hab ich gar keinen Spion in der Tür.»

«Haben Sie an dem Abend jemanden gesehen?»

«Nein. Berg kenne ich, aber ich habe ihn nicht gesehen gestern Abend. Ich weiß nicht, wen er zu Besuch hatte. Wir haben schon versucht, Berg hier rauszukriegen, aber das ist unmöglich.»

«Wer ist wir?», fragte Winter.

«Was?»

«Wer außer Ihnen hat versucht, Berg loszuwerden?»

«Tja … bisher wohl nur ich.»

«Und jetzt ist er weg», sagte Winter.

«Ist er … tot?»

«Ja.»

«Herr im Himmel, so habe ich das doch nicht gewollt.»

«Ist Ihnen heute Nacht noch etwas anderes aufgefallen?», fragte Winter.

«Was sollte das sein?»

«Irgendetwas.»

«Wann?»

«Irgendwann.»

Gustafsson sah aus, als würde er nachdenken, aber vielleicht fühlte er sich auch nur verpflichtet, den Anschein zu erwecken. Er sah sich um, schaute in seine Wohnung, als würde dort die Antwort liegen. Dann drehte er sich wieder zu Winter um.

«Da ist etwas …», begann er, unterbrach sich jedoch.

«Ja?»

«Heute Nacht … nach Mitternacht … als es endlich ruhig war

und ich schlafen ging, habe ich noch einen Blick auf die Straße geworfen ... und da unten ging eine Lucia.»

«Auf der Mandolingatan?»

«Ja.»

«Woran konnten Sie erkennen, dass es eine Lucia war?»

«Die erkennt doch wohl jeder? Lichterkrone und langes weißes Kleid.»

«Brannten die Lichter?»

«Ich weiß es nicht. Sie ging unter einer Straßenlaterne, da habe ich sie gesehen. Meine Schwester hat schon geschlafen. Sie hat das Mädchen nicht gesehen.»

«Sind Sie sicher, dass es eine Sie war?»

«Was hätte es denn sonst sein sollen?»

«Die Zeiten ändern sich», sagte Winter.

«Was?»

«Vergessen Sie's.»

«Sie hatte lange blonde Haare. Ist doch klar, dass es ein Mädel war.»

«Was haben Sie getan?»

«Nichts. Was hätte ich tun sollen? Nach einigen Sekunden war sie verschwunden. Ich hab noch gedacht, die Lucia ist aber verflixt früh auf den Beinen.»

Winter vernahm Peter Hoffmann direkt nach dem Mittagessen. Es war immer noch Lucia-Tag. Der Verhörraum hatte nur ein Fenster zum Innenhof, das wenig Tageslicht hereinließ. In diesem Raum wurde niemand seines Lebens froh, es war der hässlichste Raum in ganz Schweden, entworfen, damit man sich dort nicht länger als unbedingt nötig aufhielt. Am besten sollte man so schnell wie möglich gestehen, um sodann in die gemütliche Zelle im Untersuchungsgefängnis zurückzukehren.

Winter hatte Hoffmanns Hintergrund überprüft. Sollte es einen Hinweis auf deutsche Herkunft geben, so war jedenfalls nichts darüber in seinem Lebenslauf zu finden. Am besten, er fragte einfach.

«Sind Sie Deutscher?»

«Was?»

Hoffmann war zusammengezuckt, als hätte Winter ihn mit einem Stock angetippt. Das war ein guter Start. Hoffmann hatte abwesend gewirkt, natürlich verkatert, aber auch verwirrt.

«Stammt Ihre Familie aus Deutschland?»

«Nicht dass ich wüsste.»

«Was haben Sie bei Johnny Berg gemacht?»

«Wir haben Lucia gefeiert, Bier und ein paar Schnäpse getrunken.»

«Lucia-Tag ist aber erst heute.»

«Wir wollten früh anfangen.»

«Ist sie gekommen?»

«Was?»

«Hat Lucia Sie besucht?»

«Soll das ein Witz sein?»

«Nein.»

«Warum sollte Lucia zu uns kommen? Wir kennen keine Lucia.»

«Kennen Sie kein Mädchen, das Lucia sein könnte?»

«Vielleicht, aber daran hab ich gestern nicht gedacht.»

«Woran haben Sie denn gedacht?»

«Was?»

«Woran haben Sie gedacht, als Sie Berg erschlagen haben?»

«Ich habe niemanden erschlagen!»

Hoffmann wurde klarer. In seinen Augen blitzte ein Licht auf.

«Ich war es nicht!», sagte er.

Winter schwieg, wartete, vielleicht darauf, dass das Licht in Hoffmanns Augen nochmals aufflammen würde – oder aber ganz erlöschen. In dem Fall wäre die Vernehmung beendet, und der Verdächtige hätte gestanden.

«Es ist egal, was Sie fragen oder sagen, aber ich habe es nicht getan», sagte Hoffmann. «Ich werde nichts gestehen, was ich nicht getan habe.»

«Was ist passiert?»

«Was?»

«Was ist an dem Abend passiert?»

«Es war wie immer ... Wir haben ein paar Bier gekippt und ein paar Schnäpse dazu. Johnny und ich haben mit den Drogen aufgehört ...»

Hoffmann wurde offenbar jetzt erst bewusst, dass Berg tot war. Die Trauer in seinem Gesicht wirkte echt.

«Also, bei mir sind dann die Lichter ausgegangen, kann mich nicht erinnern, wie oder wann. War total ausgeknockt. Und als ich wieder zu mir kam ... oder geweckt wurde ... na, Sie wissen ja, was inzwischen passiert war.»

«Hat sich noch eine andere Person in der Wohnung aufgehalten? Irgendwann an dem Abend?»

«Nein.»

Die Dunkelheit senkte sich über die Stadt, und Erik Winter war frustriert. Er wollte Hoffmann nicht glauben, aber da war etwas ... die Beteuerung seiner Unschuld hatte etwas Rührendes: ein Junge mit Problemen bekommt noch schlimmere Probleme, als er verdient hat.

Wenn nicht er, wer dann?

Lucia?

Das war eine fast komische Vorstellung. Aber der Zeuge in der Mandolingatan, Gustafsson, war kein Idiot. Eine weiß gekleidete Person war durch die Winternacht gegangen. Warum?

Hatte sie noch jemand gesehen?

Winter griff zum Telefonhörer und rief Polizeipräsident Bjerkner an, der sich nach dem zweiten Signal meldete.

«Hallo, Lars, ich brauche mehr Leute, wir müssen in Frölunda eine weiträumige Befragung durchführen.»

«Geht es um den Mord in der Mandolingatan? Ich dachte, der wäre aufgeklärt?»

«Der Verdächtige hat nicht gestanden.»

«Scheiße noch mal, Erik! Das muss er aber doch früher oder später.»

«Es gibt einen Zeugen, der hat ungefähr zu der Zeit, als der Mord passiert ist, jemanden gesehen», sagte Winter.

«Aha.»

«Es könnte ja noch mehr Zeugen geben.»

«Was hat der Zeuge gesehen?»

«Eine Lucia.»

«Hast du zu viel Glögg getrunken, Erik? Oder vielleicht der Zeuge?»

«Ich möchte das einfach überprüfen, Lars. Gib mir einige Leute von der Fahndung und ein paar Tage dazu. Ich habe mit dem neuen Staatsanwalt gesprochen, wir können den Verdächtigen noch mindestens drei Tage festhalten.»

«Du kriegst zwei Tage», sagte der Polizeipräsident. «Aber bevor du am Lucia-Tag eine bestimmte Lucia findest, taucht bestimmt eher die beschissene Stecknadel aus dem beschissenen Heuhaufen auf.»

Einen Vorteil hatten sie: Es war noch sehr früh am Lucia-Tag gewesen, nur wenige Lucias hatten schon zu dieser Stunde ihren Auftritt mit brennenden Lichtern im Haar. Die Dezembernacht war dunkel, und bis zur Morgendämmerung war es noch lang hin gewesen. Eigentlich waren nur der Weihnachtsmann in seiner Werkstatt und Alkoholiker um diese Zeit munter.

Wenn Hoffmann es nicht getan hatte, warum war er dann verschont worden? Es ging um Berg. Wenn Hoffmann die Wahrheit sagte, hatte es der Mörder auf Johnny Berg abgesehen. Warum? Schon wieder dieses verdammte Warum. Wer war Johnny Berg gewesen? Sie wussten noch nicht viel über ihn, außer dass er in

Tynnered aufgewachsen war, gleich neben der Autobahn, in einem überdimensionalen Wohnblock, ähnlich dem, in dem er seinem Tod begegnet war. Wenn Hoffmann die Wahrheit sagte, ging es hier nicht um eine Prügelei zwischen Betrunkenen, die mit dem Tod geendet hatte. Es war vorsätzlicher Mord, ein geplanter Mord. Mord ist immer Mord, aber ein geplanter Mord war laut Winters Mordbibel noch eine Stufe schlimmer, es war das nackte Böse.

Das Telefon auf seinem Schreibtisch schrillte und riss ihn aus seinen Gedanken. Himmel, wie er das Geräusch hasste. Nach diesem Gespräch würde er einfach den Stecker rausziehen. Sogar das grässliche Vibrieren des iPhones in seiner Brusttasche war angenehmer.

«Ja?»

«Bertil hier. Ich hab den Vermieter nach Gustafsson befragt, dem Nachbarn. Scheint ein ziemlich rechthaberischer Querulant zu sein.»

«Ach?»

«Oder ein Choleriker. Jedenfalls hat er sich ausführlich über die Mieter in der Nachbarwohnung beschwert. Über Berg, auch über die Leute, die vor ihm dort gewohnt haben, und die davor und die davor.»

«Womöglich hatte er einen Grund. Du hättest dich vielleicht auch beschwert, Bertil.»

«Ha, ha. Jedenfalls hat er sich besonders nachdrücklich über Berg beklagt. Gustafsson hat so gut wie jeden Tag bei der Wohnungsgesellschaft angerufen.»

«Und nun ist das Problem für immer erledigt», sagte Winter.

Sie war heute noch nicht draußen gewesen, der Kühlschrank war leer, und sie brauchte dringend eine Tasse Kaffee, oder besser noch sieben Tassen, aber sie traute sich nicht raus zum Einkaufen. Einkaufen, ha, sie hatte noch ganze fünfzehn Kronen, und die reichten gerade für einen Liter Milch. Sie könnte zum «Hof» gehen, aber sie wollte sich heute nicht draußen blickenlassen. Sie wollte sich überhaupt nicht mehr draußen zeigen.

Schon mehrere Male hatte sie den Telefonhörer in der Hand gehabt, um bei der Polizei anzurufen. Eigentlich hatte sie es schon heute Nacht tun wollen, als sie nach Hause kam, aber sie war nicht ganz nüchtern gewesen, die hätten sie vielleicht gar nicht ernst genommen oder, schlimmer noch, geglaubt, *sie* wäre die Täterin.

Herrgott, was sollte sie tun? Sie trat ans Fenster und schaute auf die Fagottgatan hinunter, aber da gab es nichts, was sie nicht schon gesehen hatte. Nach dem Sonnenschein heute Morgen war es ein grauer Tag geworden, eine graue Lucia. Sie drehte sich um, die Lichterkrone lag auf dem Fußboden, das weiße Kleid auf einem Stuhl. Der Stoff hatte graue Flecken, sie sahen aus wie der Tag vor dem Fenster. Sie war gefallen, als sie nach Hause gegangen, das letzte Stück sogar gerannt war. Jemand hatte sie verfolgt, da war sie ganz sicher. Wenn nun jemand sie gesehen hatte, als sie auf der Schwelle zu Johnnys Bude gestanden hatte oder als sie auf dem Weg dorthin war? Sie hatte ihn aus dem Haus kommen sehen, als sie unterwegs zu Johnny war. *Er* war das, muss es gewesen sein. Er muss sie gesehen haben.

Irgendwo hatte sie noch eine Flasche, versteckt für einen Notfall wie diesen, nicht, dass sie so etwas schon je erlebt hätte. Wenn sie nur die Flasche finden könnte, sie wusste nicht mehr, ob es sich um Schnaps oder Wein handelte, aber verdammt, was spielte das jetzt für eine Rolle.

Inzwischen war es draußen Abend geworden. Bald war es Nacht.

Bertil Ringmar besuchte Witwe Sigrid Karlström in ihrer ordentlichen kleinen Wohnung. Aus ihrem Wohnzimmerfenster konnte er Hinsholmskilen sehen, das Meer war noch nicht von einer Eishaut überzogen. In seiner Jugend war er auf Schlittschuhen ganz bis nach Stora Amundön gelaufen. Diese Touren fehlten ihm. Warum hatte er damit aufgehört? Er war schließlich noch nicht lahm.

Sigrid Karlström war auch nicht lahm. Dafür war sie stocktaub. Sie konnte jedoch bestätigen, dass sie bei ihrem Bruder übernachtet hatte. Warum? Manchmal fühlte sie sich einsam. Wie war das mit den Nachbarn?, fragte Ringmar. Sie hatte keine Nachbarn gehört. Gustafsson hatte ausgesagt, dass sie den Krach in der Nachbarwohnung ebenfalls gehört habe. Das war unmöglich. Er schien bei der Vernehmung nervös gewesen zu sein. Aus welchem Grund?

Der Morgen war klar und kalt. Winter fuhr mit dem Fahrrad zum Präsidium, ein Fehler. In Höhe von Heden fing er an zu husten, die Luft war zu kalt für einen empfindlichen Kommissar in seinen besten Jahren. Aber es war gut fürs Gehirn, er fühlte sich ganz klar im Kopf. Als er in seinem Büro ankam, rief er, ohne seinen Mantel auszuziehen, Ringmar an.

«Zeit, dass wir uns Bergs Bekannte vorknöpfen», sagte er.

«Willst du Hoffmann heute Morgen vernehmen?»

«Damit warte ich noch ein bisschen. Ich will sofort nach Frölunda.»

«Hast du ein besonderes Ziel?»

«Ja, ich will zum ‹Hof›.»

Winter war schon früher dort gewesen. Es war eine Mischung aus Suppenküche, Wärmestube und Sozialtreffpunkt, ehrenamtlich betrieben, geöffnet für alle Einwohner des Stadtteils, die Probleme hatten.

Das ist unsere Zukunft, dachte Winter, als er über die Umgehungsstraße in Richtung Westen fuhr. Bald ist nichts mehr übrig vom Wohlstand für alle in einer Gesellschaft, die den Wohlstand erfunden hat. Es wird wie in den USA, wenn jemand gerettet werden sollte, dann von Ehrenamtlichen, nicht vom Staat. Wir fahren durch die Ruinen dessen, was einmal war, obwohl rundum auf Teufel komm raus gebaut wird. Ist das ein zynischer Gedanke? Nicht unbedingt, man könnte es ebenso gut Empathie nennen.

Winter parkte vor dem «Hof», der in der Marconigatan lag.

Drinnen tranken ein paar arme Seelen mit zitternden Händen die erste Tasse Kaffee des Morgens, bald würde das Zittern nachlassen. Aus einem anderen Raum hörte Winter jemanden lachen, das klang gut. Im Café war es kühl, es roch nach Einsamkeit und Armut.

Sie wurden von dem Leiter der Einrichtung empfangen, Mike Bike hieß er, ein Amerikaner, der seit dem Vietnamkrieg auf der Flucht vor seinem eigenen Land war.

Sie sprachen über Johnny Berg.

Freunde?

«Ich weiß nicht, was man Freunde nennen kann», antwortete Bike.

«Alles, was man auch nur annähernd mit Freundschaft in Verbindung bringen kann», sagte Winter. «Peter Hoffmann kennen wir schon.»

«Den hab ich schon seit ein paar Tagen nicht mehr gesehen», sagte Bike.

«Er ist im Augenblick bei uns», sagte Winter.

«Aha. Aber Sie glauben doch nicht, dass Hoffmann das war? Der schläft immer ein, bevor er nicht mehr klar denken kann. Das sagen alle aus der Clique hier.»

«Gibt es noch jemanden aus der Clique, den Sie seit ein paar Tagen nicht mehr gesehen haben?», fragte Winter.

«Die Leute kommen und gehen», antwortete Bike.

«Ist eine bestimmte Person seit ein paar Tagen nicht mehr aufgetaucht?»

«Sie meinen Stammgäste?»

«Ja.»

«Annika vielleicht. Sie ist in den letzten Wochen sonst jeden Tag gekommen, glaub ich, aber gestern oder heute hab ich sie nicht gesehen. Annika Helmer. Man kann wohl sagen, dass sie und Berg befreundet sind. Eigentlich ein hübsches Mädchen.»

«Eigentlich?»

«Na ja, Sie verstehen …»

«Wo wohnt sie?»

«Ich glaube, in der Fagottgatan. Nicht weit von Johnnys Bude.»

Winter sah sich um. Einige Gäste waren gegangen, andere waren gekommen. Die Sonne schien durch die großen Fenster, als ob sie auch etwas dazu beitragen wollte, damit diese Menschen an das Leben glaubten. Eine Frau saß einsam an einem Tisch und hustete leise. Sie begegnete Winters Blick, schaute weg, hustete wieder. Von irgendwoher hörte Winter Musik. Wo es Musik gab, gab es Hoffnung.

«Bitte geben Sie uns Bescheid, wenn Sie jemanden sehen, den Sie nicht kennen», sagte Winter.

Annika Helmer öffnete nicht. Winter und Ringmar schauten sich an. Winter klingelte noch einmal, wartete.

«Schließlich ermitteln wir in einem Mordfall», sagte er und holte den Dietrich aus der Tasche. «Es könnte ja jemand in Gefahr sein.»

Drinnen herrschte keine Gefahr, jedenfalls nicht soweit sie überblicken konnten. Annika war nicht zu Hause. Ringmar guckte unter das Bett. Winter ging ins Badezimmer. Die Wohnung war ordentlich aufgeräumt, nirgends lag Kleidung herum. Er dachte an Angela, ihre Strümpfe im Flur, zum Trocknen aufgehängte Unterhosen, Blusen auf den Sesseln … er selbst war da ganz anders.

«Wollen wir einen Zettel auf dem Küchentisch hinterlassen?», fragte Ringmar.

«Ha, ha.»

«Sie kommt wieder», sagte Ringmar.

Winter antwortete nicht.

Peter Hoffmann antwortete auf die Frage: «Ja, der Alte ist irgendwie krank im Kopf.»

«Sind sie ihm mal begegnet?»

«Einmal hat er die Tür geöffnet und mich wütend angestarrt.»

«Was hat Johnny erzählt?»

«Ihm tat der Kerl leid. Mir tut Stig Gustafsson leid, hat er gesagt.»

«Das war großmütig.»

«Ich würde auch wahnsinnig werden, wenn ich mich zum Nachbarn hätte, hat er gesagt.»

«Wie einsichtsvoll», sagte Winter.

«Vielleicht hat *er* es ja getan», sagte Hoffmann.

«Nein, Sie waren es», sagte Winter.

«Hören Sie auf.»

«War Annika in der Nacht bei Ihnen?»

«Annika. Was soll mit Annika sein? Was wissen Sie von Annika?»

«War sie in der Nacht zu Lucia in der Wohnung?»

«Nicht soweit ich mich erinnern kann. Ich war weggetreten, das wissen Sie doch.»

«Sollte sie Ihre Lucia sein?»

«Ich weiß nicht. Vielleicht eine Idee von Johnny. Das hätte Johnnyboy ähnlichgesehen.»

Am Abend rief Winter Annika Helmers Handy an. Sie hatte keinen Festnetzanschluss. Niemand meldete sich. Er fuhr zur Fagottgatan, schaute an der Hausfassade hoch. In ihrer Wohnung brannte kein Licht.

Er parkte vor dem Haus in der Mandolingatan.

Im Lift zu Gustafsson hinauf vermied er es, sein Gesicht im Spiegel zu mustern. Er versuchte, das Graffito an den Wänden zu deuten. Es handelte sich nicht um fröhliche Grußworte. Die Liftwände und auch die Hausfassaden des Viertels brüllten geradezu vor Wut, Verzweiflung, Hass. Sie schrien ihre Sehnsucht nach einem anderen Ort hinaus. Sie schrien nach Gerechtigkeit.

Bei Gustafsson öffnete niemand auf sein Klingeln. Die Absperrbänder vor der Wohnungstür gegenüber bewegten sich sacht, als wäre ihm ein Windhauch von draußen gefolgt.

Er legte die Hand auf die Türklinke. Die Tür war nicht abgeschlossen. Er schob sie langsam auf und zog die Sig Sauer aus dem Holster, trat über die Schwelle. Jetzt stand er im Flur. Die Wohnung war dunkel.

«Gustafsson?»

Er bekam keine Antwort, ging weiter, passierte die Küche linker Hand, hielt die Waffe bereit, ging weiter durch den Flur, auf das Schlafzimmer zu, sah das Bett, eine Silhouette auf dem Bett, getaucht in Silberlicht, das durch die Jalousien fiel. Die Silhouette rührte sich nicht.

«Gustafsson?»

Winter bekam keine Antwort.

Er drehte sich nach der Wand neben der Tür um, fand den Lichtschalter.

Das Zimmer wurde von einem gelben, hässlichen Licht erfüllt.

Stig Gustafsson lag auf dem Bett, vollkommen bekleidet, vollkommen tot. Seine Augen starrten Winter blind an. Am Hals hatte er eine abscheuliche Wunde.

«Dann können wir Gustafsson von der Liste der Verdächtigen streichen», sagte Ringmar.

Sie standen in Gustafssons Wohnung, umgeben von den Kollegen der Spurensicherung. Eineinhalb Stunden waren vergangen, seit Winter die Leiche entdeckt hatte. Gustafsson war schon seit vielen Stunden tot.

«Hat er überhaupt auf der Liste gestanden?», fragte Winter.

«Auf meiner ja», sagte Ringmar.

«Hoffmann können wir auch streichen», sagte Winter.

«Zumindest in diesem Fall.»

«Nein, in beiden Fällen.»

«Bist du sicher?»

«Ja.»

«Warum Gustafsson?», fragte Ringmar.

«Irgendwie ist er in die Sache verwickelt», antwortete Winter.

«War er vielleicht ein Zeuge? Und der Mörder wusste das und wagte nicht, ihn am Leben zu lassen?»

«Nein», sagte Winter. «Das ist zu einfach.»

«Genau, warum es sich einfach machen, wenn es auch kompliziert geht?»

«Gustafsson hat damit zu tun», sagte Winter. «Die Frage ist nur, wen wir jetzt fragen sollen.»

«Diese Frau», sagte Ringmar. «Annika Helmer.»

Winters Handy brummte. Die Nummer auf dem Display kannte er nicht. Er warf einen Blick auf seine Armbanduhr. Halb elf.

«Ja?»

«Hier ist Mike Bike, vom ‹Hof›.»

«Hallo, Bike. Worum geht es?»

«Ja … Sie haben doch gesagt, ich soll darauf achten, ob hier jemand auftaucht, den ich nicht kenne. Ich hab heute Abend darüber nachgedacht … Entschuldigen Sie, dass ich so spät anrufe … Heute Nachmittag ist ein Typ hier gewesen, hat bloß einen Kaffee getrunken … der gehörte jedenfalls nicht hierher.»

«Wie meinen Sie das?»

«Er war nicht so einer, der Hilfe brauchte. So sah der nicht aus. Er schien nach jemandem zu suchen.»

«Hat er etwas gefragt?»

«Nein, nicht dass ich wüsste. Und ich hab ihn auch nichts gefragt. Der Typ war mir ziemlich suspekt, wenn ich das mal so sagen darf.»

«Wann war das?»

«Am späten Nachmittag, vielleicht gegen halb sechs.»

«Wieso glauben Sie, dass er jemanden gesucht hat?»

«Er hat sich umgesehen, ist durch die Räume gegangen. Das hat mich misstrauisch gemacht.»

Sie war auf dem Weg zum «Hof». Zu ihrem zweiten Zuhause, sozusagen. Herrgott, dachte sie, dass mein Leben einmal so aussehen würde. Mein einziges Leben.

Sie hatte vor der Tür gestanden. Ein Mann hatte sie durch das linke große Fenster angesehen, er hatte allein in der gedämpften Beleuchtung dadrinnen gesessen. Sie kannte ihn nicht. Sein Blick gefiel ihr nicht. Er machte ihr Angst, als ob er ihr mit seinem Blick schaden könnte. Es war nach sechs gewesen und schon seit Stunden dunkel, sie fror.

Der Mann blieb sitzen. Sie ging nicht hinein, kehrte um, steuerte das Einkaufscenter an, um sich dort aufzuwärmen, sie wollte nicht nach Hause, wollte niemanden treffen.

Als sie sich umdrehte, entdeckte sie ihn. Und sie sah, dass er wusste, dass sie ihn sah. Er folgte ihr. Sie war ganz sicher. Sie wusste, dass er es war, er musste es sein.

Sie hatte lange in der indischen Spelunke gesessen und ein Bier getrunken, nur eins.

Um sie herum hatte die Clique geschnattert.

«Annika. Annika! Mensch, bist du still heute!»

«Komm schon, Annika!»

Stunden waren vergangen. Sie war geblieben, bis das Sicherheitspersonal die Letzten rauswarf, Leute wie sie. Leute wie wir, dachte sie.

Sie ging nach Hause. Auf den Straßen waren immer noch Passanten unterwegs, das nahm ihr ein wenig die Angst. Ihr war furchtbar kalt. Ich muss nach Hause, dachte sie, ich muss in die Wärme, es ist schon halb elf. Sie sah sich um, da war niemand. Wenn sie nur erst zu Hause wäre, dann wäre sie in Sicherheit.

«Wir fahren zur Fagottgatan», sagte Winter und steckte das Smartphone wieder in die Brusttasche. «Ich fürchte, jetzt kommt es auf jede Minute an.»

Sie hätten zu Fuß gehen können, aber mit Winters Mercedes ging es schneller, quer über die Rasenflächen, die Spielplätze.

Er sah Licht in Annikas Wohnung.

Der Fahrstuhl war kaputt.

Sie stürmten die Treppen hinauf. Winter spürte, dass es um Leben und Tod ging.

Gustafsson hatte jemanden beauftragt, Berg und Hoffmann einen gehörigen Schrecken einzujagen.

Es war entsetzlich schiefgegangen.

Berg war an dem Schlag gestorben. Hoffman war schon vom Schnaps außer Gefecht gesetzt, der Hammer-Mann brauchte ihn nicht anzurühren. Ausnahmsweise hatte der Schnaps ein Leben gerettet.

Annika war Zeugin, eine Lucia am falschen Ort zur falschen Zeit.

Und auch Gustafsson war zu einem gefährlichen Zeugen geworden. So musste es gewesen sein. Der arme Idiot hatte den Mörder anscheinend erpresst. Oder auch nicht. War jedenfalls verurteilt, als es schiefging. Wir werden fragen, dachte Winter. Er ist da oben. Jetzt ist nur noch Annika übrig. Nichts anderes spielt in diesem Moment eine Rolle.

Jetzt waren sie oben, Winter riss an der Türklinke, die Tür war nicht abgeschlossen, sie standen mit gezogenen Waffen im Flur, er hörte Ringmar heftig atmen, in Winters Ohren brauste es, als er durch den Flur lief, er sah sie schon im Wohnzimmer dort hinten, sie war nicht allein, Winter sah etwas aufblitzen, er schrie etwas, er sah das Blitzen des Messers, das der Kerl in der Hand hielt, oder war es ein Hammer, das war jetzt egal, er sah die Augen der Frau, sie war noch am Leben, und die Augen sahen ihn an, sahen Bertil an, sie sahen die Rettung, wir sind die Rettung, dachte er, er sah das widerliche Blitzen in der Hand des Mannes, hörte im Bruchteil einer Sekunde das Aufbrüllen von Bertils Sig Sauer, und der Mörder gefror wie zu Eis unter seinem Blick, erstarrte zu Stein. Winter hörte nichts, der Schuss hatte ihn taub gemacht, er sah, dass Annika etwas rief, konnte aber nichts hören. Und er dachte, wie gut, dass Bertil geschossen hat, er war froh, dass nicht er selbst es gewesen war.

JOHAN THEORIN

Die letzte Reise

Aus dem Schwedischen von
Kerstin Schöps

*I*n der Dunkelheit hört er seine Atemzüge, keuchend und stockend.

In der Erinnerung sucht er nach seinem Namen: Vasa Malmsten.

In seinem Inneren steigt eine unsägliche Übelkeit in ihm hoch. Sein Kopf vibriert noch von den harten Schlägen gegen Ohren und Stirn. Sein Blick ist verschwommen, die Nase gebrochen.

Vasa will sich übergeben, aber er spürt die Lederweste, die an seinen Schultern spannt, und erinnert sich daran, wie kostbar sie ist. Die Kutte muss sauber bleiben. Darum reißt er sich zusammen.

Wer hat ihn so zusammengeschlagen, bevor er ohnmächtig wurde? Das war er selbst gewesen. Sein Körper, fast hundert Kilo schwer, ist wie ein Gummiball zwischen dem Dach und den Seitentüren hin und her geflogen.

Vasa versucht, seinen Blick scharf zu stellen. Vor ihm ist eine gesprungene Windschutzscheibe. Ein verbogenes Lenkrad drückt ihm gegen die Brust, und seine Schultern werden gegen einen weichen Sitz gepresst.

Ein Auto. Er ist in einem Autowrack gefangen, das genauso lädiert ist wie er.

Es ist dunkel und kalt, der Motor läuft nicht.

Er ist nicht allein, neben ihm sitzt jemand auf dem Beifahrersitz. Ein lebloser Körper, der vornübergesunken im Sicherheitsgurt hängt.

Vasa streckt den Rücken durch, versucht, einen klaren Kopf zu bekommen.

In diesem Moment gerät der Wagen ins Schwanken. Das Blech knirscht.

Das Auto muss abgestürzt, aber noch nicht auf dem Boden aufgeschlagen sein, begreift Vasa. Es hängt mitten im Nichts und schaukelt in der Dunkelheit hin und her.

Er hält den Atem an und verkrampft sich – alles, was frei in der Luft hängt, muss früher oder später herunterfallen.

Aber nichts geschieht. Das Auto scheint sich an etwas festzuklammern.

Vasa atmet vorsichtig aus, er blinzelt. Was ist geschehen? Heute Morgen war noch alles in Ordnung, es war ein sonniger Tag, und er war mit seinem besten Kumpel unterwegs. Seinem einzigen Kumpel.

Vasa erinnert sich genau, wie Drake am Morgen aussah: stark und unerschütterlich. Pralle Muskeln, gerader, breiter Rücken, lange, geschmeidige Schritte. Drake bewegte sich wie ein Panther auf zwei Beinen, als sie den Parkplatz des Hotels überquerten. Vasa brauchte nur neben ihm zu gehen und spürte, wie diese unglaubliche Energie auf ihn überging.

Sie waren wie zwei Streitwagen, Vasa und Drake, unverwundbar. Als wären sie von einem unsichtbaren Schutzschild umgeben. Aus Panzerglas, ohne Riss, ohne Loch.

Vasa mochte dieses Gefühl. Bevor sie sich als Hangarounds bei den *Brüdern* kennenlernten, hatte er sich seinen eigenen Schutzpanzer gegen die Welt aufgebaut. Aber seit er mit Patrik Drake unterwegs war, wurde der Panzer immer dicker und stärker. Niemand konnte ein Loch hineinschlagen.

Vasa und Drake waren aus Stockholm nach Örebro gekommen und würden ein paar Tage in der Gegend bleiben. Eine kurze Geschäftsreise, wie immer. Sie fuhren einen anonymen Datsun, keine Motorräder. Ihre Kutten hatten sie dabei, aber die waren im Kofferraum verstaut.

Am Abend ihrer Anreise waren sie ein Steak essen gegangen und danach im Fitnessraum des Hotels Eisen fressen. Vasa hatte beim Bankdrücken hundertdreißig Kilo gestemmt. Drake hatte ihn beobachtet und gesagt, er würde mehr schaffen. Und das tat er auch, hundertfünfzig Kilo mit geschwollenen Adern. Daraufhin hängte sich Vasa das Doppelte auf die Beinpresse, um es ihm zu zeigen. Er grinste Drake an, und sie gaben sich ein High Five.

Gegen halb elf gingen sie zu Bett. Um sieben standen sie auf. Zeit zu arbeiten.

Viertel nach acht fuhr Drake vom Hotelparkplatz, Vasa saß auf dem Beifahrersitz. Er schielte zu Drake hinüber, aber sein Partner starrte stumm geradeaus auf die Straße.

So war Drake, verschlossen. Er ließ seine Blicke sprechen. Wenn er jemandem seinen Willen aufzwingen wollte, starrte er ihn einfach in Grund und Boden, bis er sein Ziel erreicht hatte. Dieses Talent hätte Vasa auch gern gehabt.

Vasa zieht die Nase hoch, es tut unglaublich weh. Warmes Blut läuft ihm die Kehle hinunter.
Er tastet nach dem Hebel und schaltet die Scheinwerfer ein. Doch nichts geschieht.
Er dreht den Kopf nach rechts; neben ihm sitzt ein Mann. Eine männliche Leiche mit einem zerrissenen, blutgetränkten Pullover.
Vasa erinnert sich wieder, er war dabei, als der Mann starb.
Dann dreht er den Kopf nach links und schaut aus dem Fenster. Tief unter ihm sieht er eine glitzernde Wasseroberfläche. Wie ein großer Brunnen.
Nein, es ist kein Brunnen. Direkt neben der Beifahrertür erhebt sich eine Steilwand, uneben und von glänzendem Eisenerz durchzogen.

Er befindet sich in einem stillgelegten Steinbruch, dessen Wände fast senkrecht in die Tiefe stürzen.

Jetzt erinnert Vasa sich wieder.

Der Steinbruch sollte alle ihre Probleme lösen.

Plötzlich geht ein schwaches Licht im Wageninneren an. Vasa sieht sich vorsichtig um, die Lichtquelle befindet sich im Fußraum unterm Steuer. Sein Handy liegt dort. Das Display leuchtet und taucht den Innenraum in einen weißen Schimmer.

Er streckt den Arm aus und greift nach dem Handy. Der Akku ist fast leer, das Batteriesymbol ist rot.

Er geht ran. «Hallo?»

Eine ruhige Stimme antwortet: «Du lebst also noch.»

Vasa schluckt Blut. Er kennt die Stimme.

Vasa erinnert sich an die Autofahrt mit Drake. Eine angenehme Geschäftsreise.

Am Anfang drehten sie ihre Runden durch Örebro. Vasa kannte die Stadt gut, seine Großmutter hatte dort gelebt, er selbst war in einem Ort nur etwa 50 Kilometer nördlich davon aufgewachsen. Als Kind hatte er in den Wäldern gespielt, zwischen den Felsen und stillgelegten Steinbrüchen. Und hatte sich die ganze Zeit gewünscht, weit weg zu sein.

Jetzt war alles anders. Er war erwachsen und von Panzerglas umgeben, und er hatte Drake.

Und Vasa fuhr nicht nach Hause, er kam nur zurück. Die Brüder hatten ihm dieses Gebiet zugeteilt, weil er sich hier auskannte.

Drake und er hatten den ganzen Vormittag Restaurants abgeklappert. Ihr Ziel waren die Kneipen und Pizzerien, sie suchten die Ängstlichen und Schutzlosen auf.

Vasa und Drake verkauften eine Art Schutz. Jeder Termin lief gleich ab: Sie betraten mit den Kutten bekleidet das Lokal und setzten sich hin. Wenn der Besitzer aus der Küche kam, sagten sie kein Wort, sondern starrten ihn nur an.

Vasa betrachtete Drakes Profil, unerschütterlich wie ein Fels. Der kahlgeschorene Schädel, sein muskulöser Körper, seine tätowierten Arme. *Vollkommen*, das war das richtige Wort für ihn. Drake war vollkommen.

Der Besitzer stand mit nervösem Blick an der Kasse hinterm Tresen, kam aber nach einer Weile zu ihnen. In der Hand hielt er einen Umschlag. Den legte er wortlos vor Vasa und Drake auf den Tisch, um sich danach so schnell wie möglich wieder zurückzuziehen.

Sie bedankten sich nicht, sondern standen einfach auf und gingen. Das war ihre Art, danke zu sagen.

«Ja, ich lebe», antwortet Vasa mit leiser Stimme. «Aber meine Nase ist gebrochen.»

«Das kann man hören, Kumpel», sagt Drake. «Du klingst verrotzt.»

Vasa drückt die Stirn gegen die Fensterscheibe und versucht, die Kante des Steinbruchs auszumachen. Steht Drake da oben? Aber es ist alles dunkel. Darum fährt er fort: «Ich … hab keinen blassen Schimmer, was passiert ist.»

«Du bist am Lenkrad hängengeblieben. Kannst du dich nicht erinnern?»

Vasa schweigt, er erinnert sich nicht.

«Und dann bist du mit dem Wagen über die Kante gestürzt», sagt Drake. «Aber du hattest verdammtes Glück, die Karre ist an dem Felsvorsprung hängengeblieben. Die rechte Seite hat sich da verhakt, und das Heck hängt links auf einer Kiefer drauf.»

Vasa hört schweigend zu. Dann dreht er den Kopf nach hinten und sieht die Kiefernzweige, die gegen die Heckscheibe drücken. Der Baum wächst aus dem Felsen heraus, seine Wurzeln klammern sich in den Spalten fest. Wie stark sind solche Wurzeln eigentlich? Vorsichtig bewegt er sich auf seinem Sitz, bloß keine ruckartigen Bewegungen machen, die den Wagen erschüttern.

Ganz langsam lehnt er sich über die Leiche auf dem Beifahrersitz, legt seine Wange an die Fensterscheibe und sieht nach oben. Die Wand des Steinbruchs geht zwar nicht senkrecht steil nach oben, aber sie ist glatt wie gegossener Zement. Er kann da unmöglich hinaufklettern.

Der Wagen ist eingeklemmt zwischen einem Baumstamm und einem Felsvorsprung – aber wie lange noch?

Er hebt das Handy wieder ans Ohr. «Drake? Sieht es stabil aus?»

«Geht so.»

Die acht Lokale an diesem Vormittag brachten zusammen einen Verdienst von fast fünfzigtausend Kronen ein. Das Geld verschwand im Futter von Drakes Kutte.

Nach den Restaurantbesuchen nahmen sie den Wagen und fuhren aus der Stadt raus, Richtung Närkeslätten. Zur Crystal-Küche.

Die lag auf einem einsamen Hof hinter einem Bretterzaun, ein paar Kilometer außerhalb der Stadt. Der Hof bestand aus einem heruntergekommenen Wohnhaus, einer rot gestrichenen Scheune mit schiefem Dach und einem kleinen Schuppen, der Küche, aus der es nach Ammoniak stank.

Der Koch kam ihnen entgegen und entblößte lächelnd eine Reihe brauner Zähne. Er führte sie ins Haus und reichte ihnen eine Blechkiste mit kleinen Plastiktüten. Gefüllt mit bräunlich weißen Kristallen – Crank.

Vasa öffnete eine der Tüten, um die Qualität zu prüfen. Ihm stieg sofort der ganz besondere Geruch in die Nase. Es roch nach Katzenpisse, fand er.

Als sie Kinder waren, hatten Vasa und seine Schwester eine weiße Katze gehabt. Vasa hatte sie geliebt, aber eines Tages wurde sie überfahren. Vielleicht hatte er deswegen Schwierigkeiten mit dem Geruch von Crank, aber er war ja auch kein Kunde. Die Kunden schienen den Geruch von Katzenpisse zu mögen.

Drake gab dem Koch ein paar Scheine und bekam dafür die ganze Blechkiste.

Was ist mit den Plastiktüten geschehen? Vasa erinnert sich, dass sie die gegen noch mehr Geldscheine eingetauscht hatten, die alle in Drakes Kutte verschwanden. Die trägt Drake jetzt, dort oben an der Kante vom Steinbruch.

Vasa sieht hinunter auf die Wasseroberfläche und muss an die Bergfrau denken. Als kleiner Junge hatte ihn sein Großvater, der Bergarbeiter, vor ihr gewarnt. Die Bergfrau war ein unterirdisches Wesen, das tief unten in den Stollen lebte und den Arbeitern nach dem Leben trachtete, indem sie die Stollen zum Einsturz brachte oder die Förderkörbe beschädigte.

Förderkorb, natürlich, er braucht einen Fahrstuhl. Vasa hebt das das Handy ans Ohr.

«Drake?»

«Ja?»

«Kannst du das Seil holen?»

«Was für ein Seil?»

«Das Abschleppseil aus unserem Auto ... Damit kannst du mich hochziehen.»

Es bleibt still in der Leitung, als würde Drake abwarten. Als gäbe es überhaupt keinen Grund zur Eile.

Aber er muss Vasa doch helfen, aus dem Steinbruch herauszukommen. Sie sind doch Brüder, Blutsbrüder. Drake und Vasa sind unzertrennlich, sie machen alles gemeinsam.

Nach dem Besuch in der Crystal-Küche war die Drecksarbeit an der Reihe: Der Stoff musste verticket werden. Sie nahmen die Hauptstraße und fuhren nach Norden. Hinauf in die Berge und die Wälder. Drake saß am Steuer, Vasa sagte, wo es langging – er kannte sich aus. Sie hatten die lange Fahrt durch die vielen kleinen Ortschaften der Region Bergslagen angetreten, deren Namen fast alle auf «-berg» oder «-hyttan» endeten. Ehemalige Bergbaustädte, deren Polizeiwachen vor langer Zeit dichtgemacht hatten. Perfekt.

Die meiste Zeit hatte Vasa das Telefon am Ohr und informierte die Kunden darüber, dass sie unterwegs waren und ausreichend Ware dabeihatten.

Die Erinnerung überwältigte Vasa, als er die Lichter der ersten Ortschaft sah. Er spürte die Verachtung für all jene, die hier hängengeblieben waren, im Niemandsland zwischen Fichten und kleinen Seen.

Es folgte der Neid, als er in die hell erleuchteten Fenster blickte. Warum saßen alle Kerle verheiratet und zufrieden in ihren Häusern und hatten ihr Leben im Griff, und nur er, Vasa, hatte das nicht geschafft?

Vasa hatte nur seinen durchtrainierten Körper vorzuweisen. Und seine Kutte. Und die langen Reisen mit Drake.

Als sie die erste Ortschaft erreicht hatten, parkten sie in einer Seitenstraße vom Marktplatz, der mit Kopfsteinen gepflastert war. Und kurz darauf kamen die Leute aus dem Schatten gekrochen. Drake kurbelte die Scheibe herunter, und die Tüten wurden gegen Scheine eingetauscht.

Die jüngeren Kunden kamen mit den energischen Schritten eines Zwischenhändlers, angelockt von dem Traum vom schnellen Geld als Dealer. Die älteren schlurften die Straße mit den langsamen Schritten eines Junkies hinunter, ohne Träume.

Junge und Alte – alle durften bei ihnen kaufen.

Aber es gab ein Problem: Viele ihrer Stammkunden tauchten nicht auf.

«Die haben sich schon eingedeckt», sagte ein abgemagerter Junkie.

«Bei wem haben die sich eingedeckt?», fragte Vasa.

«Freebird ist hier gewesen. Er hat verkauft … Nicht an mich, aber an andere.»

«Freebird?»

«Hm. Er hat gute Preise.» Der Magere zögerte. «Ich hab nix gekauft, aber er wird viel los … aber ich hab nix von ihm gekauft.»

Vasa öffnete den Mund, aber Drake schoss schnell wie eine Schlange dazwischen: «Du kaufst bei uns.»

Sie hatten ganz offensichtlich Konkurrenz bekommen. Sie fuhren danach in vier weitere Orte, und überall war Freebird schon vor ihnen da gewesen und hatte Geschäfte gemacht. Er hatte die Preise gedrückt und ihnen damit, im Marketing-Jargon gesprochen, ein wichtiges Kundensegment weggeschnappt.

Aber wer zum Teufel war dieser «Freebird»? Und was bildete der sich ein? Hatte er etwa vor, Vasas und Drakes Revier zu übernehmen?

Im fünften Ort bekamen sie einen Namen: Pinser. Freebird hieß Martin Pinser.

Drake tippte den Namen in sein Smartphone und fand einen Eintrag: ein Martin Jens Pinser wohnte in Örebro. Dazu gab es eine Adresse. Es war eine kleine Straße nur zwei Blocks vom Schloss entfernt. Sie fuhren hin.

Freebird war ein Idiot. Sie würden es ihm zeigen.

Vasa spürte das Panzerglas, das ihn umgab, ohne Riss, ohne Loch. Er schlug vor, ihn allein aufzusuchen. Falls es Ärger gab, könnte Drake immer noch dazukommen.

Aber es gab keinen Ärger. Eine dünne, stark geschminkte Ische öffnete die Tür. Sie sah Vasa mit dem Blick eines Hasen an, der von Autoscheinwerfern geblendet wird.

Er lächelte freundlich und fragte nach Martin.

Aber Martin war nicht zu Hause.

Vasa erzählte ihr, dass sie Kumpel seien. Ob Martin heute noch zurückkommen würde?

Wahrscheinlich würde er das, also gab Vasa ihr seine Handynummer.

Sie fuhren zurück zum Hotel, und gegen halb neun Uhr rief Martin Pinser an. «Freebird».

Drake nahm ab. Er redete mit gedämpfter Stimme, den Blick starr aus dem Fenster gerichtet. Danach nickte er Vasa zu.

Freebird hatte nichts gegen ein Treffen, auf neutralem Boden.

Das Display des Handys leuchtet jetzt immer schwächer, findet Vasa. Der Akku ist bald leer.

«Drake?»

Es ist kalt im Auto. Er ist schon ganz steif gefroren, will es aber nicht riskieren, sich die Arme um den Körper zu schlagen, um warm zu werden.

«Ja?»

«Wie sieht es aus? Hast du das Abschleppseil geholt?»

«Noch nicht.»

«Warum nicht?», fragt Vasa.

Einige Sekunden lang ist es ganz still.

Dann sagt Drake: «Ich will erst wissen, wo ich dich habe.»

Der Parkplatz befand sich in einem menschenleeren Gewerbegebiet in der Nähe von Vivalla. Eine einsame Straßenlaterne beleuchtete die Einfahrt, der Rest der Fläche lag im Dunkeln. Freebird hatte sich einen guten Ort als Treffpunkt ausgesucht.

Drake fuhr auf den Parkplatz und hielt weit entfernt von der Laterne. Er nickte zum Kofferraum.

Vasa verstand. Es war an der Zeit, die Kutten anzuziehen. Sie holten sie aus dem Kofferraum. In einem Holster in der Innenseite der Kutte steckte eine etwa zwanzig Zentimeter lange Waffe: ein Schlagring aus Aluminium mit einer Messerklinge aus Stahl, die an der einen Seite angebracht war. Solche Schlagringdolche waren in Schweden verboten, aber Drake und Vasa hatten beide einen. Und sie hatten lange trainiert, um die Waffe bei Bedarf schnell ziehen zu können.

Sie zogen ihre Kutten an und warteten.

Zweimal fuhr ein Wagen die Straße hinunter, und jedes Mal fühlte sich die Kutte plötzlich viel zu eng und zu warm an. Aber es war falscher Alarm.

Schließlich bog ein Auto auf den Parkplatz ein. Es war ein schwarzer Ford, und Drake nickte.

Sie stellten sich vor die Motorhaube und beobachteten Freebird, der seinen Wagen unter der Straßenlaterne parkte und dann ausstieg. Er war groß und blass, trug glänzende Stiefel und eine Lederjacke.

Freebird hob den Kopf und nickte ihnen zu. Auch er war offensichtlich von einer Hülle aus Panzerglas umgeben.

«Wir ziehen auf keinen Fall den Schwanz ein», sagte Drake leise. «Egal, was er tut, wir ziehen nicht den Schwanz ein.»

Freebird kam mit geschmeidigen Schritten auf sie zu. Er lächelte und zeigte seine Zähne, die im Gegensatz zu denen des Crystalkochs blendend weiß waren. Er wirkte vollkommen gelöst und angstfrei, und da begriff Vasa, dass auch Freebird einen Club im Rücken hatte. Auch er hatte Brüder.

Vasas Panzerglas erbebte. Er schielte zu seinem Partner, aber Drake zeigte keine Regung.

Freebird blieb fünf Meter vor ihnen stehen, Drake durchbohrte ihn mit seinem Blick.

«Was geht? Freebird, stimmt's?»

«Richtig.»

«Wir haben schon viel von dir gehört.»

«Aha.»

«Aber wir wollen nichts mehr von dir hören. Hast du verstanden?»

«Nee.» Freebird spuckte seinen Kautabak auf den Asphalt. «Ich verstehe nur so viel … Wenn ihr mir ein Haar krümmt, wird es für euch die Hölle auf Erden. Dann herrscht Krieg.»

Drake streckte sich und hob die Hände.

«Haar krümmen, warum sollten wir das denn tun?»

«Nee, genau.» Freebird grinste. «Wir müssen das Revier unter uns aufteilen.»

«Aufteilen?»

«Ich will den Norden. Ihr nehmt den Süden.»

Vasa trat einen Schritt auf ihn zu. «Ich glaube, du kapierst das nicht ganz ... Wir sind hier schon seit zwei Jahren. Wir haben ein richtiges Netz aufgebaut. Und zwar im gesamten Landkreis.»

«Da scheiß ich drauf.»

Drake schien über den Vorschlag nachzudenken. Schließlich nickte er. «Okay. Norden und Süden, wir teilen es auf.»

Freebird sah zufrieden aus, und Drake kam auf ihn zu. Er streckte ihm seine linke Hand entgegen, wie ein Friedensangebot.

Aber nur eine Sekunde später stieß er mit der rechten Hand zu. Drei Mal stieß er Freebird mit dem Schlagringdolch in die Brust.

Wie gelähmt sah Vasa zu. Drake steckte die Waffe zurück in seine Kutte und trat zwei Schritte zurück.

Auch Freebird starrte ihn fassungslos an, mit einem dämlich verdutzten Gesichtsausdruck. Er stolperte zur Seite. Dann senkte er den Kopf und hustete dunkelrotes Blut auf den Asphalt, wie ein Lungenkranker. Seine Knie gaben nach.

Drake blieb reglos stehen, Freebird brach vor seinen Füßen zusammen.

Vasa spürte den Boden unter seinen Füßen schwanken. Er hörte das Klirren von zerberstendem Panzerglas. Er sah, wie Drake den Körper auf dem Boden trat, aber der bewegte sich nicht mehr. Freebird war nur noch ein Haufen Fleisch.

Vasa betrachtete den Haufen und fragte sich, was zum Teufel als Nächstes passieren würde.

‹Wenn ihr mir ein Haar krümmt, gibt es Krieg›, hatte Freebird gesagt.

Drake zeigte noch immer keine Regung. Er war zu Freebirds Wagen gegangen und hatte laut gepfiffen.

Vasa stieg über Freebirds leblose Stiefel und sah ins Wagen-innere. Auf dem Rücksitz lag eine Tüte, aus der ein Gewehrkolben ragte. Daneben lagen ein paar schwarze Ruger-Pistolen und ein ganzer Stapel Armeemesser und Bajonette. Außerdem sahen sie Metallrohre, bei denen es sich um Rohrbomben handeln konnte.

Neben dem Sack stand eine kleine Holzkiste, und Vasa kannte ihren Inhalt, noch bevor Drake sie öffnete.

Handgranaten. Acht Stück, grün und eiförmig. Kein Wunder, dass Freebird so großspurig aufgetreten war. Er hatte ein ganzes Waffenlager dabeigehabt.

Aber das hatte ihm auch nicht geholfen.

Drake klappte die Kiste mit den Handgranaten wieder zu.

«Okay. Wir müssen ihn verschwinden lassen.»

Vasa nickte. Ganz genau, Freebird musste verschwinden. Als hätte es ihn nie gegeben. Aber …

«Seine Ische. Sie hat uns gesehen.»

«Sie hat *dich* gesehen», erwiderte Drake.

Vasa lief es eiskalt den Rücken herunter, als Drake ihn an-grinste.

«Ich mach doch bloß Spaß, verdammt.» Er zeigte auf den leblo-sen Körper. «Wir kümmern uns als Erstes um den da … Kennst du einen Ort, wo wir den loswerden können?»

Vasa schüttelte den Kopf, der fühlte sich total leer an. Er wollte nur noch nach Hause.

Als er aber an ‹zu Hause› dachte, dachte er diesmal gar nicht an Stockholm, sondern an Bergslagen – und auf einmal fiel ihm ein Ort ein, wo sie Freebird entsorgen konnten, ohne eine Spur zu hinterlassen. Wie vom Erdboden verschluckt. Und zwar nicht nur Freebird, sondern auch seine verdammte Karre.

«Ein alter Steinbruch», sagte er und zeigte Richtung Norden, wo sie tagsüber durch die Ortschaften gefahren waren.

«Was?»

«Wir fahren seinen Ford zu einem alten Steinbruch in Bergs-

lagen und stoßen ihn da runter. Der Steinbruch ist mit Grund-
wasser gefüllt, das Auto wird untergehen ... und er sitzt drin.»

Drake sah ihn an, und Vasa meinte, in seinem Blick so etwas
wie Bewunderung zu sehen.

«Findest du den Weg im Dunkeln?»

Vasa nickte. «Du nimmst unseren Wagen und fährst mir hinterher.»

«Wo du mich hast?», fragt Vasa. «Ich bin hier.»

«Das weiß ich doch», sagt Drake. «Aber was willst du?»

*Die Frage bringt Vasas Kopf fast zum Platzen, sie ist so hart und
kalt. Was will er von ihm?*

*Da erbebt das Autowrack. Die Karosse sackt ab, und Vasa schließt
die Augen, bereit für seine letzte Reise.*

*Doch es ist falscher Alarm – das Heck des Wagens ist nur ein paar
Zentimeter am Stamm des Baumes heruntergerutscht, bleibt aber
hängen.*

*Aber nicht mehr lange. Die Zeit läuft ab. Vasa umklammert das
Handy.*

«Ich will nach oben», sagt er. «Das ist alles, was ich will. Nach oben.»

*«Okay», sagt Drake. «Aber woher weiß ich, dass du das Maul hal-
ten wirst, he?»*

«Worüber denn?»

«Das Hotelzimmer.»

Vasa schweigt. Er weiß, was Drake meint.

*Das Hotelzimmer. Die anderen Brüder wissen nichts davon, aber
auf dieser Reise haben Drake und er sich ein Zimmer geteilt.*

Es war halb elf Uhr abends, und Vasa war wieder in Bergslagen; er
lenkte Martin «Freebird» Pinsers Auto durch eine alte Bergbau-
stadt. Neben ihm auf dem Beifahrersitz saß Freebird, vom Sicherheitsgurt festgehalten, den Kopf gegen die Fensterscheibe gelehnt.
Er sah aus, als würde er ein Nickerchen machen.

Drake fuhr mit dem Datsun hinterher. Vasa war froh, dass er mitgekommen war.

Die Straßen waren leer. Keines der Häuser war erleuchtet, vielleicht war der Ort auch vollkommen unbewohnt. Vasa ließ ihn schnell hinter sich.

Hinter der Ortsgrenze war die Straße nicht mehr asphaltiert, der Kiesweg führte in den Wald hinein, der aus dichtstehenden Fichten bestand. Hier begann die Wildnis. Keine Menschenseele, nur Wald und verlassene Steinbrüche. Unter anderen Umständen hätte sich Vasa in dieser Einöde entspannen können, aber das ging nicht mit einer Leiche im Wagen.

Nach etwa drei Kilometern bog er in einen schmalen Waldweg ein. Als kleiner Junge hatte er hier mit dem Fahrrad große Entdeckungsreisen unternommen. Hier gab es viele Steinbrüche, riesige klaffende Löcher, die an eine Zeit erinnerten, in der große Gesteinsbrocken mit Eisenerz und Kupfer aus den Felsen gebrochen wurden, wodurch senkrechte Schächte entstanden.

Der Klintsteinbruch befand sich hier – die größte und tiefste Grube, die Vasa je entdeckt hatte. Damals hatte er sein Fahrrad gegen einen Baum gelehnt und war ganz vorsichtig auf dem Bauch bis an die Kante des Steinbruches gekrochen. Er hatte hinunter in die Tiefe gesehen und seinen Namen gerufen. Das Echo schien geradewegs aus der Unterwelt zu kommen: *Va-saaaaaa!*

Der winterliche Schnee leuchtete wie ein weißes Band zwischen den Baumstämmen, zum Glück war der Waldweg befahrbar. Aber holprig war er, und Freebirds lebloser Körper schaukelte vor und zurück.

Vasa sah in den Rückspiegel; die zwei Scheinwerfer folgten ihm nach wie vor. Drake ließ ihn nicht im Stich.

Etwa einen halben Kilometer weiter hielt er an. Der Weg war zu lehmig und das Risiko zu groß, dass der Datsun steckenblieb. Darum gab er Drake ein Zeichen, den Wagen zu parken.

Der Geruch von Fichtennadeln und feuchtem Moos drang ins Innere, als Drake die Fahrertür aufriss.

«Sind wir da?»

«Fast», sagte Vasa. «Setz dich hinten rein.»

Und dann fuhren sie das letzte Stück bis zum Klintsteinbruch gemeinsam. Drake, Freebird und er.

Vasa hielt den Wagen etwa zwanzig Meter von der Kante des Steinbruchs entfernt an und stieg aus. Sofort wurden Erinnerungen wach. Zwanzig Jahre war es her, aber er erinnerte sich noch genau an das Rauschen des Waldes und das weiche Moos.

Der Steinbruch war nach wie vor nicht mit einem Zaun gesichert.

Im Licht der Scheinwerfer näherte er sich vorsichtig der Kante. Etwa zwanzig oder dreißig Meter unter sich sah er das Wasser glitzern. Als würde man vor dem Tor zur Hölle stehen – ein ziemlich unheimliches Gefühl.

Er drehte sich um.

«Was machen wir mit seinen Waffen?»

«Nimm sie und leg sie bei uns ins Auto», sagte Drake. «Die Granaten und Rohre lässt du drin.»

Ein weiser Entschluss. Granaten und Rohrbomben waren keine sichere Fracht.

Vasa nahm das Gewehr und die Pistolen vom Rücksitz und warf die Tür zu.

Drake hatte Äste und ein paar Steine aus dem Weg geräumt. Alles war bereit für die letzte Fahrt des Wagens. Und die letzte Fahrt von Freebird.

Drake stellte sich an den Kofferraum, bereit, von hinten zu schieben.

Vasa sah ihn an. «Was wird aus uns?»

Drake erwiderte seinen Blick. «Wie meinst du das?»

Vasa antwortete nicht darauf. Er öffnete die Fahrertür und löste die Handbremse. Wie er das meinte? Er wollte etwas Wichtiges sagen, hatte etwas auf dem Herzen, schon seit dem Morgen. Er sah zu Drake.

«Ich bin …» Er zögerte, dann nahm er seinen ganzen Mut zusammen: «Ich bin einfach so verdammt froh, dich in meinem Leben zu haben.»

So, jetzt hatte er es ausgesprochen. Nach all dem, was passiert war, fühlte er sich Drake so nah wie noch nie. Sie waren ein Team hinter dem Panzerglas, ohne Risse und ohne Löcher. Vasa wollte für immer so weitermachen, mit Drake zusammen auf Reisen gehen, mit ihm zusammen trainieren, mit ihm zusammen schlafen. Er wollte nichts anderes.

Drake warf ihm einen langen, unergründlichen Blick zu.

«Okay», sagte er schließlich. «Wir erledigen das hier, und danach unterhalten wir uns in Ruhe.»

Er stemmte sich gegen den Kofferraum des Fords, und Vasa legte die Hände gegen den Rahmen der geöffneten Fahrertür. Dann begannen sie zu schieben.

Ganz langsam setzte sich der Ford in Bewegung. Die Äste und Zweige knackten unter den Reifen des vorwärtsrollenden Wagens. Auf seinem Weg hinab in das schwarze Grubenloch.

Der Wagen gewann an Fahrt, zog aber nach rechts, Vasa packte das Lenkrad. Er stützte das Knie auf dem Fahrersitz ab und lenkte den Ford zurück in die richtige Spur.

Immer schneller wurde der Wagen. Freebird saß artig wie eine Puppe auf dem Beifahrersitz, auf seiner Fahrt in den Steinbruch.

Das schwarze Loch näherte sich. Alles lief nach Plan.

Vasa hatte gerade das Steuer losgelassen und wollte aus dem Auto springen, als er einen harten Schlag in den Rücken bekam.

Sein linker Fuß schwebte in der Luft, als ihn der Stoß traf. Er verlor das Gleichgewicht und fiel mit dem Oberkörper nach vorne auf den Fahrersitz.

Sein durchtrainierter Oberschenkel wurde unter dem Lenkrad eingeklemmt und hielt ihn fest.

Der Wagen hüpfte und schaukelte auf seinem Weg in den Abgrund. Verzweifelt versuchte Vasa, sich zu befreien. Auf dem Beifahrersitz saß Freebird, tot und unbekümmert.

Dann hörte er ein langgezogenes Kratzen. Danach war alles still.

Der Steinbruch, schoss es Vasa durch den Kopf. Er schloss die Augen.

Die Front des Wagens hing in der Luft, zwei oder drei Sekunden lang. Das Heck schabte über den Felsen, dann kippte die ganze Karosserie über die Kante.

Ein Ziehen im Magen. Vasa öffnete den Mund, schrie aber nicht. Entsetzt starrte er aus dem Fenster. Er sah, wie eine Felswand an ihm vorbeiraste, er sah das Wasser unter sich.

Die Grube. Direkt unter ihm lag die große Grube.

Der Wagen stürzte hinunter, drehte sich dabei nach links.

Jetzt fing Vasa an zu schreien.

Etwa auf halbem Weg wurde der Sturz abrupt unterbrochen. Die Wagenfront knallte gegen die Felswand, alles drehte sich, und Vasa wurde nach vorne geschleudert.

Sein Kopf schlug gegen die Windschutzscheibe, und er verschwand in einem schwarzen Loch.

Und jetzt sitzt er hier, frierend und übel zugerichtet. Gefangen in einem Autowrack, neben der Leiche von Freebird.

Aber Vasa hat Zeit gehabt nachzudenken, er weiß wieder, wie er in diese Situation geraten ist. Es war kein Unfall.

Er hebt das Handy ans Ohr. «Drake?»

«Ja?»

«Ich kann mich wieder erinnern.»

«Wie meinst du das?»

«Ich erinnere mich, dass du direkt hinter mir warst … Du hast mich in den Wagen gestoßen, als der immer schneller wurde. Stimmt's?»

Oben an der Kante herrscht Schweigen. Es ist ein Geständnis.

«Warum?», fragt er, und endlich antwortet Drake.

«Das weißt du genau.»

«Nein, was denn?»

«Du quatschst zu viel. Du würdest früher oder später was sagen. Über uns ...»

Vasa hört nur zu. Er kann nichts dazu zu sagen, kann mit nichts drohen.

Er ist müde. Er lässt das Handy sinken und knöpft die Lederweste auf. Er will sie nicht mehr tragen, will nicht an den Club und die Brüder denken.

Plötzlich stutzt er. Seine Finger tasten das Innenfutter ab. Es ist viel dicker als erwartet, ein bisschen uneben ...

Vasa sieht an sich herunter. Da erkennt er, dass er gar nicht seine Kutte trägt.

Drake und er haben dieselbe Größe, XXL, und Vasa muss auf dem Parkplatz aus Versehen die falsche angezogen haben, als sie auf Freebird gewartet haben.

Drake hat seine genommen und er die von Drake.

Vasas Herz beginnt laut zu pochen, er lässt das Handy fallen, dreht die Fensterscheibe herunter und ruft nach oben: «Drake? Drake! Ich hab deine Kutte!»

Seine Stimme hallt als Echo von den Wänden des Steinbruches. Er ruft: «Hörst du mich? Wir haben sie vertauscht! Ich hab deine Kutte an und du meine. Ich hab die ganze Kohle hier unten!»

Einen Moment lang ist es vollkommen still. Plötzlich erhellt das Licht einer Taschenlampe die Nacht. Eine dunkle Gestalt steht an der Kante des Steinbruchs.

«Okay», lautet die Antwort.

«Okay?»

«Ich helfe dir hoch», ruft Drake, «wenn du mir die Kutte gibst. Ich hole das Abschleppseil, warte!»

Vasa schweigt und wartet im Wrack.

Einige Minuten später ertönt Drakes Stimme erneut: «Ich lasse jetzt das Seil runter … Knote die Kutte daran fest, dann zieh ich die zuerst hoch.»

Aber Vasa schüttelt den Kopf. «Verdammt noch mal, nein! Die Kutte und ich kommen gleichzeitig hoch!»

Erneute Stille.

«Geht klar», antwortet Drake.

Erneutes Schweigen, erneutes Warten. Plötzlich knallt etwas aufs Autodach.

Vasa lehnt sich zum Beifahrerfenster und sieht das Abschleppseil dort hängen. Er streckt den Arm danach aus, bekommt es zu fassen und zieht es zu sich in den Wagen. Drake hat etwa fußgroße Schlaufen hineingeknotet. Wie eine provisorische Strickleiter.

«Hast du das Seil?», ruft Drake.

«Ja.»

«Zieh die Kutte aus und binde sie an das Ende. Dann kletterst du an den Schlaufen hoch.»

Vasa nimmt das Ende des Nylonseils und zieht es durch das Armloch der Kutte. Dann knotet er es fest.

«Fertig!»

«Gut», erwidert Drake. «Ich habe das Ende vom Seil hier oben um einen Baum gebunden. Den Rest musst du jetzt selbst erledigen.»

Vasa zieht fest am Seil, das gibt nicht nach. Es müsste klappen. *Jetzt muss ich nur noch hochklettern.* Wenn es ihm gelingt, wäre er in ein paar Minuten aus diesem Höllenloch befreit.

Sein Blick schweift ein letztes Mal durch das Innere des Autowracks. Die gesprungenen Scheiben, die zerrissenen Sitze. Neben ihm der tote Freebird und auf dem Rücksitz sein Waffenarsenal.

Die Kiste mit den Granaten ist beim Sturz zersplittert, aber die acht hochexplosiven Eier liegen noch darin. Vasa erinnert sich an seinen Militärdienst und wie er damals in Kilsbergen gelernt hat, Granaten zu werfen.

Ihm wird klar, dass er eine Lebensversicherung gebrauchen könnte, und er streckt die Hand nach der Kiste aus.

Wenig später ist er bereit für den Aufstieg. Er steckt einen Fuß in die unterste Schlaufe, greift mit den Händen das Abschleppseil und zieht sich hoch.

Das Wrack wackelt bedrohlich, als er sich abstößt, aber jetzt darf es ruhig abstürzen. Vasa klammert sich ans Seil und klettert langsam nach oben. Die nächste Schlaufe befindet sich fast einen halben Meter von der ersten entfernt, und er muss sich mit beiden Händen nach oben ziehen, bis sein linker Fuß in der Schlaufe steckt.

Ganz vorsichtig, Zentimeter für Zentimeter, klettert er aus der Dunkelheit des Steinbruchs empor. Er kann sich an nichts festhalten, aber die Nylonschlaufen des Seils halten sein Gewicht.

Drei Meter hat er schon geschafft, vier liegen bis zur Kante noch vor ihm. Da hört er eine Stimme von oben.

«Alles okay bei dir, Vasa?»

«Ja, alles okay.»

Seine Stimme ist gedämpft, Vasa ist erschöpft vom Klettern. Das Seil ist dünn und rutschig, seine Arme schmerzen, und das Nylon schneidet ihm ins Fleisch. Aber er muss weiter, eine Schlaufe nach der anderen.

Die siebte Schlaufe hat er schon erreicht, Vasa zieht sich hoch, damit sein rechter Fuß die Schlaufe trifft. Dann schiebt er den Fuß in die Schlaufe, löst seinen linken Fuß und hievt sich hoch.

Aber die Schlaufe hält nicht.

Die siebte Schlaufe löst sich, das Seil reißt.

Plötzlich hängen Vasas Füße in der Luft und schwingen gegen die Felswand. Er rutscht ab, klammert sich mit den Händen am Seil fest.

«Drake!»

Keine Antwort. Sein Blutsbruder schweigt.

Verzweifelt klammert er sich fest, aber dann geben die Finger nach. Zuerst lässt die rechte Hand das Seil los, dann die linke.

Er stürzt rückwärts in die Tiefe, prallt mit dem Rücken aufs Autodach. Alle Luft entweicht seinem Körper.

Vasa sieht das Seil mit der Lederweste über sich baumeln. Und er sieht die zerrissene Schlaufe – ein scharfes Messer hat das Seil durchgeschnitten, damit die Schlaufe reißt, sobald er seinen Fuß in sie setzt. Drakes Messer.

Reingelegt.

Das Wrack unter ihm beginnt zu schaukeln. Es knirscht und knackt, rutscht von der Felswand ab. Seine Landung auf dem Dach hat den Ford aus seinem fragilen Gleichgewicht gebracht.

Die Front des Wagens kippt zuerst weg, dann gleitet das Heck vom Baumstamm hinterher. Das ist das Gesetz der Schwerkraft, dagegen kann Vasa nichts ausrichten.

Zuerst scheint der Wagen zu zögern, aber dann gewinnt er an Geschwindigkeit.

Er stürzt in die Tiefe, hinunter ins Wasser, das glatt und glänzend daliegt wie schwarzer Stein. Kurz bevor Vasa auf der Wasseroberfläche aufschlägt, sieht er etwas in der Tiefe: lange weiße Arme, die sich ihm entgegenstrecken. Die Bergfrau, sie erwartet ihn …

Vasa schließt die Augen und hört, wie sein Schrei als Echo von den Felswänden widerhallt.

Dann kehrt wieder Stille ein im Wald.

Drake holt tief Luft und späht über die Kante des Steinbruchs. Kein Laut, keine Bewegung. Wie ein Mondkrater sieht der Grund des Steinbruchs aus, tief und schwarz. Vasas Schreie sind verstummt.

Drake leuchtet mit der Taschenlampe auf die Wasseroberfläche, aber er sieht nur noch Wasserblasen.

Das Auto ist bereits gesunken.

Vasa ist verschwunden. Und Freebird auch. Alle Probleme haben sich in nichts aufgelöst – mit einem einzigen Schnitt durch eine Schlaufe.

Aber das restliche Seil hat gehalten, Drake zieht es vorsichtig hoch. Die Kutte taucht über der Kante auf, und Drake sieht, wie gut Vasa Knoten machen konnte.

Die Kutte sieht prall gefüllt aus. Drake beugt sich vor und zieht sie zu sich heran.

Er denkt kurz an Vasa.

Ich bin so froh, dich in meinem Leben zu haben, hatte er gesagt. Was zum Teufel hat er denn geglaubt? Sie hatten miteinander gearbeitet, miteinander trainiert und miteinander geschlafen, aber hatte Vasa wirklich geglaubt, dass sie ein richtiges Paar hätten werden können, eine Art Ehepaar oder was? Hatte er etwa geglaubt, dass die Brüder das zulassen würden?

Drake schüttelt den Kopf. Er legt die Taschenlampe beiseite und widmet sich der Kutte. Mit nervösen Fingern holt er die Scheine aus der Innentasche und legt sie wie Spielkarten ins Moos neben sich.

Verdammt, das ist ein kleines Vermögen.

Zum Schluss tastet er die Taschen ab und fühlt etwas Hartes, Rundes in der einen Seitentasche.

Eine Tüte mit Münzen, eine Rolle Scheine?

Drake ist neugierig. Er hebt die Kutte vorsichtig hoch, und der Gegenstand rollt aus der Tasche.

Er ist klein, rund und grün – aber es sind keine Geldscheine.

Es ist ein Präsent aus Freebirds Waffenlager: eine deutsche DM51-Handgranate, 60 Gramm Sprengstoff in einer Hülle aus Stahl.

Vasa hat den Splint gezogen, bevor er die Handgranate in die Kutte gesteckt hat. Da die Tasche nicht mehr den Druck ausübt, um den Bügel der Granate zu sichern, springt dieser mit einem metallischen Klirren von seiner Halterung.

Und das tarnfarbengrüne Ei rollt zwischen den Scheinen hindurch und verschwindet im Moos.

«Scheiße!»

Drake wirft sich hinterher und tastet den Boden ab, versucht, das Ei in der Dunkelheit zu finden.

Aber die Handgranate versteckt sich und funktioniert vorschriftsmäßig. Die kleine Feder schlägt auf den Zündkopf und entfacht die sehr kurze Zündschnur.

Drei Sekunden später erfolgt die Detonation.

Das Echo des Knalls hallt von den Wänden des Steinbruchs wider, verbrannte Scheine wirbeln durch die Luft, und die Splitter der Granate werden in einem weiten Bogen im Wald verstreut. Sie treffen Drake und reißen tiefe Löcher in seinen Körper, Hunderte von Rissen und Löchern.

LEENA LEHTOLAINEN

Der gestohlene
Weihnachtsschinken

Aus dem Finnischen von
Gabriele Schrey-Vasara

Verzweifelt zählte Mira die Kalorien. Wenn sie doch einmal
einkaufen gehen könnte, ohne zu rechnen, wie viel Energie
welches Nahrungsmittel lieferte! Eine Dose Thunfisch in Wasser hatte etwas mehr als hundert Kalorien, Thunfisch in Öl rund
dreihundert. Da der Preisunterschied minimal war, nahm sie die
Ölvariante. Eine Frau mittleren Alters, die leichte Arbeit ver-
richtete, verbrauchte 1800 Kilokalorien am Tag, ein halbwüchsi-
ger Junge, der fast täglich Kraftsport trieb, 3000, ein Mädchen
in der Pubertät 2400. Salat und Gurken hatten kaum Kalorien
und schmeckten im Winter nach nichts. Drohte Vitaminmangel,
wenn sie beides vorläufig vom Speiseplan strich? Der Edamer war
im Angebot, es war die Vollfettsorte. Sie legte einen Batzen von
achthundert Gramm in den Einkaufskorb. Er brachte ziemlich
genau dreitausend Kalorien.

Zur Fleischtheke sah sie gar nicht erst hin, wählte stattdessen
unter den fertig abgepackten Innereien eine Schweinszunge. Die
wurde durch langes Kochen schmackhaft, und wenn man sie anschließend mit Senf und Paniermehl überbackte, ging sie fast als
Weihnachtsschinken durch.

Als einmal Attes Freund Nico zu Besuch gekommen war, hatte
es eine Soße aus gehackter Leber und Gemüse gegeben. Nico hatte lustlos in seiner Portion herumgestochert und erklärt, er habe

keinen Hunger. Am nächsten Tag hatte er in der Schule erzählt, bei Atte sei Essen auf den Tisch gekommen, das wie ausgekotzt aussehe. Das hatte den Mitschülern wieder einen neuen Grund geliefert, auf Atte herumzuhacken. Sie machten sich aus vielen Gründen über ihn lustig: Sein Handy war ein Uraltmodell vom Opa, von einem iPad konnte er nur träumen. Klamotten kaufte Mira meistens auf dem Flohmarkt, nur an Attes Sportkleidung konnte sie nicht sparen, denn die wurde im Fitnessstudio und beim Judo stark beansprucht. Doch selbst Attes beachtliche Körpergröße half ihm nicht, die Quälgeister in seiner Klasse zum Schweigen zu bringen.

Zur Tafel hatte Mira ihre Kinder noch nie mitgenommen. Wenn sie selbst gezwungen war, dort Nahrungsmittel zu holen, band sie sich ein Kopftuch um wie eine Muslima, um nicht erkannt zu werden. Dabei ging es ihr nicht um ihr eigenes Ansehen, sondern um das der Kinder. Armut war eine Schande und selbstverschuldet, von diesem Gedanken konnte sie sich nicht lösen. Warum hatte sie sich auch von einem Mann Kinder machen lassen, auf den kein Verlass war? Ihre mickrigen Ersparnisse hatte er ihr für sein nicht existentes Unternehmen abgeschwatzt, und nun behauptete er, so wenig Geld zu verdienen, dass er keinen Unterhalt zahlen könne. Von ihrem Gehalt als Schulhelferin blieben nach Abzug der Steuern und der Miete nur zweihundert Euro. Da sie Kindergeld bezog, hatte sie keinen Anspruch auf volles Wohngeld. Finanziell brachte es nichts, arbeiten zu gehen, aber sie konnte ja nicht den ganzen Tag zu Hause herumsitzen. Außerdem mochte sie ihre Arbeit mit lernbehinderten Kindern. Sie freute sich jedes Mal, wenn sie erleben durfte, dass ein Zehnjähriger endlich lesen lernte oder ein Achtjähriger sich selbst die Schuhe zubinden konnte.

Der Zucker fiel ihr erst wieder ein, als sie schon an der Kasse stand. Heute gab es zwei Pakete zum Preis von einem, da könnte sie am zweiten Weihnachtstag Kuchen backen. Mit einem freundlichen Lächeln bat sie die Frau, die hinter ihr stand, um Entschuldigung und scherte aus der Schlange aus. Der Weg zum Zucker führte an dem Kühlregal mit dem abgepackten Fleisch vorbei. Der Mann, der davor stand, zuckte zusammen, als Mira vorbeiging. Da sah sie, dass er gerade einen der drei Kilo schweren Weihnachtsschinken unter seinen dicken, zeltartigen Mantel steckte.

Der Schinkendieb war ein ganz normal aussehender, blonder Mann Mitte dreißig, der weder drogensüchtig noch halb verhungert wirkte. Mira senkte den Blick, um zu signalisieren, dass sie nichts gemerkt hatte. Vielleicht steckte der Mann in Geldnöten und wollte den Schinken an ein Lokal verkaufen, das es mit der Herkunft des Fleisches nicht so genau nahm. Oder er klaute ihn für seine Familie, um nicht zugeben zu müssen, dass er das Geld für den Schinken verspielt oder vertrunken hatte.

Mira hatte ihren Kindern immer wieder gepredigt, dass Stehlen absolut verboten war. Nicht einmal einen Schokoriegel oder einen Lippenstift dürfe man ohne Bezahlung einstecken, auch wenn man noch so große Lust darauf habe. In den Chatforen, die Miras Kinder besuchten, hatten Schauergeschichten über jugendliche Ladendiebe gestanden, die ihren Eltern weggenommen und in Erziehungsheime gesteckt worden waren. Sie hatten vermutlich mehr dazu beigetragen, Atte und Aura auf dem Pfad der Tugend zu halten, als die Ermahnungen ihrer Mutter. Die beiden wollten ihre Mutter um keinen Preis verlieren. Sie vermissten ihren Vater und hassten ihn zugleich, weil er den Kontakt zu ihnen abgebrochen hatte. Ihr Vater würde zu Weihnachten keine Geschenke schicken, wahrscheinlich nicht einmal eine SMS.

Mira hielt ihre Geldbörse bereit, denn die Schlange hinter ihr wurde immer länger. Ihre Einkäufe auf dem Kassenband wirkten mickrig im Vergleich zu dem Warenberg, den die Frau vor ihr erstanden hatte. Mit den zwanzig Euro, die Mira noch blieben, würden sie über die Feiertage auskommen. In diesem Jahr brauchte sie nicht einmal Geld für den Besuch bei ihren Eltern einzuplanen.

Sonst waren sie dort am ersten Weihnachtstag immer reichlich bewirtet worden, aber jetzt lag Miras Vater im Krankenhaus, wo er sich von einer misslungenen Rückenoperation erholte, und Miras Mutter wollte bei ihm sein. Die Rechnung der Klinik würde so hoch ausfallen, dass Mira es nicht über sich gebracht hatte, ihre Eltern um einen Hunderter für Weihnachten zu bitten.

Als sie ihre Einkäufe einpackte, hörte sie einen Mann um die Öffnung des verschlossenen Zigarettenkastens bitten. Sie blickte sich um und sah, dass der Schinkendieb an der Kasse stand. Es überlief sie heiß und kalt. Vielleicht wäre es ihre Pflicht, der Kassiererin einen Hinweis zu geben, aber was, wenn der Mann alles abstritt und sie als Lügnerin hinstellte? Dann würde sie auf das Sicherheitspersonal und im schlimmsten Fall auf die Polizei warten müssen. Und wenn der Mann ihren Namen erfuhr, konnte alles Mögliche passieren.

Mira nahm ihre Einkaufstasche und verließ den Laden. Aber sie war nicht schnell genug.

«Hey, warte mal!», hörte sie den Mann rufen. «Du bist doch die Mutter von Aura!»

Oh nein, der Schinkendieb kannte sie! Mira beschleunigte ihre Schritte, doch der Bürgersteig war glatt, und der Zucker und die zwei Kilo Steckrüben lagen schwer in der Tasche. Der Mann hatte sie im Nu eingeholt.

«Du hast mich gesehen», sagte er und packte Mira am Arm, sodass sie stehen bleiben musste. In seinen Augen lag ein seltsamer Ausdruck, eine Mischung aus Angst, Hass und Traurigkeit.

«Ich habe nichts gesehen.» Mira versuchte, sich loszureißen, doch der Mann packte nur noch fester zu.

«Doch. Warum hast du der Kassiererin nichts gesagt?»

«Selbst wenn ich etwas gesehen hätte, geht es mich nichts an.» Mira zwang sich, dem Mann erneut in die Augen zu blicken. Jetzt wirkte er so aufgebracht, dass ihr ganz mulmig zumute wurde.

«Wirst du es Riina erzählen?», fragte der Mann.

«Wem?»

«Riina, der Freundin deiner Tochter. Ich bin Riinas Vater. Na ja, wohl eher ihr Wochenendvater. Sie ist jedes zweite Wochenende bei mir, und in diesem Jahr darf ich endlich Weihnachten mit ihr verbringen. Sie hätte schon letztes Jahr kommen sollen, aber dann hat der neue Freund ihrer Mutter beschlossen, über Weihnachten mit den beiden nach Jamaika zu fliegen, und ich wollte Riina die Reise nicht vermasseln.»

Zum Glück hatte der Mann seinen Griff gelockert, nun lag seine Hand nur noch auf Miras Oberarm. Für einen Außenstehenden hätte es wie die zärtliche Geste eines Verliebten wirken können.

«Ich hab dich manchmal beim Elternabend gesehen, und Aura hat Riina einmal bei mir besucht. Riina war schon oft bei euch. Du kannst gut backen, sagt sie.» Nun war der Blick des Mannes wieder freundlich, fast flehend. «Bitte, sag Riina nichts davon, dass ich einen Weihnachtsschinken für uns geklaut habe. Ich möchte, dass wir es an den Feiertagen schön haben.»

Mira nickte hastig, sie wollte den Mann so schnell wie möglich loswerden. Natürlich erinnerte sie sich an Riina, ein blasses, stilles Mädchen, das immer Schnupfen zu haben schien. Ein paarmal war sie von ihrer Mutter abgeholt worden. Da hatte Mira den Eindruck gehabt, dass die Frau über ihre Flohmarkt-Möbel und den altmodischen Fernseher abschätzig die Nase rümpfte. Riinas Mutter sah es wohl nicht gern, dass ihre Tochter mit Aura Umgang hatte.

«Ich habe nichts gesehen, was ich Riina erzählen müsste», versicherte Mira und zog ihren Arm zurück. «Frohe Weihnachten», fügte sie hinzu und eilte im Laufschritt davon.

Nach hundert Metern wagte sie einen Blick zurück. Der Mann schien verschwunden zu sein. Oder hatte er sich geschickt versteckt? Sollte sie zuerst ins Nachbarhaus gehen, damit er nicht erfuhr, wo sie wohnte? Aber das half sowieso nichts, er brauchte ja nur seine Tochter nach der Adresse zu fragen. Mira saß in der Patsche. Zu Hause knetete sie Pfefferkuchenteig. Dafür reichten die gemahlenen Nelken zum Glück noch. Ein kleines Gewürztütchen hätte man leicht unbemerkt einstecken können, überlegte Mira, aber wie hatte Riinas Vater es bloß geschafft, einen ganzen Schinken unter dem Mantel zu verbergen? War er ein professioneller Dieb, der sich Taschen in den Mantel genäht hatte? Die leichte Wölbung konnte als Bierbauch durchgehen, den fand man auch bei mageren Männern. Mira nahm sich vor, den Zwischenfall zu vergessen. Sie wollte keine zusätzlichen Probleme, und Riinas Vater verdiente ihre Anteilnahme nicht. Seit der Vater ihrer Kinder sie so schwer enttäuscht hatte, war Mira misstrauisch gegenüber dem ganzen männlichen Geschlecht, und Riinas Vater war offenbar auch einer von den Gaunern, die versuchten, ihr Mitleid zu erheischen.

Es klingelte. Mira zuckte zusammen, sie erwartete niemanden. Stand etwa der Schinkendieb an der Tür? Konnte sie es wagen, zu öffnen? Sie schlich so lautlos wie möglich in den Flur, damit der Besucher nicht hörte, dass sie in der Wohnung war. Es klingelte erneut. Mira spähte durch den Türspion. Im Treppenhaus stand ein Postbote mit einem großen Paket. Natürlich von ihren Eltern, die versprochen hatten, die Weihnachtsgeschenke diesmal zu schicken. Mira hatte geglaubt, sie würde die Sendung auf der Post abholen müssen.

Das Paket wog mehr als zehn Kilo. Mira schleppte es in die Küche. Enthielt es etwas leicht Verderbliches, das in den Kühlschrank gelegt werden musste? Sie griff zum Telefon, doch dann wurde ihr klar, dass ihre Mutter sich wohl nicht melden konnte, wenn sie in der Klinik war. Also öffnete sie das Paket kurzerhand. Ihre Eltern ahnten nicht, wie sparsam sie und die Kinder leben mussten. Es war ihnen auch völlig unverständlich, dass Harri sich nie bei ihnen meldete, nicht einmal zu Weihnachten.

Wenn sie an Harri dachte, fühlte Mira immer noch Hass in sich aufsteigen, obwohl sie sich dagegen wehrte. Es ging dabei nicht um sie selbst. Ihrer Ehe war schon lange vor der Trennung die Luft ausgegangen, und Mira selbst hatte die Scheidung gewollt. Doch sie verstand nicht, wie ein Mann so grausam sein konnte, keinerlei Kontakt zu seinen Kindern zu halten und obendrein die Behörden anzulügen, damit er keine Alimente zu zahlen brauchte, obwohl die Kinder darbten. Der Schinkenmann bemühte sich immerhin, Riina ein ordentliches Weihnachtsmahl zu bieten. Es kam Mira seltsam vor, die beiden Männer zu vergleichen. Sie schob den Gedanken beiseite und konzentrierte sich auf den Inhalt des Pakets. Die dicke Salami war mehr als willkommen, ebenso die Oliven und die Heringsfilets, die ihre Mutter selbst eingelegt hatte. Für die Kinder gab es leckere Süßigkeiten. Auch ohne Schinken würden sie ein reichhaltiges Weihnachtsmahl haben.

Die Tür ging auf, Aura rief aus dem Flur nach ihrer Mutter. «Ich hab eine Eins in Handarbeit!», verkündete sie und schwenkte zufrieden ihr Zeugnis. Eine Eins hatte sie auch in Sport und Musik, in den anderen Fächern Zweien und Dreien. Attes schulische Leistungen litten immer noch unter der Scheidung, Aura hatte ihr Gleichgewicht schneller wiedergefunden. Eigentlich war Harri im Leben seiner Kinder ja schon seit Jahren nicht mehr präsent gewesen, auch als er noch bei ihnen gewohnt hatte. Mit Atte war er manchmal zum Bowling gegangen, aber für Aura hatte er sich nicht interessiert, und zu den Elternabenden hatte er Mira nie begleitet. Der Schinkenmann dagegen hatte diese Abende besucht und dort von ihr Notiz genommen. Wieder wunderte Mira sich über ihre Gedanken. Sie lobte Auras Zeugnis gebührend und fragte dann, wie es Riina gehe.

«Sie hat eine Fünf in Mathe und Angst, dass ihre Mutter deshalb ausflippt. Die ist Betriebswirtin oder so und wahnsinnig gut in Mathe. Sie sagt, Riina wäre genau so eine Niete wie ihr Vater, der nicht mal so weit rechnen kann, dass er seine Schulden loswird», erklärte Aura bereitwillig.

«Riinas Eltern sind also geschieden?»

«Ja, die auch. Riinas Vater war» – Aura legte eine dramatische Pause ein – «im Gefängnis. Riina hat ihn einmal da besucht, aber es hat ihr überhaupt nicht gefallen, und ihre Mutter hat gesagt, sie braucht nicht mehr hinzugehen. Ihre Mutter möchte auch nicht, dass sie über Weihnachten bei ihrem Vater ist, aber was kann man da machen, es ist nun mal Vorschrift.» Aura zuckte die Schultern, und Mira ahnte, dass sie Riinas Mutter nachahmte.

«Und Riina? Möchte sie zu ihrem Vater?»

«Ich glaub schon.» Aura verzog das Gesicht, und Mira merkte, dass sie an ihren eigenen Vater dachte. Rasch wechselte sie das Thema.

Als sie am Abend das Nachthemd anzog, sah sie wieder den intensiven Blick des Mannes vor sich und wusste, dass sie in dieser Nacht wenig Schlaf finden würde. So kam es auch. Als sie endlich einschlief, träumte sie, dass sie vergessen hätte, ihre Einkäufe zu bezahlen. Die Kassiererin rief daraufhin die Polizei, die ihr erklärte, Atte und Aura kämen ins Kinderheim.

Nach dem Aufwachen schien der Albtraum weiterzugehen, denn als Mira in der Morgendämmerung aus dem Fenster sah, erblickte sie den Schinkendieb. Er lehnte sich an die Teppichklopfstange und fixierte die Fensterreihen ihres Hauses. Es kam Mira so vor, als ob er direkt in ihre Küche blickte; am liebsten hätte sie die Jalousien heruntergelassen, denn in der hell erleuchteten Küche stand sie da wie auf dem Präsentierteller. Die Kinder schliefen noch, auch Mira hätte nicht so früh aufzustehen brauchen. Eigentlich hatte sie vorgehabt, mit Atte und Aura zum Schlittschuhlaufen zu gehen, aber konnten sie sich aus dem Haus wagen, wenn der Schinkendieb hier herumlungerte? Was konnte sie tun, damit er ihr glaubte, dass sie den Mund halten würde? Wahrscheinlich gar nichts, Knastbrüder kannten kein Erbarmen.

Harri hatte sie nie geschlagen, er hatte sie nur mit Worten bedroht. Dass er die Kinder abwies, erschien ihr aber viel schlimmer als Prügel. Harri hatte schon lange gedroht, keinen Kontakt zu den Kindern zu halten und keinen Cent Unterhalt zu zahlen, wenn Mira sich scheiden ließe. Sie hatte nicht glauben können, dass er dazu imstande wäre. Mira wusste, dass sie richtig gehandelt hatte, als sie die Scheidung einreichte, obwohl ihr Leben seitdem eine einzige Pfennigfuchserei war. In der Ehe mit Harri wäre sie seelisch verhungert, und diesen Hunger konnte auch die kalorienreichste Nahrung nicht stillen.

Aura tappte verschlafen in die Küche, ihr Handy in der Hand.

«Riinas SMS hat mich geweckt», murmelte sie. «Sie hat nach deiner Telefonnummer gefragt.»

«Riina? Warum denn bloß?», fragte Mira, obwohl sie wusste, wer dahintersteckte. Sie betrachtete ihr Handy, das auf dem Tisch lag und auf lautlos geschaltet war. Bald würde der Schinkendieb sich per Telefon in ihr Leben einschleichen, und sie würde nirgendwo mehr in Sicherheit sein.

«Du hast sie ihr aber nicht gegeben?», fragte sie mit einem letzten Funken Hoffnung.

«Doch, wieso nicht? Riina ist doch meine Freundin.»

Mira sah, dass der Schinkendieb vor ihrem Haus auf und ab tigerte. Wie ein Raubtier im Käfig, dachte sie. War er in seiner Zelle im Kreis herumgelaufen? War er nur auf Bewährung auf freiem Fuß und musste wieder ins Gefängnis, wenn er erneut gegen das Gesetz verstieß? Konnte der Schinkendiebstahl ihn die Freiheit kosten? Für das Delikt gab es nur eine einzige Zeugin: Mira.

Sie schauderte. Meistens war sie morgens hungrig, aber jetzt hatte sie nicht einmal Lust auf Kaffee. Doch da Aura etwas zu essen brauchte, schüttete sie Haferflocken in eine Plastikschüssel, fügte die doppelte Menge Wasser hinzu und stellte das Gefäß in die Mikrowelle. Harri hatte ihr das Gerät nicht überlassen wollen, sondern behauptet, es gehöre ihm, weil er es zu mehr als der Hälfte bezahlt habe. Mira war wütend geworden und hatte gebrüllt, er könne sich das Ding sonst wohin stecken, aber schließlich hatte er es ihr doch zugestanden. Das war einer der wenigen Punkte, in denen er nachgegeben hatte.

Mira sah, dass ihr Handy aufleuchtete. Vielleicht hatte ihre Mutter Neuigkeiten aus der Klinik zu berichten? Doch die Nummer auf dem Display war ihr unbekannt.

«Gehst du nicht dran?», wunderte sich Aura. Mira nahm das Telefon so ängstlich in die Hand, als wäre es ein Stück glühende Kohle, und meldete sich nur mit einem zögerlichen «Hallo».

«Spreche ich mit Auras Mutter? Hier ist Marko, Riinas Vater. Ich muss mit dir reden, es ist wichtig.»

«Wir haben nichts zu bereden!» Mira hoffte, dass ihre Stimme scharf genug klang.

«Es geht um deinen Exmann. Ich weiß, wie knapp ihr bei Kasse seid, ich habe irgendwann mal gehört, was Aura Riina erzählt hat.»

«Was weißt du über Harri?»

«Wir haben gemeinsame Bekannte. Vor denen hat er geprahlt, er bräuchte euch keinen Unterhalt zu zahlen, weil er das Sozialamt so geschickt bescheißt.»

Miras Verzweiflung wuchs. Wenn der Schinkendieb Harri kannte und auf seiner Seite stand, würde er ihr das Leben zur Hölle machen. Vielleicht hatte Harri ihn sogar gebeten, Mira zu beobachten, zu verfolgen und zu bedrängen, nur um ihr zu zeigen, dass man einen wie Harri nicht ungestraft verließ.

«Können wir uns nur kurz unterhalten, hier unten auf eurem Hof?» Die Stimme des Schinkendiebs klang plötzlich so demütig, dass Mira beinahe weich wurde.

«Wenn du eine Dreiviertelstunde wartest, komme ich für fünf Minuten runter.» Mira sah, wie vor dem Fenster der Schnee aufstob. Es waren zwar nur vier Grad unter null, aber durch den Wind war die Luft unbarmherzig eisig. Sie würde in aller Ruhe frühstücken, bevor sie nach unten ging, immerhin hatte sie heute Urlaub. Der Schinkendieb ging sicher nicht zur Arbeit.

«Okay, ich warte. Oder ich komme in einer Dreiviertelstunde zurück. Hier draußen friert man sich einen ab.»

Die Mikrowelle piepte, der Haferbrei war fertig. Mira stellte zwei Teller auf den Tisch und kochte Tee aus Johannisbeerblättern, die sie selbst gepflückt und getrocknet hatte. Sie hatte Mühe, den Brei herunterzubringen, und beim Anziehen zitterten ihr die Hände. Die fünfundvierzig Minuten vergingen viel zu schnell. Hätte sie die Polizei anrufen und den aufdringlichen Kerl abholen lassen sollen? Aber hätte man ihr geglaubt? Vielleicht würde man sie sogar für mitschuldig halten, weil sie den Diebstahl nicht sofort angezeigt hatte.

Vom Fenster aus sah Mira, dass der Mann fünf Minuten vor der vereinbarten Zeit zurückkehrte. Sie zog den Mantel über ihren dicken Pullover und wickelte sich einen Schal um den Kopf. Als sie aus dem Haus trat, trieb der Wind ihr Tränen in die Augen. Der Mann stand bei der Teppichstange und rauchte, trat die Kippe aber aus, sobald er Mira erblickte.

«Du bist also gekommen.» Der Mann streckte Mira die bloße Hand hin, und ihr blieb nichts anderes übrig, als den Fäustling auszuziehen und sie zu schütteln. Marko hatte einen festen Händedruck, und seine Hand war überraschend warm.

«Dein Exmann ist doch Harri Kemppinen? Der Bauunternehmer?»

Mira nickte.

«Zwei Burschen, mit denen ich eingesessen habe, kennen ihn. Er ist ihnen was schuldig geblieben, deshalb würden sie ihm liebend gern eine Lektion erteilen. Sozusagen als Weihnachtsgeschenk für dich. Die beiden haben ihrerseits eine Ehrenschuld bei mir, also werden sie ihren Unterricht so hart angehen, wie du willst. Das bin wiederum ich dir schuldig.»

«Was meinst du mit Unterricht?» Mira wusste, dass Harri nicht gern dazulernte.

Der Schinkendieb sah sie nicht an, als er antwortete: «Sie könnten ihn verprügeln. Dabei bricht vielleicht eine Rippe, oder die Nase wird zu Matsch, aber nichts Schlimmeres. Gerade genug, damit er Unterhalt zahlt. Geld hat der Kerl genug, auch wenn er das Gegenteil behauptet.»

Trotz des kalten Windes kam Mira ins Schwitzen. «Woher weißt du das?»

«Den Behörden hat er erklärt, seine Firma hätte keine Aufträge und sein ganzer Besitz wäre verpfändet. Dabei arbeitet er die ganze Zeit schwarz als Subunternehmer und verdient verdammt gut. Er selbst kriegt sein Geld, aber seinen Arbeitern zahlt er weniger als vereinbart, weil nichts schriftlich festgehalten wird. Meine Kumpels haben den ganzen Herbst auf einer Baustelle geschuftet, und am Ende haben sie bloß die Hälfte von dem bekommen, was Kemppinen ihnen versprochen hatte. Verklagen können sie ihn nicht, weil die ganze Sache schwarz gelaufen ist. Die beiden würden sich mit Vergnügen rächen, in eigener Sache und für dich.»

Mira war schon lange davon überzeugt, dass Harri genau so handelte, wie Marko sagte, aber sie hatte keine Beweise gehabt. Wenn Harri wirklich pleite wäre, hätte er wohl kaum mit seiner neuen Freundin auf die Kanarischen Inseln fliegen können. Vor körperlichen Schmerzen und Blut hatte Harri sich immer gefürchtet, deshalb war er auch bei der Geburt der Kinder nicht dabei gewesen. Knochenbrüche würden ihn völlig aus der Fassung bringen, er würde im Staub kriechen, um Gnade winseln … Mira sah Harri vor sich, ramponiert und Besserung gelobend. Aber seine Beteuerungen waren nichts als Worte, er würde sie vergessen, es sei denn, er fürchtete sich vor einer neuerlichen Abreibung.

Marko, der Schinkendieb, sah Mira erwartungsvoll an. Nur ein kleines Nicken, und die Rächer würden sich auf den Weg machen. Doch Mira war nicht dazu fähig. Wer das Schwert in die Hand nimmt, der wird durch das Schwert umkommen, hatte sie ihre Kinder gelehrt.

«Deine Freunde wissen also, dass Harri schwarz verdient? Mir genügt es, wenn die Polizei davon erfährt», sagte sie. Ihre Stimme zitterte, als sie an die Chance dachte, endlich zu ihrem Recht zu kommen. «Sie brauchen sich ja nicht selbst zu belasten, eine Anzeige genügt doch, oder?»

Marko schüttelte ungläubig den Kopf. «Du willst also nicht, dass der Schuft Prügel bezieht?»

«Nicht um meinetwillen. Aber es wäre das allerschönste Weihnachtsgeschenk für mich, wenn er für seine Wirtschaftsverbrechen zur Verantwortung gezogen wird und den Kindern endlich zahlen muss, was ihnen zusteht.» Mira wischte sich die Augen, die immer heftiger tränten.

Marko seufzte tief. «Verstehe. Du bist genau so, wie ich dachte, ein bisschen zu gut für diese Welt. Aber die Kumpel sind mir was schuldig. Ich sorge dafür, dass sie die Sache so durchziehen, wie du es willst. Die Ermittlungen können allerdings lange dauern. Die Prügel hätte er heute schon gekriegt.»

«Macht nichts. Wenigstens habe ich jetzt eine kleine Hoffnung, dass ich mein Recht bekomme.» Mira bemühte sich, zu lächeln, und schon der zaghafte Versuch brachte Markos Gesicht zum Strahlen.

«Ich wollte mich so gern erkenntlich zeigen … Und ich verspreche dir, dass ich nie mehr klaue. Es ist bloß so schwierig, mit meiner Vergangenheit einen Job zu finden, und wenn ich mal was verdiene, holt es sich der Gerichtsvollzieher. Aber immerhin zahle ich den Unterhalt für Riina, obwohl ihre Mutter im Geld schwimmt», erklärte Marko beinahe stolz.

«Weshalb hast du gesessen?», zwang Mira sich zu fragen. Es war besser, die unangenehme Wahrheit zu erfahren, sonst würde sie noch anfangen, Marko zu mögen.

«Ich war betrunken gefahren und hatte deswegen eine Bewährungsstrafe gekriegt, und das war mir so peinlich, dass ich mich umbringen wollte. Deswegen hab ich zwei Flaschen Schnaps getrunken und den Sierra vom Nachbarn geklaut. Ich wollte gegen eine Felswand rasen, aber ich war so besoffen, dass ich auf dem Acker gelandet bin. Hab mir nur das Bein gebrochen. Zum Glück ist keinem anderen was passiert. Jetzt versuch ich, ohne Schnaps auszukommen. Wenn Riina bei mir ist, fällt es mir ganz leicht.»

Ein Windstoß blies ihm die zu langen Stirnfransen in die Augen, und Mira hätte sie am liebsten zurückgestrichen. Stattdessen sagte sie, sie müsse wohl allmählich nachsehen, ob Atte schon wach war.

«Darf ich dich anrufen, wenn ich die Jungs erreicht habe, und dir erzählen, wie die Sache steht?», fragte Marko.

Mira nickte. Als sie zum Haus ging, spürte sie eine Veränderung in ihren Schritten, als wären die schweren Winterstiefel plötzlich leicht wie Sommerschuhe. Atte schlief noch. Mira säuberte die Schweinszunge, würzte die Brühe mit Zwiebel- und Möhrenwürfeln und Piment und setzte den Topf auf.

Zwei Stunden später meldete Marko sich. Mira hatte schon auf seinen Anruf gewartet.

«Alles in Butter. Makkonen hat die Anzeige erstattet. Der Bulle hat ihm gesagt, er macht sich gleich nach Neujahr an die Arbeit.»

«Danke, Marko!»

Eine Weile herrschte Stille. Dann sagte Marko verlegen: «Das ist mir jetzt verdammt peinlich, aber ich habe noch nie einen Schinken gebraten, und ich hab natürlich kein Fleischthermometer und kein Geld, eins zu kaufen. Kannst du mir erklären, was ich tun muss? Ich kann dir als Dankeschön ein Stück von dem Schinken bringen, Riina und ich schaffen es sowieso nicht, ihn ganz aufzuessen. Also, falls es dir nichts ausmacht, dass es gestohlenes Fleisch ist.» Marko verhedderte sich immer mehr.

Miras Antwort war ein Lachen. Aber sie lachte nicht über Marko, sondern darüber, dass man nie wissen konnte, von wem man das beste Weihnachtsgeschenk seines Lebens bekam.

MONS KALLENTOFT

Jenseits des Paradieses

Aus dem Schwedischen von
Christel Hildebrandt

Malin blickt durch das Fenster des Cafés auf den Marktplatz hinaus.

Die Pflastersteine sind mit einer dünnen Schneeschicht bedeckt, weich und kalt unter den Kinderfüßen, die auf den gigantischen, hell erstrahlenden Tannenbaum zustapfen. Ansonsten herrscht schummriges Dämmerlicht an diesem Nachmittag, Menschen hasten auf der Jagd nach den letzten Weihnachtsgeschenken umher, und vor dem Kaufhaus steht ein fröstelnder Weihnachtsmann, dessen Lebensgeister bei den eisigen Temperaturen schon völlig eingefroren zu sein scheinen.

Tausend kleine Punkte leuchten im ausladenden Astwerk des Baums, die absterbenden Nadeln scheinen scharf geschliffene Ränder zu haben, von denen weißes Blut tropft, das zuerst fällt und dann befreit in die Atmosphäre schwebt.

Was sind das für Tropfen?, überlegt Malin. Sicher kleine Schneeflocken, von den Wolken über dem Roxensee eingesammelt.

Tove steht vielleicht zehn Meter entfernt in der Schlange, kauft Kaffee und Kuchen für sie beide. Sie winkt Malin zu, und die winkt zurück.

Tove. Ihre Tochter.

Sechzehn ist sie jetzt.

Ist das unser letztes gemeinsames Weihnachtsfest?, fragt sich Malin. Nach den Feiertagen wird Tove wieder nach Lundsberg fahren. Wird sie nach einem weiteren Schuljahr dort noch die Gleiche sein? Malin will diesen Augenblick festhalten, sie beide in einer Sekunde einfrieren, die ewig währen soll. Tove hat sich im Internat bereits verändert, interessiert sich für Markenkleidung und Geld, Dinge, um die sie sich früher nie gekümmert hat.

Malin schließt die Augen.

Es ist erst acht Stunden her. Heute Morgen.

Ein Einfamilienhaus im Süden von Linköping, in einer wohlhabenden Gegend der Stadt.

Die Frau selbst hatte den Notruf gewählt, und Zeke und sie hatten im Auto auf dem Weg dorthin die Bandaufnahme abgehört, ein Streifenwagen war bereits an Ort und Stelle.

Die Stimme der Frau klang wie zerbrochenes Glas, jede Silbe eine Scherbe, die sich an einer anderen rieb, und im Hintergrund Kinder, die eher jammerten als weinten.

«Die Kinder», sagte die Frau, «ich habe es für die Kinder getan. Für sie würde ich alles tun. Ich musste es für sie tun.»

Als sie ankamen, stand der Streifenwagen vor dem Haus im Schneetreiben, ein Unfallwagen auch. Sie gingen hinein, und Malin spürte, wie Zeke sich selbst zur Ruhe zwang.

Jetzt öffnet Malin wieder die Augen.

Tove schlängelt sich mit vollbeladenem Tablett zu ihrem Tisch durch.

Ist das schon eine Frau, die mir da entgegenkommt?, fragt Malin sich. Der Körper sagt ja. Aber wer ist diese Frau? Was wird aus ihr werden?

Im Café riecht es streng, nach hartem Winter, nach Schweiß und schmelzendem Schnee. Ja, die ganze Welt scheint einen Geruch von Verwesung und Einsamkeit zu verströmen, und Tove merkt, dass da etwas ist, dass etwas passiert ist, und nachdem sie von ihrem Kuchen abgebissen hat, fragt sie: «Da ist doch heute was bei deiner Arbeit passiert, oder nicht?»

Malin will nicht antworten, schaut wieder auf den Platz hinaus. Sie will es Tove nicht erzählen, fragt sich: Muss ich antworten? Denkt: Ich muss gar nichts, und Tove scheint ihr Schweigen zu akzeptieren, doch dann sagt sie: «Du kannst sowieso nichts vor mir verheimlichen. Das weißt du doch, oder?»

Malin lacht.

Wendet ihren Blick vom Marktplatz ab, richtet ihn auf Tove. Das Licht vom Weihnachtsbaum fällt schräg von der Seite herein, auf Toves Gesicht, und verleiht ihr eine geradezu überirdische Schönheit. Als hätte ein fremdes Wesen aus einer abgelegenen, besseren Galaxie an Malins Tisch Platz genommen.

«Du hast noch gar nicht angefangen, deine Klamotten auszusortieren, das hattest du doch vor», sagt Malin.

«Das schaffe ich schon noch», erwidert Tove. Dann fährt sie fort: «Nun erzähl, Mama, ich will es wissen, war es was Ekliges, dann werde ich es doch so oder so im Internet lesen, wenn wir wieder zu Hause sind.»

Tu das, denkt Malin. Lies darüber.

Ich kann dich nicht daran hindern. Aber ich denke nicht daran, es dir zu erzählen. Ein Schweigen legt sich über sie, nur das Gemurmel der übrigen Cafébesucher ist zu hören, und all das, was Malin ihrer Tochter nicht erzählen will, steht zwischen ihnen im Raum, beinahe mit Händen greifbar.

Drinnen im Haus.

Eine Erwartung, die alles still werden ließ.

Zeke und sie versuchten etwas zu hören, sie gingen langsam einen Flur entlang, der zu einem Esszimmer führte, dann weiter in ein Zimmer, dessen Wände mit Büchern bedeckt waren.

Zwei Streifenpolizisten saßen auf einem blauen Sofa vor einem

Marmortisch mit Löwentatzen, zwischen ihnen eine Frau mittleren Alters.

Malin und Zeke nickten den Beamten zu, sagten nichts, als könnte das Schweigen die Wahrheit noch eine Weile auf Abstand halten. Einer der Polizisten deutete zum Nebenraum.

In der großen, glänzenden Küche, inmitten der spiegelnden Fassaden aus Edelstahl, saßen zwei Beamtinnen, jede mit einem Kind auf dem Schoß.

Die Geräusche vom Band, das sie und Zeke im Auto gehört hatten, kamen ihr in den Sinn. Jetzt schwiegen die Kinder.

Wie alt?

Sieben, acht vielleicht, der Junge.

Drei, vier, das Mädchen. Die Kinder schauten zu Malin und Zeke auf, und in ihren Blicken lagen Gefühle, für die es keine Worte gab. Eine undefinierbare Mischung aus Verzweiflung, Angst und Trauer, aber auch eine sonderbare Erleichterung, als trauten sie sich hier auf dem Schoß der fremden Polizistinnen zum ersten Mal, sie selbst zu sein.

«Er liegt im Arbeitszimmer», sagte eine der Beamtinnen, und in dem Moment, als das Wort «er» durch die Küche hallte, machte sich der Junge los und stürzte auf Malin zu, schlang seine Arme um ihre Beine und schrie: «Mama, ihr dürft Mama nicht mitnehmen. Mama darf nicht ins Gefängnis, sie darf nicht weggehen, sie darf nicht, ihr dürft Mama nicht mitnehmen.»

Malin und Tove gehen vom Café nach Hause. Aus den Geschäften sind Weihnachtslieder zu hören, Kinderaugen glänzen vor Erwartung, und die Kälte beißt in die Wangen. Sie nähern sich der Wohnung in der Ågatan, die Uhr an der St. Larskirche zeigt Viertel nach sechs.

Menschen im Pub Pull & Bear.

Bier.

Wein.

Whisky.

Die Verheißung eines einfachen Lebens.

Und in den Fausthandschuhen gräbt Malin die Nägel der Zeigefinger tief in die Daumen, um der Sucht nach Alkohol Paroli zu bieten.

Vom Fluss weht ein noch kälterer Luftzug herüber. Tove bleibt vor der Haustür stehen, Malin schaut sie an, und bevor sie etwas sagen kann, öffnet Tove den Mund: «Mama, du musst dir keine Sorgen machen», sagt sie, «ich komme gut zurecht in Lundsberg. Ich werde schon keine eingebildete Tussi werden.»

Malin sieht Toves Mütze an. Das Etikett von Prada. Woher hat sie diese Mütze? Und warum trägt sie sie?

Du merkst selbst gar nicht, dass du dich veränderst, Tove.

«Ich weiß», sagt Malin, «das ist es nicht.»

«Du schaffst das schon, Mama.»

Malin nickt, lächelt, sagt: «Komm, lass uns reingehen, ich habe Hunger.»

Die uniformierte Polizistin musste den Jungen gewaltsam von Malins Beinen lösen.

«Verdammt, bringt sie raus in den Wagen», zischte Zeke, und sie waren weiter ins Haus hineingegangen, einen beleuchteten Flur entlang, bis zu einem kleinen Zimmer, das zum Garten hinaus lag. Ein helles Zimmer, trotz des bleigrauen Winterhimmels.

Der Mann lag mit dem Gesicht nach unten, vom Stuhl gefallen, vor einem Computer. Die Rückseite seines rasierten Schädels war zertrümmert, an mehreren Stellen eingedrückt, das Blut hatte sich mit der Gehirnmasse zu einem geronnenen grauroten Brei vermischt.

Der Hammer lag neben ihm auf dem Boden, als hätte ihn jemand dort platziert, um das Ende von etwas zu markieren.

Malin schaute sich in dem kleinen Zimmer um. Auf dem großen

Computerbildschirm wechselte ein Bildschirmschoner zwischen verschiedenen Fotos von paradiesischen Urlaubsstränden.

Draußen vor dem Fenster fiel der Schnee.

An dem Strand wäre ich jetzt gern, dachte Malin.

Die Worte der Frau auf dem Band. «Ich habe ihn mit einem Hammer erschlagen. Ich habe es getan. Ich habe es getan.»

«Sie hat es getan», sagte Zeke, «wir können das hier wohl den Technikern überlassen.»

«Warum?», fragte Malin ins Zimmer hinein.

Die Frage war nicht an Zeke gerichtet, eher an sich selbst, dennoch antwortete er. «Offenbar war ihr Mann der Direktor eines der größten Unternehmen der Stadt. Solche Typen haben ja oft irgendwelche Frauengeschichten, oder? Kann sein, dass er notorisch untreu war. Vielleicht sollten wir mal in der Richtung suchen?»

«Wir reden zuerst einmal mit der Frau», sagte Malin, und sie verließen mit schweren Schritten das Zimmer.

Malin und Tove brauchen eine halbe Stunde, bis das Essen auf dem Tisch steht.

Spaghetti. Hacksoße. Ein Fertiggericht. Beide haben so kurz vor Weihnachten keine Lust auf etwas Raffinierteres, an den Feiertagen werden sie noch genug mit Kochen und Backen zu tun haben.

Sie essen am Küchentisch, unter der kaputten Ikea-Uhr.

«Nun erzähl doch mal», sagt Tove wieder, «was bei deiner Arbeit passiert ist.»

Malin sieht, wie ihre Tochter einen Löffel in den Mund schiebt.

«Ich dachte, du hättest es schon im Internet gelesen.»

Tove schüttelt den Kopf. «Ich hab mein Facebook-Account gecheckt.»

«Was Neues?»

«Lenk nicht ab, Mama. Erzähl.»

«Es war das Übliche», sagt Malin. «Streit zu Hause, und dann ist das Ganze aus dem Ruder gelaufen. Laut Statistik passiert das immer wieder.»

«Was passiert? Wie?»

Toves Stimme klingt drängend, beinahe überheblich, als wüsste sie in ihrem jungen Alter alles über die Welt, und sie weiß ja wirklich eine ganze Menge, meine Tochter, denkt Malin, und vielleicht hat Tove doch recht: Sie weiß alles, was sie wissen muss.

«Dass Menschen in diesem Land einander umbringen», sagt Malin. «Laut Statistik geschehen fast alle Morde innerhalb der Familie. Diejenigen, die wir lieben, töten wir am ehesten, so einfach ist das.»

Tove sagt nichts.

Schaut auf ihren Teller.

«Mehr Parmesan?», fragt Malin und hält ihrer Tochter die Tüte mit dem billigen, fertiggeriebenen Käse hin.

Die Frau, die Mutter der Kinder, schaute von ihrem Platz zwischen den Beamten auf dem blauen Sofa zu Malin und Zeke auf. «Ich musste es tun», sagte sie, «was wäre ich sonst für ein Mensch?»

Malin hockte sich vor sie.

Das Gesicht der Frau schien in einem inneren Krampf erstarrt zu sein, doch ihre Augen zeigten eine Entschlossenheit, größer als Malin sie je gesehen hatte.

«Ich wollte es tun, wenn er dadrinnen sitzt», erklärte die Frau. «Ich war gezwungen, es genau dort zu tun.»

«Warum?», fragte Malin. Sie konnte hören, wie die Uniformierten und Zeke angespannt atmeten.

«Ich musste es tun», wiederholte die Frau.

«Aber warum?»

«Weil man manchmal etwas tun muss, was man eigentlich nicht will und was falsch erscheinen kann.»

«Erzählen Sie», sagte Malin.

Die Frau schüttelte den Kopf, schloss die Augen, und Malin fragte sich, was sie wohl in ihrer Einsamkeit hinter den Augenlidern sah.

«Sie nehmen mir jetzt die Kinder weg», flüsterte die Frau, «aber ich werde sie zurückkriegen, das weiß ich.»

«Erzählen Sie es uns», sagte Malin leise, doch die Frau blieb stumm.

Von ihrem Platz am Wohnzimmerfenster kann Malin sehen, wie Tove in der Küche abwäscht, wie sie gewissenhaft die Teller, von denen sie gerade gegessen haben, schrubbt und dann abspült.

«Mama», ruft Tove aus der Küche, «kommt er heute?»

«Nein.»

«Gehst du zu ihm?»

«Morgen. Vielleicht. Er arbeitet heute Nacht.»

«Okay.»

Peter Hamse. Der Arzt, den sie kennengelernt hat. Nur dank ihm ist es für sie erträglich, dass Tove wieder nach Lundsberg fährt. Malin freut sich darauf, Weihnachten mit ihm und Tove zu feiern.

Und Malin geht in die Küche, nimmt Tove die Spülbürste aus der Hand, sagt: «Jetzt übernehme ich», und dann sieht sie, wie Tove in ihr Zimmer geht, wie sie von der Dunkelheit des Raums geschluckt wird und einzutreten scheint in eine düstere, bedrohliche Zukunft.

Was hätte ich getan, wenn ich die Frau gewesen wäre, die Mutter, in dem Haus heute Morgen?, fragt Malin sich, und ihr ist klar, dass sie die Antwort genau weiß.

Die Uniformierten hatten die Frau in einen anderen, neu eingetroffenen Streifenwagen gebracht, danach ging Malin allein zurück in das Zimmer mit dem großen Computerbildschirm und dem erschlagenen Mann.

Vorsichtig näherte sie sich dem Computer, fast hatte sie Angst davor, was sie hinter den Paradiesbildern des Bildschirmschoners finden würde.

Ein Schritt.

Zwei.

Drei.

Und dann war sie am Computer angekommen und schlug fest mit dem Zeigefinger auf die Taste A, und obwohl sie ahnte, was sie zu sehen bekommen würde, wich sie unbewusst zurück vor dem lautlosen Film, der sich in voller Breite auf dem Schirm abspielte.

Der Mann zu ihren Füßen.

Der eingeschlagene Schädel.

Der Hammer.

Die nackten Kinder, die sie auf dem Bildschirm sah, ihre Köpfe mit schwarzen Sturmhauben verdeckt. Der Mann, das musste er sein, den sie auf dem Schirm sah, dachte sie, was macht er, ich will gar nicht wissen, was er macht. Doch ich weiß es.

Ich will das hier nicht sehen.

Jetzt keine Sturmhauben mehr.

Der Sohn, die Tochter und ihr Vater.

Will das hier nicht sehen.

Will nicht.

Und sie begann mit den Füßen nach dem toten Körper zu treten, trat ihn immer und immer wieder, und dann lief sie aus dem Zimmer, stürzte aus dem Haus.

Die Kinder.

Die Frau.

Wo waren sie?

Und Malin Fors sah, wie die Streifenwagen die schneebedeckte Straße hinunterglitten und langsam durch das schicke Wohnviertel fuhren. Sie lief hinter den Wagen her, rief und schrie, aber die Fahrzeuge verschwanden hinter einer Straßenecke, waren fort.

Auf dem Asphalt, der an diesem Dezembermorgen kälter und härter war als sonst, fiel sie auf die Knie.

In ihren Gedanken trat sie weiter auf die Leiche ein. Hielt die Kinder fest an sich gedrückt, streichelte ihre Wangen, sagte, dass alles gut werden würde.

Jetzt, viele Stunden später, sitzt Malin Fors am Bett ihrer schlafenden Tochter, streicht ihr über die Wange, während sie flüstert: «Du weißt doch, dass ich mein Leben für dich geben würde, Tove. Das würde ich, ohne zu zögern, tun.»

Da öffnet Tove die Augen.

«Ich weiß, Mama, ich weiß», flüstert sie. «Aber morgen kannst du mir erst mal helfen, die alten Klamotten auszusortieren. Das sind so viele. Ich weiß gar nicht, wo ich anfangen soll. Es ist immer so schwer zu entscheiden, wo man anfangen soll, findest du nicht auch?»

«Ja, das ist schwer, Tove», flüstert Malin. «Das ist fast unmöglich.»

THOMAS ENGER

O Tannenbaum

Aus dem Norwegischen von
Maike Dörries und Günther Frauenlob

Dieses Jahr war Schluss, dachte er.
Dieses Jahr würde ihn niemand verarschen.
Otto Christian Aamodt legte die Finger fest um die Kaffeetasse,
trank schlürfend einen Schluck und ließ den Blick über die Bäume
und die Landschaft schweifen. Alle Jahre wieder hatte er diesen
Vorsatz gefasst, sich fest vorgenommen, wie ein Falke auf seinen
Wald aufzupassen, auch wenn ihn das die letzte Kraft kosten würde. Trotzdem war es ihnen jedes Jahr aufs Neue gelungen, manchmal so dreist und offensichtlich, dass es kaum auszuhalten war.
Sie hatten sich gar nicht darum geschert, dass er sie gesehen hatte,
und waren einfach vor ihm davongelaufen, den Weihnachtsbaum
im Schlepptau. Andere Male hatte er den Diebstahl erst bemerkt,
als es bereits zu spät und die Übeltäter längst über alle Berge waren. Der schlimmste von allen war sein Nachbar.

Mathias Amadeus Schreiner.

Schreiner wohnte schon seit den Siebzigern in Norwegen, kam
aber ursprünglich aus Deutschland, irgendwo aus der Gegend von
Nürnberg, glaubte Otto. Er war mit einer Thailänderin verheiratet, Mayoree, und die beiden waren glücklich kinderlos. Wenn
Schreiner keine Weihnachtsbäume stahl, fuhr er Schwertranspor-
ter durch ganz Europa und verdiente damit einen Haufen Geld.
Einen Weihnachtsbaum konnte er sich also locker leisten, daran

bestand kein Zweifel. Nein, für Mathias Amadeus Schreiner war das Weihnachtsbaumklauen eher ein Sport. Er hatte offenbar großen Spaß daran, ihn, Otto, auszutricksen, und es schien für Schreiner erst dann richtig Weihnachten zu sein, wenn er wusste, dass Otto allein in seinem Haus saß und vor Wut kochte.

Aber nicht in diesem Jahr, wiederholte Otto für sich. Dieses Jahr würde kein einziger Baum gefällt werden, ohne dass ihn jemand um Erlaubnis gefragt und seinen Obolus bezahlt hätte, so viel war sicher. Es ging nicht darum, dass niemand in seinen Wald durfte, nein, nein. Solange sie ihren Dreck wieder mitnahmen, sollten sie sich ruhig alle daran erfreuen. Das war nur leider nicht immer so. Er wusste wirklich nicht, wie viel Unrat er im Laufe der Jahre schon aus dem Bånntjernwald herausgeholt hatte. Kleider, Kondome, ja sogar eine alte Spülmaschine war dort vor Jahren einmal abgeladen worden. Am ärgerlichsten aber war die Dreistigkeit der Leute, die sich in seinem Wald bedienten wie in ihrer eigenen Speisekammer.

Otto, oder OC, wie er von seinen wenigen noch lebenden Freunden genannt wurde, umklammerte die Tasse noch fester und spürte, wie die Wärme der teerbraunen Flüssigkeit ihren Weg bis in seine nie ganz sauberen Finger fand. Sie waren schwielig und rau, weil er sie nur selten mit löchrigen Handschuhen schützte. Er hatte den Wald vor 53 Jahren von seinem Vater geerbt, und er pflegte ihn gewissenhaft, lichtete aus, wo es nötig war, fällte die Bäume, die nicht groß werden wollten, und räumte die abgebrochenen Äste und Zweige von den Wegen, wenn der Wind wieder einmal einen seiner Wutanfälle gehabt hatte. An diesem Tag war überhaupt kein Wind; die Bäume standen reglos und mit hängenden Ästen da. Um ihn herum war es vollkommen still. Diese Ruhe fand er nur im Wald, zwischen Zweigen und Bäumen, zwischen Heide und Wacholder. In solchen Momenten hatte er das intensive Gefühl, ein Teil von alledem zu sein. Er liebte diese Stimmung, auch wenn die Stille ihn oft an den Tod denken ließ – und an Helene. Aber gerade deshalb fühlte er sich selten lebendiger als inmitten dieser Ruhe, auf dem Stumpf eines Baumstamms sitzend, den er 1998 gefällt hatte.

Er hatte ihn Magdalena getauft – eine wirklich standhafte Dame war sie gewesen, eine Fichte wie aus dem Bilderbuch, die er hatte fällen müssen, um ihren Freundinnen Licht und Platz zum Atmen zu verschaffen. Sie hatte ihm einen Bandscheibenvorfall beschert, von dem er sich nie richtig erholt hatte, und in gewisser Weise war sie selbst schuld daran, dass sie jetzt zu seinem festen Rastplatz geworden war.

Otto hatte einige solcher Rastplätze, und jedem davon hatte er einen Namen gegeben: Hanne Cathrine, Inga Marie, Karianne, Eva Cecilie – Frauen, die ihm im Laufe seines Lebens begegnet waren. Jede hatte ihm auf ihre Art etwas bedeutet, und einige von ihnen hatte er auch nicht nur mit Axt und Säge flachgelegt. Aber einen seiner Bäume Helene zu nennen, das kam nicht in Frage. Niemals. Für sie war kein Stamm gut genug.

Otto sog den Geruch ein. Spätherbst, beginnender Winter. Ein Duft nach Rinde und nassem Gras, ein rauer, erdiger Geruch, der für ihn ganz eng mit dem Gefühl von Veränderung verknüpft war. Noch war kein Schnee auf den Bånntjernwald gefallen, dabei war bald Weihnachten. Das stimmte ihn ein wenig traurig. Weihnachten war nicht wirklich Weihnachten, wenn es unter seinen Füßen nicht knackte und knirschte, wenn die Kälte ihm nicht in die Haut stach und die Zweige sich unter der Last des Schnees zu Boden senkten. Weihnachten musste weiß sein, das war einfach so. Doch jetzt waren es nur noch drei Tage bis Heiligabend, und der Wetterbericht war wenig vielversprechend. Am 24. sollte es sogar regnen, dann würde sogar der Raureif vom Boden verschwinden. Aber daran konnte Otto Christian ja nichts ändern.

«Was meinst du, Magdalena», sagte er und zeigte auf eine Fichte, die nur wenige Meter entfernt stand, «wird August sie mögen?»

Otto trank noch einen Schluck Kaffee und spürte ein Zittern durch seinen Körper gehen. In zwei Tagen wollte August kommen und mit ihm in den Wald gehen, um den Weihnachtsbaum zu schlagen – genau wie sie es früher immer gemacht hatten. Es war einige Jahre her, dass sie zuletzt zusammen Weihnachten gefeiert hatten. August hatte sieben Jahre lang mit Frau und Kindern in Dänemark gelebt, und da war es schwierig gewesen, Weihnachten nach Hause in den Bånntjernwald zu kommen. Otto hatte zwar Platz genug für die ganze Familie, aber er war einfach kein guter Gastgeber. Und auf die Idee, selbst zu verreisen und seinen Sohn zu besuchen, war er nie gekommen. Er musste schließlich auf seinen Wald aufpassen. Außerdem wollte er der Familie nicht zur Last fallen, mit kleinen Kindern hatte man ja so schon genug um die Ohren.

Augusts Beziehung zu Gitte war jedoch vor einem halben Jahr in die Brüche gegangen, und obgleich er wegen der Kinder noch immer in Aalborg lebte und arbeitete, hatte er dieses Mal zugestimmt, Weihnachten nach Hause zu kommen – nach Hause in den Bånntjernwald. Die Kinder sollten Weihnachten mit Gitte feiern, und August hatte keine Lust, ganz allein in der schicken Wohnung zu bleiben, die er sich gekauft hatte. Otto hatte ihn natürlich gleich eingeladen und ihm gesagt, dass sein Zimmer nur auf ihn wartete und sie Weihnachten genau wie früher feiern würden. Am Tag vor Heiligabend würden sie in den Wald gehen und einen Weihnachtsbaum schlagen, so wie sie es früher immer gemacht hatten, ja, und dann würde er seinem Jungen die besten Rippchen kochen, die er jemals gegessen hatte.

Na ja, gesagt hatte Otto das nicht wirklich, aber gedacht. Und jetzt saß er da und dachte wieder nach. Was würde August wohl dazu sagen, dass er den Baum Gitte getauft hatte, oder sollte das besser sein kleines Geheimnis bleiben? Er hatte die echte Gitte nur ein einziges Mal getroffen, als er mit der Fähre nach Kopenhagen gefahren war. Sie waren ihm zuliebe in die Hauptstadt gekommen und hatten mit ihm im *Peder Oxe* gegessen, August hatte sogar darauf bestanden, die Rechnung zu übernehmen, schließlich verdiente er ja so gut, der Junge. Damals hatten die beiden noch keine Kinder gehabt, Jesper und Lone waren erst später gekommen. Otto mochte Gitte eigentlich sehr; sie war ein fröhlicher Mensch, lächelte viel und hatte seinem Sohn immer wieder über den Arm gestreichelt und ihren Kopf auf seine Schulter gelegt, wenn er einen amüsanten Kommentar gemacht hatte. Otto war richtig traurig gewesen, als August ihn angerufen und gesagt hatte, der Alltag mit den Kindern und der Arbeit und dem grauen Einerlei habe sie eingeholt. Sie hätten sich aber in aller Freundschaft getrennt. Ein paar Wochen später hatte Otto sogar einen Brief von Gitte bekommen, in dem sie ihm schrieb, wie leid es ihr tue, dass alles so gekommen sei, und ihm für sein weiteres Leben alles erdenklich Gute wünschte.

Vielleicht hatte sich Otto deshalb so intensiv um diesen Baum gekümmert. Er hatte ihn früh gefunden, da er immer schon im Frühjahr begann, nach dem richtigen Baum Ausschau zu halten. Erkannte er das Potenzial eines Baumes, begann er, ihn nach allen Regeln der Kunst zu veredeln. Er stutzte Zweige und Äste, entfernte Gras und Büsche, die dem Baum das Licht nahmen, und in längeren Trockenphasen wässerte er die Bäume sogar. Tote Zweige wurden sofort entfernt, an einem Weihnachtsbaum durfte nicht eine einzige trockene Nadel sein. Gitte durfte auf keinen Fall in fremde Hände geraten, das war schon mal klar.

Otto hegte allerdings den Verdacht, dass Mathias Amadeus Schreiner von seinem speziellen Baum wusste. Er befürchtete, dass der Nachbar ihm hinterherspioniert hatte. Im Jahr zuvor war nämlich ausgerechnet sein Baum heimlich gefällt worden, Anita, nur der Stumpf mit den Axtkerben war noch übrig gewesen, etwa 20 Zentimeter über dem Boden. Die Schleifspuren im Schnee hatten eindeutig direkt zum Haus seines Nachbarn geführt. Als er Schreiner damit konfrontiert hatte, hatte der blöde grinsend alles geleugnet und behauptet, schon lange nicht mehr im Wald gewesen zu sein. «Das müssen andere gewesen sein!»

Im Jahr davor wiederum war Ida Christine aufs schlimmste geschändet worden. Jemand hatte ihr die mittleren Zweige weggeschnitten, sodass sie ausgesehen hatte wie eine Sanduhr. Otto verzichtete inzwischen darauf, seine auserwählten Weihnachtsbäume mit einem Schal oder einem Stück Seil zu kennzeichnen. Das hatte er früher immer getan, aber diese Hilfestellung sollte der Nachbar nicht mehr bekommen.

Otto stand auf, packte seine Kaffeetasse, die Thermoskanne und die leere Brotdose weg, zog die Axt aus Magdalena und machte sich auf den Heimweg. Die Luft war kalt, aber das machte ihm nichts, er ging immer mit offener Jacke. Solange er Wolle auf der Haut trug, konnte es schneien oder stürmen, krank wurde er nie.

Herzkrank allerdings, das war er schon lange. Seit Helene vor vier Jahren im Radiumhospital eingeschlafen war, war es so still im Haus geworden, da half es auch nichts, dass von morgens bis abends das Radio lief. Etwas fehlte, und das spürte er am deutlichsten in seinem Herzen, da war ein drückender Schmerz in seiner Brust, der nie mehr aufhören wollte.

Otto stapfte voran, und die Wurzeln und Zweige hielten seinen 102 Kilo stand. So viel hatte er jedenfalls gewogen, als er sich das letzte Mal auf die Waage im Bad gestellt hatte, was jetzt sicher auch schon drei oder vier Jahre her war. Er hatte ein paar Kilo zu viel auf den Rippen, aber was spielte das schon für eine Rolle, wenn man 78 Jahre alt war und ohnehin bald sterben würde. Eigentlich war er noch ganz gut in Form, auch wenn sich sein Hals an diesem Morgen rau und kratzig angefühlt hatte. Nach einem großen Schluck Lebertran hatte er nichts mehr davon gespürt.

Ein Geräusch weckte Ottos Aufmerksamkeit.

Schritte.

Er blieb stehen und lauschte. Beugte sich etwas vor und suchte die Umgebung ab. Manche Leute waren dumm genug, sich auf ihren Raubzügen rot, blau oder gelb zu kleiden. Es war leicht, das Duo zu entdecken, das heute seinen Weg in den Bånntjernwald gefunden hatte. Sie liefen gut gelaunt durchs Unterholz und achteten nicht einmal darauf, leise zu reden. Ebenso gut hätten sie ihr Kommen in der Zeitung ankündigen können. Es handelte sich um einen erwachsenen Mann in den Vierzigern in Begleitung eines Jungen. Sie redeten über Fußball und über den Schnee, der jetzt endlich fallen musste.

Es sah aus, als wären sie auf dem Weg zum Vestlifeld, aber sicher war Otto sich nicht, er sah ja nicht mehr so gut. Wie oft August ihn nicht schon aufgefordert hatte, doch endlich einmal zum Augenarzt zu gehen.

Im Vestlifeld standen Susanne und ihre Genossinnen.

Otto legte seine Finger fester um die Axt, verließ den Weg und lief über das feuchte Moos. Wie eine Katze schlich er sich an, achtete aber immer darauf, den beiden Eindringlingen nicht zu nahe zu kommen. Er passierte einen Ameisenhaufen, in dem noch immer Leben war, tauchte unter einem Zweig hindurch, der sich vorwitzig in den Weg schob, und spürte, wie sein Rücken ganz unten im Bereich der Lendenwirbel dichtmachte. Er schluckte den Schmerz hinunter, schließlich hatte er etwas Wichtiges zu erledigen. Bald war er nur noch zwanzig Meter von ihnen entfernt, ohne dass sie ihn bemerkt hatten. Otto trug immer seine geliebten Tarnkleider. Die grüne Militärjacke, die Helene ihm bei *Pettersens Uniformen* gekauft hatte, würde er nie wieder hergeben. Er trug sie jetzt schon seit den späten siebziger Jahren.

«Und was ist mit dem, Papa?»

«Zu klein», antwortete der Vater.

«Meinst du wirklich?»

«Deine Mutter würde ausrasten, wenn sie den sehen würde. Mama will einen richtig großen Baum, du weißt doch, ihr kann der Baum gar nicht groß genug sein.»

Der Junge nickte und ließ den Kopf hängen. Bestimmt langweilte er sich schon, dachte Otto. Die Jugend von heute.

Er wartete, bis sie weitergingen, folgte ihnen im Tempo des Vaters und blieb stehen, als der Junge sich umdrehte. Eine Elster flog auf, und diesen Moment nutzte Otto, um aus seinem Versteck zu treten. Der Junge erstarrte und wich einen Schritt zurück. «Papa», sagte er, und auch der Mann drehte sich um.

«Oh, verdammt», sagte er. «Hab ich mich erschrocken.»

Otto sah ihn einfach nur an und wartete, bis das überraschte Lächeln vom Gesicht des Mannes gewichen war.

«Ich bin hier der Grundbesitzer», sagte er mit gewichtiger Stimme. «Was machen Sie hier?»

Er warf erst einen Blick auf den Vater, dann auf den Sohn. Der Vater hob die Hände in einer entschuldigenden Geste.

«Also», begann er, «es tut mir leid ... Ich dachte, dass ...» Er sah weg und kratzte sich mit dem schwarzen Handschuh am Kopf. Dann versuchte er, so entwaffnend wie nur möglich zu lächeln, und ging einen Schritt auf Otto zu.

«Entschuldigen Sie, dass wir einfach so hier eindringen», begann er. «Aber ich dachte, es wäre ein tolles Vater-Sohn-Erlebnis, gemeinsam im Wald einen Weihnachtsbaum zu schlagen, statt ihn in dem Gewimmel vor dem Einkaufszentrum zu kaufen. Außerdem sind die da verdammt teuer.»

Er lachte gequält und offenbarte dabei eine Reihe nikotingelber Zähne. Otto umklammerte seine Axt ein bisschen fester.

«Und hier am Bånntjern stehen ja genug Fichten, dachte ich mir. Das macht doch sicher nichts, wenn da eine wegkommt?»

«Doch», antwortete Otto. «Das macht was. Das sind schließlich nicht Ihre Bäume.»

«Aber ...»

«Wie fänden Sie es, wenn ich bei Ihnen zu Hause in die Küche ginge und ein Glas mitnehmen würde, weil Sie ja sicher genug davon haben?»

Der Mann starrte ihn mit offenem Mund an. «Also, ich würde mal sagen, dass das nicht ganz das Gleiche ist ...»

«Das ist genau das Gleiche», sagte Otto und erhob die Stimme. «Bringen Sie Ihrem Sohn womöglich auch bei, wie man sich am geschicktesten vordrängelt, wenn man irgendwo ansteht?»

«Sich vordrängeln? Nein, so etwas tue ich nicht», protestierte er.

«Verschwinden Sie», sagte Otto und wedelte mit der Hand herum. «Verschwinden Sie, ehe ich etwas tue, das ich später bereuen könnte. So dreiste Menschen wie Sie sind für mich das Letzte.»

Otto erhob die Axt und machte einen Schritt nach vorn. Der Mann starrte ihn entgeistert an. «Sie machen wohl Witze!», sagte er.

«Sieht es etwa so aus, als würde ich einen Witz machen?»

Der kleine Junge drückte sich schutzsuchend an seinen Vater; der legte seinem Sohn die Hände auf die Schultern.

«Okay, okay», sagte er schließlich. «Immer mit der Ruhe, wir gehen ja. Wir sind schon weg.»

«Gut», antwortete Otto. «Und kommen Sie ja nicht wieder!»

Im Laufe des Tages machte er noch drei weitere Runden.

Eine Frau behauptete, einfach nur spazieren zu gehen, und als Otto sie fragte, was sie mit der Gartenschere und dem schwarzen Müllsack wollte, den sie in der Hand hielt, blieb sie ihm eine Antwort schuldig. Nachdem Otto ihr einen hasserfüllten Blick zugeworfen hatte, machte sie auf dem Absatz kehrt und verschwand schnell und leise vor sich hin schimpfend in Richtung Parkplatz.

Ganz abenteuerlich wurde es, als ein sicher 65-jähriger Mann ihm mit schiefem Grinsen erklärte, er wolle nur ein paar Wacholderzweige und vielleicht einen Kiefernast schneiden, die seine Frau dann schmücken könnte. Und wenn er was Hübsches finden würde, vielleicht auch ein kleines Tännchen für seinen fünfjährigen Enkel. Allein der Gedanke, dass jemand eins von Ottos kleinen Mädchen mitnehmen wollte, machte ihn so wütend, dass er den Mann, der leicht hinkte, förmlich aus dem Wald jagte.

Zu guter Letzt bekam es noch ein Liebespärchen mit Otto zu tun. Sie hatten sich Isomatten und etwas zum Picknicken mitgenommen und wollten einfach nur die frische Luft genießen, sagten sie. Und vielleicht würden sie auf dem Rückweg einen Weihnachtsbaum mitnehmen, falls sie einen passenden sähen. Anfänglich war Otto den beiden gegenüber noch milde gestimmt gewesen. Wären sie nicht so sauer geworden, als er ihnen verkündet hatte, dass sie kein Recht hätten, einen Baum zu fällen, hätte er ihnen vielleicht sogar einen Baum gegeben; immerhin war bald Weihnachten.

Es war anstrengend, auf den Wald aufzupassen, und Otto war schließlich kein Jungspund mehr. Als der Himmel gegen drei Uhr am Nachmittag dunkel wurde, ging er nach Hause, setzte sich in seinen Sessel, legte die Beine hoch und atmete tief durch. Sein Rücken schmerzte, und auch das Kratzen im Hals war wieder da, schlimmer als zuvor. Am liebsten hätte er sich ein oder zwei Gläser Cognac genehmigt, aber dann würde er auf der Stelle einschlafen, und das konnte er sich nicht erlauben, denn wenn er erst einmal schlief, bekäme er für den Rest der Nacht nichts mehr mit. Aber er musste doch in der Dunkelheit, die sich in dieser Jahreszeit schon nachmittags um vier über den Bånntjernwald legte, nach verdächtigen Lichtern Ausschau halten.

Er wärmte sich eine Dose Labskaus auf, aß ein Stück Brot dazu, trank zwei Gläser Wasser und setzte sich mit einer dampfend heißen Tasse Kaffee ans Fenster. Im Radio lief eine Diskussionssendung über den alljährlichen Kaufrausch vor Weihnachten. Brauchte man all diese Geschenke wirklich, oder wäre es nicht viel besser, sich gegenseitig etwas mehr Zeit zu schenken? Genau, dachte Otto, es wäre viel besser, ein bisschen füreinander da zu sein, solange man noch lebte; man konnte ja nicht wissen, wann es zu Ende ging.

Helene und er hatten sich darauf verstanden, sie hatten immer alles gemeinsam gemacht, zum Beispiel die Arbeiten an der Scheune, in der man so schön feiern konnte, die aber auch als Lager für das Werkzeug, die Fahrräder und sonstiges Material diente. Im Sommer vor ihrem Tod hatten sie dort drinnen eigenhändig einen Kamin gemauert. Es war wunderbar gemütlich, in der kalten Jahreszeit dort drüben Feuer zu machen. Mal was anderes, als immer die gleichen Wohnzimmerwände anzustarren, auch wenn Otto in der Regel in ein Kreuzworträtsel vertieft war, während Helene etwas stickte oder eine andere Handarbeit machte.

Im Frühling steckten sie Kartoffeln und säten Erbsen und Karotten, sie unternahmen Spaziergänge im Wald, sahen zu, wie alles grün wurde, pflückten Blumen und stellten sie ins Wasser. Manchmal fuhren sie auch mit dem alten Kahn, den er 1968 für die Summe von 589 Kronen und 50 Øre gekauft hatte, auf den See hinaus und angelten Barsche oder einen Hecht, aus dem Helene dann hinterher Klößchen machte. Sie fuhren mit den Rädern zur Svenskesletta, setzten sich ins Café, tranken einen Kaffee und teilten sich ein oder zwei Zimtschnecken, wenn sie denn frisch waren. Im Winter fuhren sie zusammen Ski, aber nicht in diesen Riesenloipen, die die Menschen heute haben mussten, um glücklich zu sein. Nein, sie zogen ihre Spuren kreuz und quer durch den Bånntjernwald. Im Jahr vor Helenes Tod war Otto oft allein unterwegs gewesen. Aber er war meistens viel früher als geplant nach Hause zurückgekommen.

Otto trank mehr Kaffee, als gut für ihn war, ignorierte aber das aufkommende Sodbrennen. Was spielte das schon für eine Rolle, Hauptsache, seinem Wald ging es gut. Auch als er vor Anbruch der Nacht noch eine letzte Runde drehte, sah und hörte er nichts Verdächtiges.

Gut so.

Er hatte seine Pflicht erfüllt und konnte guten Gewissens ins Bett gehen.

Tags darauf wachte Otto mit dem Gefühl auf, sich nicht bewegen zu können.

Sein Rücken hatte wieder mal dichtgemacht. Er dachte etwas mürrisch an Magdalena, während er aus dem Bett zu kommen versuchte, was nicht leicht war. Er musste sich auf die Seite rollen und mit den Händen hochdrücken, um sich erst einmal in eine sitzende Position zu bringen. An einem Tag wie diesem durfte er nicht einfach liegen bleiben. Die Diebe konnten jederzeit anrücken, und er musste sie schnappen, jeden einzelnen, und wenn es das Letzte war, was er tat.

Unter seinem Adamsapfel hatte sich ein dicker Klumpen festgesetzt, und wenn er zu schlucken versuchte, schmeckte es irgendwie nach Blut. Es war ein beklemmendes Gefühl, wie wenn ihm jemand die Kehle zudrückte. Er versuchte es zu verdrängen, nichts sollte ihn heute daran hindern, seine Arbeit zu tun, und so begann er den Tag wie den vorangegangenen. Er rappelte sich auf, trank etwas Lebertran, aber nicht einmal das konnte den Blutgeschmack oder die Schmerzen vertreiben. Er spürte seine Stimmbänder, als er etwas zu sagen versuchte. Es kam häufig vor, dass er mit sich selbst redete, aber an diesem Tag war seine Stimme seltsam brüchig, und es half weder Räuspern noch Ausspucken. Außerdem lief seine Nase. Das fehlte noch, dass er sich zwei Tage vor Heiligabend eine Erkältung einfing und nichts mehr schmecken oder riechen konnte. Immerhin standen die wunderbaren Rippchen schon in der gut gekühlten Vorratskammer bereit und warteten nur darauf, in den Ofen geschoben zu werden. Wenn er sich an einem Tag des Jahres wirklich aufs Essen freute, dann an Weihnachten, wenn das kross gebratene Fleisch seinen Gaumen kitzelte und der Aquavit sich brennend seinen Weg durch die Kehle bahnte.

Otto versuchte, den Gedanken abzuschütteln. In den letzten Jahren war er nur selten krank gewesen, und nie hatte es lange gedauert, meist nur einen Tag.

Dieses Mal war es anders, im Lauf des Tages ging es ihm immer schlechter, er bekam Kopfschmerzen, und auch die Halsschmerzen wurden schlimmer. Trotzdem unternahm er seine übliche Runde, er zwang sich förmlich, nach draußen zu gehen, obwohl er kaum laufen konnte. Zu allem Überfluss war die Nacht bitterkalt gewesen, minus 22,8 Grad, sodass all die feuchten, matschigen Stellen des Vortags jetzt hart und vereist waren.

Er ging zuerst zum Vestlifeld, wo er schnell feststellte, dass alles so war, wie es sein sollte. Auch am Nordbymcen gab es keine Anzeichen von unliebsamem Besuch. Im Østmarkagebiet entdeckte er Spuren, die jedoch nicht von einem Menschen, sondern von einem Elch zu stammen schienen. Im südlichen Teil des Waldes aber, im Sørholtet, sah Otto Abdrücke von Schuhen und hatte sofort bange Vorahnungen. Am meisten Sorgen machte er sich um Gitte, und als er bei ihr ankam, wurde seine schlimmste Befürchtung wahr. Jemand hatte ein Seil um ihren Stamm gebunden.

Genau wie er selbst es immer machte.

Otto ballte die Hand zur Faust. Dieser verfluchte Nachbar. Er hatte ihr Spiel auf eine neue Ebene gehoben. Er wollte, dass Otto wusste, dass er Gitte identifiziert hatte. Das Seil symbolisierte, was nun zu erwarten war.

Dieser verfluchte Teufel.

Was sollte er tun? Sollte er sie sofort fällen, um ihm diese Freude zu nehmen? Das Seil entfernen, um ihm damit zu signalisieren, dass er bereit zum Kampf war? Oder sollte er sich einfach auf die Lauer legen und sich auf ihn stürzen, wenn er mit der Axt kam?

Otto spürte seine Kräfte zurückkehren, als er an einen Faustkampf mit seinem Nachbarn dachte, aber in seinem jetzigen Zustand durfte er sich nicht auf eine Schlägerei mit einem Mann von Schreiners Größe einlassen, das würde sein Rücken nicht mitmachen.

Otto ließ Gitte, wie sie war, das Seil etwa zwanzig Zentimeter über dem Boden um den Stamm geschlungen, und ging langsam und nachdenklich durch den Wald zurück. Er fragte sich, was er tun sollte, wenn es dunkel wurde. Ein paar Stunden Tageslicht blieben ihm noch, und er entschloss sich, nach Hause zu gehen und alles nur Erdenkliche zu tun, damit Hals und Rücken wieder besser wurden. Wenn Schreiner mit seiner Axt auftauchte, musste er gewappnet sein, das war klar.

Der Nachmittag kam, und Otto fühlte sich keinen Deut besser. Trotzdem packte er einen Rucksack mit einer Thermoskanne Kaffee und ein paar Scheiben Brot, um dem schlimmsten Hunger vorzubeugen, obwohl er eigentlich auf nichts Appetit hatte.

Er ging direkt zum Sørholtet, wählte aber statt Magdalena, die zu nah bei Gitte lag, Nanette, einen alten, dünnen und moosbepelzten Kiefernstamm. Otto nahm Platz und begann zu warten.

Er hielt lange aus und spürte an seinem Körper, dass es immer kälter wurde. Seine Nase lief wie ein Bach im Frühling, und sein Kopf dröhnte. Er versuchte, möglichst wenig zu schlucken, was nicht leicht war, außerdem brauchte sein Körper etwas Warmes, weshalb er brav seinen Kaffee trank. Außer einem Tier, das in weiter Entfernung an ihm vorbeistrich, sah er keine Bewegung und auch kein Licht. Ein Stück entfernt stand Gitte und winkte ihm im Wind zu.

Kurz vor elf stand er auf und ging zurück zum Haus. Schreiner hatte sich für seine Tat offenbar eine andere Zeit auserkoren; ein Tag blieb ihm ja noch. Otto fällte seinen Baum immer erst am Tag vor Heiligabend, obwohl es eigentlich sinnvoll war, das Anfang Dezember zu tun und den Baum dann kühl zu lagern, damit er sich akklimatisieren konnte. Aber Traditionen waren nun einmal Traditionen. Und außerdem sollte August die Ehre zuteilwerden, Gitte zu fällen, das fand Otto nur passend.

Da er lange fort gewesen war, war es im Haus so kalt, dass er seinen Atem sehen konnte. Im Winter heizte er fast ausschließlich mit Brennholz. Er hockte sich vor den Kamin und tat, was er immer tat; er riss Papier klein und nahm die dünnsten trockenen Scheite, die er fand, um Feuer zu machen. Anzünder kamen ihm nicht ins Haus. Es war eine Schande zu sehen, dass die Menschen heutzutage nicht einmal mehr in der Lage waren, ein einfaches Feuer zu machen. Bald darauf knisterten die Flammen, und er setzte sich vor den Kamin, um sich aufzuwärmen. Er holte sich sogar eine Decke, die er über sich breitete, weil er so sehr fror, dass er mit den Zähnen klapperte. Erst gegen Mitternacht ging er zu seinem Handy und sah nach, ob ihn jemand angerufen hatte; eigentlich geschah das nie, er hatte sich aber trotzdem angewöhnt, immer wieder auf dieses viereckige Ding zu gucken. Tatsächlich hatte August um 21.37 Uhr versucht, ihn zu erreichen.

Es war zu spät, um zurückzurufen, befand Otto. Aber bestimmt hatte das auch bis morgen Zeit. Er hoffte nur, dass August nichts dazwischengekommen war. Otto freute sich so darauf, seinen Sohn wiederzusehen und den Weihnachtsschmaus mit ihm zu teilen. Aber es hatte keinen Sinn, sich schon im Voraus Sorgen zu machen, davon wurde man nur verrückt, und schließlich brauchte er gerade jetzt einen klaren Kopf.

Otto stand früh am nächsten Morgen auf, er hatte sich sogar den Wecker gestellt, um noch vor acht aus dem Haus zu sein. Sein Rücken war nicht besser geworden, im Gegenteil. Und seine Nase war verstopfter als das Plumpsklo im Sommer 85.

Otto ging zu Nanette und setzte sich. Dieses Mal hatte er sich nicht die Mühe gemacht, Kaffee oder Marschverpflegung mitzunehmen, er wollte einfach so lange bleiben, bis es Zeit war, August am Flughafen abzuholen. Wenn er es mit seinem Rücken schaffte, sich ins Auto zu setzen. Vom Flughafen in Gardermoen bis nach Bånntjern war es nicht weit, theoretisch könnte August auch ein Taxi nehmen. Der Junge verdiente ja Geld wie Heu, das spielte also keine Rolle, aber es wäre trotzdem schön, ihn persönlich in Empfang zu nehmen.

Dieses Mal hatte Otto sein Telefon mitgenommen, und gegen zehn Uhr wählte er die Nummer seines Sohns. August nahm fast beim ersten Klingeln ab.

«Guten Morgen, Otto», sagte August.

«Guten Morgen, August», sagte Otto. Er hasste es, dass sein Sohn ihn nicht Papa oder Vater nannte, wie er selbst seinen Vater bis zu dessen Tod.

Wie auch immer.

«Du hast mich gestern Abend angerufen?», sagte Otto.

«Ja», antwortete August schnell. «Stimmt.»

«Ich war schon im Bett, weißt du, vermutlich habe ich es deshalb nicht gehört.»

Otto wusste nicht, warum er das sagte, es gab ja eigentlich keinen Grund zu lügen.

«Ja, ich weiß ja, wie fest du schläfst», sagte August lachend. «Ich wollte nur sagen, dass ich heute möglicherweise einen späteren Flug nehmen muss. Ich muss hier auf der Arbeit noch was fertig kriegen, das unbedingt noch vor Weihnachten erledigt werden muss.»

«Tja», sagte Otto.

«Aber zum Glück gehen ja genügend Flüge von Kopenhagen nach Oslo. Die Frage ist nur, ob wir es dann noch schaffen, den Weihnachtsbaum zu holen, bevor es dunkel ist.»

«Hm.»

«Wo steht er denn eigentlich?»

«Hm?»

«Der Weihnachtsbaum? Wie ich dich kenne, hast du doch bestimmt schon vor langem einen ausgesucht?»

Otto lächelte.

«Sie steht im Sørholtet, nicht weit von Magdalena entfernt.»

«Dachte ich's mir doch», sagte August. «Wenn ich es nicht rechtzeitig schaffe, kannst du ihn ja vielleicht schon fällen?», fragte er.

Otto spürte ein Brennen in der Brust.

«Ich weiß nicht, ob ich das schaffe.»

Es wurde einen Augenblick lang still.

«Quält dich dein Rücken wieder?»

«Ja», antwortete Otto und sah zum Himmel. Es wurde noch lange nicht dunkel. «Komm einfach, wenn du so weit bist», sagte er und gab sich Mühe, nicht enttäuscht zu klingen.

«Mir bleibt wohl nichts anderes übrig, tut mir wirklich leid», antwortete August.

«Das macht nichts, wir können unseren Baum auch noch morgen fällen.»

Dazu sagte August nichts mehr, er meinte bloß, dass er jetzt weiterarbeiten müsse, damit nicht noch mehr Zeit verlorenginge. Und er versprach, sich zu beeilen.

Otto steckte das Handy zurück in die Innentasche seiner Jacke und rieb sich die Hände. Seine Finger waren kalt wie Eiszapfen, sein ganzer Körper war durchgefroren, und er war sich fast sicher, Fieber zu haben. Doch Schreiner konnte jeden Moment auftauchen, schließlich war es nur noch ein Tag bis Heiligabend. Aber vielleicht unternahm der Idiot nichts, bevor es dunkel war? Sowohl Anita als auch Ida Caroline waren erst nach Einbruch der Dunkelheit geschändet worden.

Deshalb machte er gegen zwei Uhr nachmittags eine Pause und ging nach Hause. Er brauchte dringend etwas zu essen und einen warmen Schluck Kaffee. Außerdem war es ja noch gut 90 Minuten hell. Nach einer kleinen Rast wollte er dann wieder rausgehen. Er überlegte, ob er schon mal den Wildtopf aufsetzen sollte, den er August am Abend zusammen mit einem guten Weihnachtsbier und einem Schnäpschen servieren wollte; das gehörte zum Vorweihnachtsabend dazu. Aber ihm fehlte die Kraft, und so setzte er sich stattdessen vor den Kamin und streckte die Beine aus. Zehn Minuten, dachte er. Mehr Zeit hatte er nicht.

Er schrak mit dem unangenehmen Gefühl aus dem Schlaf auf, dass jemand in seinem Haus gewesen war, sah aber rasch, dass er alleine war. Als seine Augen sich an das Licht im Zimmer gewöhnt hatten, sah er zu seinem Entsetzen, dass es draußen bereits dunkel geworden war. Trotz der stechenden Schmerzen im Rücken sprang er aus dem Sessel auf. Gitte, dachte er. Womöglich war es bereits zu spät, vielleicht hatte der Nachbar bereits seine Untat verrichtet, während Otto geschlafen hatte.

Er fluchte über sich selbst, als er auf den Flur humpelte. Vielleicht kam er ja doch noch rechtzeitig. Otto schaute nicht einmal auf die Uhr, er warf sich einfach die Jacke über, schnappte sich die Axt und ging in den Nachmittag hinaus. Es war windiger geworden, und obgleich die Temperatur mit den aufgezogenen Wolken etwas gestiegen war, war es noch immer beißend kalt, als er in Richtung Sørholtet ging.

Wenn wenigstens Schnee gelegen hätte, wäre es nicht ganz so dunkel gewesen. So konnte er kaum einen Meter weit gucken. Trotzdem hastete er so schnell wie möglich über Heide und Wiesen, in der Hoffnung, Gitte noch retten zu können.

Mein Gott, sagte er zu sich selbst, was bin ich nur für ein Idiot, einfach einzuschlafen. Wenn ich jetzt nur nicht alles kaputt gemacht habe.

Da.

Vor sich sah er einen Lichtstreifen, als liefe jemand rasch mit einer Taschenlampe in der Hand durch die dunkle, hügelige Landschaft. Das Licht bewegte sich auf Gitte und Magdalena zu, das erkannte er trotz seiner schlechten Augen.

Er legte seine Finger fester um den Schaft der Axt, beschleunigte seine Schritte und versuchte, die Proteste seines Rückens zu ignorieren. Es war nicht leicht, seine Schuhe waren schwer und der Boden hart gefroren, aber daran konnte er jetzt nicht denken, jetzt zählte jede Sekunde.

Bald darauf hatte er Schreiner so weit eingeholt, dass er kurz anhalten konnte, um wieder zu Atem zu kommen. Der Lichtkegel vor ihm bewegte sich noch immer zwischen den Bäumen hin und her, sein Nachbar schien ihn also noch nicht bemerkt zu haben. Otto kannte den Wald besser als jeder andere, und er nahm eine

Abkürzung über den steilen Hang runter ins Sørholtet. Ein paarmal hätte er beinahe das Gleichgewicht verloren, aber es gelang ihm, auf den Beinen zu bleiben und sich durch Büsche und Unterholz zu manövrieren. Seine Brust zog sich schmerzend zusammen und pfiff bei jedem Atemzug.

Bald darauf hatte er das Waldstück erreicht. Kurz darauf sah er auch wieder das Licht, das vor ihm hin und her zuckte. Ottos Nase war fast zu, er schnäuzte sich kräftig und nahm mit einem Mal wieder die Gerüche des Waldes wahr. Gitte stand jetzt vielleicht 10 bis 15 Meter vor ihm, unversehrt. Noch.

Otto hörte den schweren Atem seines Nachbarn, der Schritt für Schritt näher kam. Otto positionierte sich so, dass er von hinten angreifen konnte. Der Nachbar pfiff eine Melodie, die Otto schon einmal gehört hatte, im Moment aber nicht zuordnen konnte.

Er war jetzt fünf oder sechs Meter hinter ihm und spürte die Wut wieder in sich hochkochen. Dieser verdammte Schurke, er wollte es also wieder tun und ihm das nächste Weihnachtsfest vermiesen. Aber dazu würde es nicht kommen, dieses Mal nicht. Er sah, wie der Nachbar seinen Blick über das Waldstück gleiten ließ. Vermutlich suchte er das Seil, das er an den Baum gebunden hatte. Dann nickte er und ging einen Schritt auf Gitte zu. Otto folgte ihm und sah, dass der Kerl dieses Mal eine Säge dabeihatte. Er hockte sich hin und nahm das Seil ab. Als er zu sägen beginnen wollte, hastete Otto vor. Er kümmerte sich jetzt nicht mehr darum, leise zu sein, sondern stürzte sich auf das Schwein und hieb ihm, ohne nachzudenken, mit der stumpfen Seite der Axt auf den Hinterkopf. Er wollte ihn nicht umbringen, das natürlich nicht, aber er schlug so fest zu, dass ein dumpfes Krachen zu hören war. Die dick vermummte Gestalt kippte wie ein gefällter Baum seitlich zu Boden.

Otto blieb schwer atmend über ihm stehen. Er konnte kaum glauben, was er getan hatte. Neben ihm stand Gitte und schwankte im Wind, alle Gliedmaßen vollkommen intakt.

Was zum Henker sollte er jetzt mit diesem Idioten anstellen?

Otto hatte ihm eine Lektion verpasst, daran gab es keinen Zweifel, trotzdem war er sich nicht sicher, ob ihm das wirklich reichte. Was war schon ein Schlag auf den Kopf, wenn es hart auf hart kam? Er musste ihm einen richtigen Denkzettel verpassen.

Otto beugte sich nach unten, und als er den Mann umdrehte, musste er beinahe lachen. Der Idiot hatte eine Sturmhaube übergezogen. Wollte er sich so etwa tarnen? Otto versicherte sich, dass Schreiner noch atmete, und roch den Dunst irgendwelcher orientalischen Gewürze, der aus seinem Mund kam. Er ignorierte den stechenden Schmerz im Rücken, als er das Schwein hinter sich her zu Gitte zog. Der Kerl war schwer wie ein Sack Zement, aber Otto wusste, was er zu tun hatte. Er wollte ihn an den Baum fesseln, damit er das nächste Mal nachdachte, bevor er sich an eines seiner Mädchen ranmachte. Dass es kalt war und er bestimmt krank werden würde, störte Otto nicht weiter. Dieses Mal wäre es Schreiners Weihnachtsfest, das vermiest werden würde, das war mal klar.

Otto zog ihn dicht an den Stamm heran, fesselte ihn und stopfte ihm sogar das Ende des Seils in den Mund, sodass er nicht um Hilfe rufen konnte. Er achtete aber auch darauf, dass Gitte ihre Arme über ihn breitete und ihn vor der schlimmsten Kälte schützte. Außerdem war der bewusstlose Mann so von niemandem zu sehen.

Otto richtete sich unter Schmerzen auf und hielt sich den Rücken. Er war sehr zufrieden mit sich. Und bald würde August kommen. Ihm würde das sicher nicht gefallen, aber darauf musste er es ankommen lassen. August wusste nicht, wie es nach Helenes Tod im Bånntjernwald zugegangen war. Aber er sollte ruhig mitkommen und Schreiners Fesseln lösen, es war bestimmt sicherer, wenn er in dieser Situation nicht allein war. Man musste damit rechnen, dass Schreiner außer sich sein und ihn bedrohen würde, sobald er seine Hände wieder frei bekäme.

Otto fühlte sich leicht und fast gesund, als er wieder zurück zum Haus ging, gerade so, als wäre ihm eine Riesenbürde von den Schultern genommen worden. Er hatte lange davon geträumt, es diesem Idioten einmal richtig zu zeigen. Hoffentlich war jetzt endlich Schluss mit dem Unsinn in seinem Wald. Wenn das erst bekannt wurde, würde sich niemand mehr in seinen Wald wagen.

Der Gedanke stimmte ihn richtiggehend fröhlich, und es irritierte ihn, dass die Melodie, die er summte, die gleiche war, die Schreiner gepfiffen hatte. Otto suchte nach einem anderen Lied, und seine Wahl fiel auf «O Tannenbaum». Das passte in dieser Situation doch ganz ausgezeichnet.

Noch immer frohen Mutes, ging Otto ins Haus und zog sich die Schuhe aus. Vor ihm stand ein Korb mit einer Flasche Wein, ein paar Marmeladengläsern und einer Packung Kekse. Dieser Korb hatte vorhin noch nicht dort gestanden, das hätte er trotz seiner Eile gesehen. Neben den Sachen steckte ein weißer Umschlag in dem Korb. Er bückte sich, nahm ihn hoch. Auf dem Umschlag stand sein Name, und drinnen steckte eine Weihnachtskarte mit ein paar handgeschriebenen Worten auf der Rückseite.

Wir wünschen unserem lieben Nachbarn
frohe Weihnachten und ein gutes neues Jahr!
Mathias und Mayoree

Otto musste beinahe lächeln. Ganz sicher eine Form von Ironie, sich erst einschmeicheln und ihm dann so richtig das Weihnachtsfest vermiesen. Aber wer zuletzt lacht, lacht am besten, sagte Otto zu sich selbst. Zugleich dachte er aber auch, dass er nicht zu spät zu Schreiner gehen durfte. Er wollte ja nicht, dass der Trottel erfror, auch wenn ihm das eigentlich ganz recht wäre. Otto schniefte. Wein und Kekse? Was sollte er denn damit?

Er nahm das Handy aus der Tasche und sah, dass August zweimal angerufen und ihm sogar zwei Nachrichten hinterlassen hatte – die erste vor etwas mehr als zwei Stunden. Das musste gewesen sein, als er gerade eingeschlafen war, dachte Otto. August wollte ihm bestimmt nur mitteilen, welchen Flug er nahm.

Otto ging in die Küche und legte das Handy ans Ohr.

«Hallo, hier ist August. Du, die Arbeit ging doch schneller als erwartet, ich kriege den geplanten Flug doch noch. In fünfzehn Minuten ist Boarding, ich leg dann mal auf. Bis gleich, tschüs.»

Otto nickte bedächtig. Gut, sagte er zu sich und sah aus dem Küchenfenster. Dann kommt er gleich.

Draußen im Wald sah er ein Licht.

Mit der freien Hand griff er das Fernglas und hielt es sich vor die Augen. Richtig sehen konnte er nicht, weshalb er das Handy weglegte. Er stellte das Fernglas scharf. Da war sie, die typische Taschenlampenbewegung von einer Seite zur anderen.

Otto konnte es nicht fassen. Noch so ein Frechdachs, dachte er, während er wieder das Telefon nahm und die zweite Nachricht seines Sohns abhörte. August war offenbar guter Laune.

«Hallo, da bin ich wieder. Wir sind zehn Minuten früher gelandet. Wie geht es deinem Rücken? Schaffst du es, den Weihnachtsbaum zu holen, oder soll ich das machen? Ich weiß ja, wo das Sørholtet ist. Außerdem hängst du ja immer einen Schal oder ein Seil um den Baum, den du fällen willst, damit du ihn gleich wiederfindest. Es wird wohl dunkel sein, bis ich zu Hause bin, aber das macht das Ganze dann ja nur noch spannender.»

Otto spürte, wie sich seine Brust zusammenzog.

«Uih, ist das kalt hier», fuhr August fort. «Gut, dass ich zu Hause den Wetterbericht gehört habe; ich habe mir in Kastrup extra noch eine Sturmhaube gekauft. Erstaunlich, dass die am Flughafen so was verkaufen. In Bånntjern ist es bestimmt noch kälter, das ist ja immer so, ich werde sie sicher gut brauchen können. Alles klar, dann sehen wir uns ja gleich.»

Otto ließ das Telefon fallen.

Er sah wieder aus dem Fenster, der Lichtkegel schweifte über die Bäume. Er erinnerte sich an das Gefühl, das er beim Aufwachen gehabt hatte. Jemand war im Haus gewesen. Er eilte in den Flur, öffnete die Tür von Augusts Zimmer und sah den geöffneten Koffer.

Nein.

Nein.

Nein, nein, nein!

Wahrscheinlich war August nach Hause gekommen und hatte seinen Vater schlafend vor dem Kamin vorgefunden. Vielleicht hatte er sogar versucht, ihn zu wecken, aber Otto schlief ja immer so fest, wenn er gerade erst eingeschlafen war.

Ihm wurde übel. Schreiner nutzte nie eine Säge, dieser Taugenichts ging immer mit einer Axt zu Werke. Und das Lied, das der Mann gepfiffen hatte, war *Walking in the Air*, das Lied, das Howard Briggs in den Achtzigern für die Fernsehserie *The Snowman* geschrieben hatte. August liebte dieses Lied über alles und hatte es immer gepfiffen, wenn sie losgezogen waren, um einen Weihnachtsbaum zu holen.

Otto konnte die Füße nicht schnell genug in die Schuhe bekommen, er hastete nach draußen in die Kälte und zog sich nicht einmal eine Jacke an. Er dachte an den Nachbarn, der vor ein paar Minuten mit seinem Präsentkorb da gewesen war, bevor er in den Wald gegangen war, um …

Oh verdammt.

Mathias Amadeus Schreiner blieb stehen, als er das Sørholtet erreichte, und sah sich um. Es war überall dunkel, eine Dunkelheit, wie es sie nur in einem winterlichen Wald gab. Im Sommer war das ganz anders, da wurde der Himmel ja nie ganz dunkel. Die Dunkelheit hatte ihn nie gestört, im Gegenteil, er liebte es, nachts im Wald zu sein. Und die Sterne standen nie klarer am Himmel als in eben diesen Winternächten am Bånntjern.

Im Augenblick waren nicht viele Sterne zu sehen, obwohl es

noch immer beißend kalt war. Aber für das, was Schreiner tun wollte, spielte das keine Rolle.

Es war Mayoree gewesen, die ihn auf den Gedanken gebracht hatte. «Hör endlich mit den Dummejungenstreichen auf», hatte sie gesagt, «er ist ein alter Mann. Sieh es doch als dein Weihnachtsgeschenk für ihn, dass du rausgehst und ihm hilfst, den Baum zu fällen. Und dann schenken wir ihm noch einen Korb mit ein paar guten Sachen. Als eine Art Entschuldigung für das, was du ihm in den letzten Jahren angetan hast. Es fühlt sich gut an, anderen Gutes zu tun, du wirst sehen. Vielleicht wird dann Weihnachten für euch beide schöner.»

Anfänglich hatte Schreiner nicht viel für den Vorschlag übriggehabt; schließlich hatten ihm seine Aktionen Spaß gemacht, und irgendwie gehörten sie für ihn zu Weihnachten dazu. Aber er hatte ja selbst gesehen, wie schwächlich der Alte in der letzten Zeit geworden war; er konnte ja kaum noch aufrecht stehen.

Schreiner war jetzt am Ziel, nachdem er zuerst den Korb abgeliefert hatte, den Mayoree zurechtgemacht hatte. Als Otto auf sein Klopfen nicht antwortete, hatte er befürchtet, der Alte könnte schon im Bett sein, aber dann hatte er sich kurz umgesehen und festgestellt, dass er gar nicht im Haus war. Vielleicht war er doch losgezogen, um seinen Baum zu holen, hatte Schreiner gedacht und war ihm nachgegangen, um ihm zu helfen.

Aber hier war er auch nicht.

Schreiner rief ihn, ohne eine Antwort zu bekommen. Aber wenn er schon mal da war, konnte er ja auch den verdammten Baum fällen und ihn Otto vor die Tür stellen. Das wäre doch eine nette Überraschung für den Alten, wenn er nach Hause käme.

Schreiner trat einen Schritt auf den Baum zu, um den er eines von seinen Seilen gewickelt hatte. Er hob die frisch geschliffene Axt an und wollte gerade zuschlagen, als eine Windböe ihn packte und er einen Schritt zur Seite treten musste.

Er baute sich erneut vor dem Baum auf und sah sich um. Es

war, als wäre der Wald mit einem Mal lebendig geworden: Die Bäume wedelten mit ihren Zweigen hin und her, schienen ihm regelrecht zuzuwinken. Wüsste er es nicht besser, hätte er fast geglaubt, durch das Rauschen eine heisere Stimme zu hören, die ihn anflehte, es nicht zu tun.

Schreiner legte seine Hände fester um den Stiel der Axt. Dieses Mal achtete er auch darauf, einen sicheren Stand zu haben. Mayoree hatte recht, dachte er und hob die Arme über den Kopf. Es fühlte sich gut an, anderen Gutes zu tun.

Und er war sich sicher, dass das Weihnachtsfest in diesem Jahr ganz besonders schön werden würde.

KRISTINA OHLSSON

Robert Tandem war nicht traurig

Aus dem Schwedischen von
Susanne Dahmann

Wenn ich an den Tandemfall zurückdenke, erinnere ich mich vor allem an Blut. Die Bilder vom Tatort waren rot. Überall Blut. Auf den Wänden, auf dem Fußboden, an der Decke und auf den Möbeln. Man sprach von besinnungsloser Gewalt und einem Mörder ohne Gewissen. Sein Name war Robert Tandem.

Der Winter war in jenem Jahr früh gekommen. Obwohl wir erst Anfang Dezember hatten, war ganz Stockholm schon schneebedeckt. Die Hauptstadt erbleichte unter einem finsteren Himmel. Ich müsste lügen, wenn ich sagte, dass ich sonderlich gut zu tun gehabt hätte. Die meiste Zeit saß ich eigentlich nur da und dachte darüber nach, wie ich die Weihnachtsfeierlichkeiten so klein wie möglich halten konnte. Und da landete die Akte Robert Tandem auf meinem Schreibtisch. Natürlich habe ich nicht nein gesagt. Der Fall war sehr publikumswirksam, und die Aufmerksamkeit würde sich nicht nur auf Robert Tandem richten, sondern auch auf mich – den Anwalt, der nicht mal vor dem übelsten Dreck zurückschreckte. Und der Weihnachten verabscheute.

Tandems Fingerabdrücke waren auf der Axt, sein Schuhabdruck im Blut auf dem Fußboden. Es gab keine Spuren von Gewaltanwendung an der Tür, der Mörder musste also einen eigenen Schlüssel gehabt haben oder eingelassen worden sein. Oder er hatte sich schon im Haus befunden. Es schien sonnenklar: Natürlich war mein Mandant des Mordes schuldig, dessen er angeklagt wurde.

Ich besuchte Tandem in der Anstalt Kronoberg, wo er in U-Haft saß. Schon bald schielte ich auf meine Armbanduhr – Rolex, das klassische Modell. Es ging auf die Mittagszeit zu, und ich war hungrig. Aber vor allem hatte ich genug von meinem hoffnungslosen Mandanten und beschloss deshalb, ihm mal etwas auf die Sprünge zu helfen.

«Sie haben mit Ihrer Frau gestritten», begann ich. «Vielleicht hatten Sie in der letzten Zeit ja etwas Stress, wer weiß, und da haben Sie die Beherrschung verloren und sind in die Garage. Sie haben die Axt geholt und sind ins Haus zurück. Dann haben Sie sie gezwungen, sämtliche Schlaftabletten auf einmal zu schlucken, und dann haben Sie sie erschlagen.» Ich zuckte mit den Schultern. «Sie sind einfach so verdammt wütend geworden. Das kommt vor. Oder vielleicht wollten Sie ihr auch nur helfen, weil ihr Krebs schon so weit fortgeschritten war.»

Meine Kollegin Lucy warf mir einen Blick zu, sagte aber nichts. «Das kommt vor», hatte ich zu einem Mann gesagt, der seine Frau mit zehn Axthieben erschlagen hatte. Ich wollte ihm nur zu gern das Gefühl vermitteln, dass ich auf seiner Seite war. Ganz egal, was er getan hatte – das Recht auf einen Verteidiger hat schließlich jeder. Wenn er nur die Axt weggelassen hätte. Dann hätte es wie Selbstmord ausgesehen, denn die Tabletten reichten allemal aus, um sie zu töten.

Doch Robert Tandem, mein Mandant, schüttelte nur den Kopf. «Das stimmt nicht», sagte er. «So war es nicht.»

So viel zu meinem Versuch, ihn zum Reden zu bringen. Ich ahnte ein Lächeln auf Lucys Gesicht und warf ihr einen finsteren Blick zu, der seine Wirkung wie üblich verfehlte. Sie hatte noch niemals sonderlichen Respekt vor mir gehabt.

«Also nicht», sagte ich. «Dann erzählen Sie doch mal Ihre Version. Erklären Sie mir, was Sie vor Gericht sagen wollen.»

«Dasselbe, was ich die ganze Zeit gesagt habe. Dass ich es nicht war. Dass sie schon tot war, als ich nach Hause kam. Ich wusste nicht einmal, dass sie sterbenskrank war. Mir hatte sie gesagt, die Krebsbehandlung würde Erfolge zeigen.»

«Und wie steht es um Ihr Alibi? Wo waren Sie an dem Abend?»

Das waren wir alles schon mehrere Male durchgegangen. Er biss sich in seiner bescheuerten Geschichte fest. Behauptete, dass er und seine Frau einen zermürbenden Streit gehabt hätten, dass er dann das Haus verlassen und sich ins Auto gesetzt habe und zum Tessinparken auf Östermalm gefahren sei, wo er eine Prostituierte aufgegabelt habe. Auf dem Heimweg sei er an einer roten Ampel ausgeraubt worden. Ein bewaffneter Mann entwand ihm angeblich sowohl sein Handy als auch sein Navigationsgerät. Als der Räuber wegrannte, verlor er ein Papiertaschentuch, das mein Mandant mitnahm, ehe er «wie ein Verrückter» nach Hause raste, um die Polizei anzurufen. Da fand er seine Frau tot im Flur. Er rutschte im Blut aus, und in seiner Panik zog er die Axt heraus, die ihr immer noch in der Brust steckte.

Das war die Verteidigungsrede meines Mandanten. Sie stand einsam gegen die Beweise, die der Staatsanwalt auflisten würde.

«Das haben wir doch schon besprochen», wandte ich ein. «Und ich sage wie auch schon die anderen Male: Das hält nicht. Wir können die Nutte, mit der Sie angeblich zusammen waren, nicht finden. Wir können das Navi nicht finden, das uns zeigen könnte, wo sich Ihr Auto zum Zeitpunkt des Mordes befunden hat, und wir finden auch keine Spuren von einem anderen möglichen Täter. Keine Fingerabdrücke, nicht ein Härchen. Das Papiertaschentuch, das Sie von der Straße gepflückt haben, ist da auch keine große Hilfe.»

Robert Tandem sah mich lange an. «Ich lüge nicht», sagte er. «Ich habe meine Frau Monica nicht ermordet.»

Ich begegnete seinem Blick, sah in seine grünen Augen. Und zwei Dinge wurden mir klar: *Er sagte die Wahrheit.* Er hatte seine Frau wirklich nicht ermordet. Aber er trauerte auch nicht um sie. Wenn wir darauf zu sprechen kamen, dass sie tot war, hatte er kein Anzeichen von Bekümmerung gezeigt. Robert Tandem war in keinster Weise traurig. Aber war er deshalb unschuldig?

Es schneite wie wahnsinnig, als Lucy und ich das Gefängnis verließen und uns auf ein Mittagessen in das Restaurant Mäster Anders begaben. Teuer, aber den Preis wert.

«Du glaubst, dass er unschuldig ist», sagte Lucy.

«Ja.»

Wir tranken Bier zum Essen, das hatten wir uns im Laufe des Herbstes zur Gewohnheit gemacht.

«Martin, das ist unwahrscheinlich. In meinem ganzen Leben habe ich noch keinen Kerl gesehen, der so eindeutig schuldig war.»

Ich zog die Augenbrauen hoch und wartete darauf, dass sie sich an den Mann erinnern würde, den ich ein Jahr zuvor verteidigt hatte. Der hatte seinem Bruder die rechte Hand abgeschlagen, um sie dann auf dem Grill zu braten. So etwas nannte ich schuldig. Und krank noch dazu.

«Jetzt denkst du aber nicht wieder an den Typ mit dem Grill, oder?», fragte Lucy.

«Nein, nein», log ich.

Ich halte mich, soweit es geht, an die Wahrheit, aber manchmal funktioniert das nicht. Dann lüge ich.

«Wer könnte deiner Meinung nach sonst der Mörder sein?», fragte Lucy. «Wenn Robert Tandem seine Frau nicht umgebracht hat, wer war es dann?»

«Diese Frage ist jenseits aller Relevanz», entgegnete ich. «Meine Aufgabe ist es nicht, den Schurken festzunehmen. Das soll die Polizei tun. Ich soll nur dafür sorgen, dass nicht ein unschuldiger Mann für etwas ins Gefängnis kommt, das er nicht getan hat.»

«Okay, dann frage ich eben anders: Wie willst du Robert Tandem da raushauen?»

Ich nahm einen Bissen von dem Steak, das ich bestellt hatte. Dann einen Schluck Bier. «Indem ich genau das tue, was ich eben von mir gewiesen habe. Indem ich die Arbeit der Polizei mache. Ich werde den wahren Mörder finden.»

Als wir vom Mittagessen zurückkamen, war das Erste, was ich tat, noch einmal die Unterlagen zu Robert Tandems Fall durchzugehen. Die Polizei war fleißig gewesen und hatte sorgfältig alle losen Enden in dem Fall verfolgt. Sie waren jedoch zu keiner anderen Antwort gekommen, als dass Robert Tandem der Mörder war, den sie suchten. Es war schwer, nicht auch zu diesem Schluss zu kommen, denn es gab nicht einen einzigen Umstand, keinen einzigen Zeugen, der dafürgesprochen hätte, dass Robert Tandem sich nicht im Haus befand, als seine Frau starb.

Du sitzt ganz schön in der Scheiße, mein lieber Robert, dachte ich bei mir.

Wenn wir nur diese Nutte finden könnten. Oder das Navi. Denn Robert hatte gesagt, dass es eingeschaltet war. Andererseits würde der Staatsanwalt diesen Beweis auch leicht aushebeln können, denn nur weil das Navigationsgerät zeigte, dass das Auto woanders gewesen war, als der Mord begangen wurde, hieß das ja noch lange nicht, dass Robert Tandem auch drin gesessen hatte. Zu der Zeit konnte er genauso gut zu Hause gewesen sein und wieder und wieder die Axt gegen seine Frau geschwungen haben.

Ich musste an das denken, was mir bei unserem letzten Treffen aufgefallen war: Er war nicht traurig. Darin schien mir ein wichtiger Hinweis zu liegen, aber ich konnte ihn nicht deuten.

Der Staatsanwalt hatte in seinem Material nur einen einzigen Schwachpunkt, der allerdings wesentlich war: Es fiel ihm schwer, ein vernünftiges Motiv für den Mord aufzuzeigen. Durch den Tod der Ehefrau würde Robert zwar eine recht hohe Lebensversicherung kassieren, doch fehlte es ihm auch ansonsten nicht an Geld. Ebenso wenig konnte der Staatsanwalt Beweise dafür anbringen, dass die Ehe von Robert Tandem und seiner Frau schlecht gewesen war. Auch die Vernehmung von Freunden und Bekannten der beiden hatte keine Informationen über Eheprobleme zutage gebracht. Nach außen sah alles mehr oder weniger phantastisch aus. Sie hatten zwei erwachsene Kinder, die ordentliche Berufe ergriffen hatten. Ihre Villa und das Sommerhaus waren fast vollständig abbezahlt (ebenso wie die Autos, das Motorrad, das Segelboot und der Anteil an einer Ferienwohnung im Skigebiet Sälen). Wenn man einmal von der Krebserkrankung der Frau absah, schienen die beiden kaum irgendwelche Probleme zu haben.

Robert Tandem würde bald fünfundfünfzig werden. Ein Mann in den besten Jahren, der – zumindest auf dem Papier – alles hatte. Trotzdem musste ihm irgendetwas gefehlt haben. Niemand hatte alles. Ich las noch einmal die wichtigsten Seiten der Akte durch. Und allmählich nahm ein neuer Gedanken in meinem Kopf Gestalt an.

Mehr als die Hälfte alle Männer, die einen Seitensprung begehen, tun dies mit einer Frau aus ihrem Büro. Das ist ganz einfach praktisch. Und es ist sehr verführerisch. Wie so vieles andere, was verboten ist.

An Tandems Erzählung von der Prostituierten hatte mich die ganze Zeit gestört, dass er so schlampig mit den Details war. Er hatte sie in der Nähe des Tessinparken auf Östermalm aufgegabelt. Er sagte nicht klar, wo genau («Es war schließlich so dunkel»). Er hatte im Schutz einiger Container geparkt. Hatte sich von ihr auf dem Vordersitz reiten lassen und sie dann wieder abgesetzt. Zweitausend Steine hatte die Dame gekostet, Geld, das er einfach so zufällig in der Brieftasche gehabt hatte. Ich hatte Tandems Kontoauszüge gesehen. Daran konnte man ablesen, dass er im Grunde nicht eine einzige Sache bar bezahlte und so gut wie niemals seine Kreditkarten benutzte, um Bargeld abzuheben. Die letzte Abhebung lag zehn Wochen zurück. Das waren zweihundert Kronen gewesen. Da rieb sich der Staatsanwalt natürlich die Hände. Robert Tandems Geschichte hielt nicht in einem einzigen Punkt stand.

Er hatte ausgesagt, es sei das erste Mal in seinem Leben gewesen, dass er für Sex bezahlt habe. Das glaubte ich ihm sofort, denn er hatte nicht die geringste Ahnung, wovon er redete. Niemals kostete eine verdammte Prostituierte, die man auf der Straße aufgabelte, zwei Riesen. Abgesehen davon – und das war richtig interessant – gab es am Tessinparken keine Prostituierten, zumindest keine, von denen die Polizei wusste. Warum hatte sich also Robert ausgedacht, dass er ausgerechnet dort gewesen sein wollte?

Denn er hatte sich das alles ausgedacht, das war mir von Anfang an klar gewesen. Nur hatte ich bisher angenommen, er würde lügen, um seine Verwicklung in den Mord zu leugnen. Inzwischen aber war ich überzeugt, dass er log, um etwas anderes zu verbergen. Und langsam war es höchste Zeit, rauszukriegen, was das sein könnte.

Ich verließ mein Büro und setzte mich ins Auto. Ein Ford Lincoln. Nicht, weil ich das brauche, sondern weil ich es wert bin. *Oh, the joy of being rich.* Als ich klein war, hatten wir kein Geld, und ich habe viel Energie investiert, um das im erwachsenen Alter zu ändern.

Es schneite, als ich zu Robert Tandems Firma nach Solna fuhr. Weiße Kristalle landeten auf der Windschutzscheibe und wuchsen zu etwas, das einer Decke aus Eis glich. Draußen war es kalt, und zwar richtig arschkalt. Ich musste aufpassen, dass die Fenster nicht von innen beschlugen. Bisher hatte es noch keinen Grund gegeben, Tandems Firma aufzusuchen, ich war also zum ersten Mal da. Er hatte den Betrieb von seinem Vater geerbt und gut verwaltet. Ich hatte nur eine vage Vorstellung davon, was sie herstellten, irgendwelche Sicherheitsschlösser.

Am Empfang saß ein Mädel mit enormen Titten. Ich ging entschlossenen Schrittes auf sie zu, denn schließlich wollte ich meinem Mandanten helfen, ganz gleich, ob der sich helfen lassen wollte oder nicht.

«Unser Projektkoordinator wird Sie gleich empfangen», sagte sie, nachdem ich mein Anliegen vorgebracht und erklärt hatte, ich wolle gern mit jemandem sprechen, der eng mit Tandem zusammengearbeitet habe.

Nur Sekunden später kam ein junger Typ mit federnden Schritten und ernstem Gesicht aus einem der Fahrstühle.

«Sie wollen über unseren Chef reden? Über Robert?», fragte er.

«Wenn Sie Zeit haben», erwiderte ich.

Er nickte und nahm mich mit in ein Besucherzimmer, das so spartanisch eingerichtet war, dass es an eine Ausnüchterungszelle gemahnte. Ich widerstand der Versuchung, nachzuprüfen, ob die Tische am Boden festgeschraubt waren.

«Ich tue alles, um Robert zu helfen», erklärte er. «Was wollen Sie wissen?»

«Alles», sagte ich. «Doch vor allem wäre interessant zu wissen, ob Robert Tandem irgendwelche Feinde hatte.»

Er runzelte die Stirn. «Wie meinen Sie?», fragte er.

«Ich meine, dass jemand versucht, ihm einen Mord anzuhängen, den er nicht begangen hat», erklärte ich. «Und jetzt möchte ich wissen, ob Sie irgendeine Ahnung haben, wer das sein könnte.»

Das hatte er nicht. Trotzdem musste er eine ganze Menge reden. So sind halt die meisten Leute: Anstatt einfach die Klappe zu halten, wenn sie nichts zu sagen haben, quatschen sie erst mal drauflos. Am Ende musste ich das Gespräch in die richtigen Bahnen lenken.

«Als Projektkoordinator haben Sie doch ein Ohr für das, worüber die Leute so tratschen», begann ich und schaffte es, das wie ein Kompliment klingen zu lassen.

Der Projektkoordinator reckte sich und sah froh aus.

Ich beugte mich ein wenig vor. «Sagen Sie mal, haben Sie vielleicht irgendwelche Gerüchte aufgeschnappt?», fragte ich leise. «Über Roberts Privatleben?»

Seine Miene erstarrte. Er sah sich hastig um, als fürchte er, es könnten plötzlich noch mehr Leute in den Raum gekommen sein, ohne dass er es bemerkt hatte. Langsam beugte auch er sich vor. Der Abstand zwischen unseren Gesichtern betrug nun weniger als einen halben Meter, und ich konnte seinen Knoblauchatem riechen. Ich zwang mich, nicht zurückzuweichen.

«Das muss aber unter uns bleiben», sagte er.

«Selbstverständlich», erklärte ich und dachte im Stillen: Du Dummkopf.

«Also, da war eine Sache», begann er und sprach so leise, dass ich ihn kaum verstehen konnte. «Was mit ihrer Ehe zu tun hatte. Also der von Robert und seiner Frau.»

Ich wartete geduldig.

«Fragen Sie mich nicht, woher das gekommen ist, aber da war diese Praktikantengeschichte …»

Praktikantengeschichte? Das Wort allein ließ meine Augenbrauen in die Höhe schießen.

«Vor einem Jahr ungefähr hatten wir hier eine Praktikumsstelle, die von einer überaus geschätzten Person besetzt war. Erst fünfundzwanzig Jahre alt, aber weitaus tüchtiger als viele andere. Ehrgeizig und klug. Robert hat ein Auge für so was, er sieht, wer was kann und wer nicht. Als seine Assistentin krankgeschrieben wurde, durfte diese Person übernehmen und arbeitete somit eng mit Robert zusammen. Und zwar sehr eng.»

Der Projektkoordinator lehnte sich wieder zurück. Er sah zufrieden aus, als ob er etwas sehr Wichtiges gesagt hätte. Aber ich verstand gar nichts.

«Sie wollen sagen, dass Robert und diese Person ein Verhältnis hatten?»

«Ja. Das habe ich zumindest gehört. Aber ... nun ja, es hat mich schon erstaunt. Denn ich hätte nicht gedacht, dass er so einer ist.» Er machte eine ausladende Geste mit den Armen. «Nicht, dass ich da jemanden verurteilen würde, wirklich nicht. Aber es war komisch. Wo er doch verheiratet war und alles. Und außerdem so viel älter.»

Mein Gott, was für ein verdammt naiver Mensch. Ich unterdrückte ein Seufzen. Wie viele mächtige Männer über fünfzig fielen nicht der Versuchung anheim, mit einer jüngeren Frau aus dem Büro zu schlafen? Was war daran bitte so erstaunlich?

Enttäuscht stand ich auf, um zu gehen. Ich hatte wirklich gehofft, etwas über eine seriösere Beziehung zu hören.

«Ich nehme mal an, dass die Praktikantin nicht mehr hier arbeitet, oder?», fragte ich.

«Nein», sagte der Projektkoordinator. «Er hat schon vor ein paar Monaten aufgehört.»

Ich hielt inne. «*Er*? Entschuldigen Sie, von wem sprechen Sie?»

Der Projektkoordinator sah mich mit schlecht verhohlener Häme an.

«Ich spreche von dem Praktikanten», sagte er. «Habe ich zu erwähnen vergessen, dass er männlichen Geschlechts ist? Sein Name ist Henry Basin.»

Die Krabben dünsteten zusammen mit Olivenöl, Knoblauch und Chili in der Pfanne. Das klassische Sommergericht. Ich bin einer von den Menschen, die den Winter, der doch nur Dunkelheit und Kälte bringt, nicht mögen. Also versuche ich so zu tun, als wäre es das ganze Jahr über Sommer. In einem Land wie Schweden klappt das nicht sonderlich gut, vor allem nicht Anfang Dezember.

Die Dunstabzugshaube lief, aber es roch trotzdem in der ganzen Wohnung nach Essen. Das war mir egal. Solange es nur gut roch, konnte es dampfen, so viel es wollte. Lucy war da anderer Ansicht, sie riss das Küchenfenster auf. Kalte Luft wallte herein und ließ mich schaudern. Lucy schien die Kälte nichts auszumachen, sie wandte sich der Weinflasche zu, die ich rausgeholt hatte. Französisch und gut. Hoffentlich gut genug, dass sie bei mir würde übernachten wollen. Ich brauchte wirklich jemanden, mit dem ich schlafen konnte, um mich auf andere Gedanken zu bringen.

«Unser lieber Mandant Robert Tandem ist also schwul», sagte sie. «Das sind in der Tat interessante Neuigkeiten.»

«Gelinde gesagt», meinte ich. Ich war nach dieser neuen Erkenntnis immer noch ganz aufgewühlt.

Wenn das nun all meine Überlegungen, dass Tandem die Tat, wegen der er vor Gericht stand, nicht begangen hatte, über den Haufen warf? Und wenn nun ich, der Verteidiger des Angeklagten, es war, der dem Staatsanwalt auf dem Silbertablett ein Motiv servierte? Nicht auszudenken! Das sähe nicht gut aus. *Denken Sie nur, mein Mandant ist homosexuell, und anstatt seine Frau zu verlassen, hat er sie lieber umgebracht.*

«Martin, das muss doch die Schuldfrage nicht zwangsläufig verändern», sagte Lucy und legte mir eine Hand auf den Rücken.

Ich spürte die Wärme ihrer Hand durch den dünnen Stoff des Hemdes, und ich hoffte, dass sie sie nicht wieder wegnehmen würde. Früher einmal, vor über zehn Jahren, waren wir ein Paar gewesen. Natürlich war es meine Schuld, dass es schiefgegangen war. Dumm von mir, sehr dumm, denn sie war das Beste, was mir je passiert war.

Ich wandte mich ihr zu, wollte ihr noch näherkommen, aber sie zog sich zurück.

«Er kann doch trotzdem unschuldig sein», sagte sie.

Ich antwortete nicht, sondern nahm die Weinflasche und goss uns zwei Gläser ein, das eine reichte ich Lucy.

«Das kann natürlich sein», erwiderte ich, «aber warum zum Teufel hat er dann nicht selbst von dieser Sache erzählt?»

«Warum sollte er?», fragte Lucy müde. «Vielleicht war es nur eine kurze Affäre, wir wissen doch nicht einmal, ob sie sich immer noch treffen. Oder ob sie überhaupt einmal ein Paar waren. Das Einzige, was wir haben, ist ein unbestätigtes Gerücht.»

Das stimmte. Doch ich wurde das Gefühl nicht los, dass dieses unbestätigte Gerücht nicht nur der Wahrheit entsprach, sondern auch Auswirkungen auf die Ermittlung haben würde. Zudem war ich der Überzeugung, dass die Geschichte mit dem jungen Praktikanten die Erklärung dafür sein könnte, warum mein Mandant seine Frau nicht vermisste. Er hatte sie schlicht nicht geliebt.

«Warum hat er sie nicht verlassen?», fragte ich. «Hatte er Angst, dass sein Unternehmen Schaden nehmen könnte, wenn herauskäme, dass er schwul ist?»

«Mein Lieber», sagte Lucy und stellte ihr Weinglas auf den Tisch. «Jetzt vergiss das mal für einen Moment. Morgen werden wir die Sache einfach direkt mit Robert Tandem ansprechen und ihn bitten, uns seine Version zu erzählen.»

Und dann schlang sie ihre langen, sommersprossigen Arme um mich. Ich stand ganz still und tat, was sie sagte. Ich verbannte Roberts Affäre mit dem Praktikanten aus meinen Gedanken, wenn auch nur vorübergehend. Denn ich wusste, dass sie von Bedeutung war. Nicht nur, weil sie der Grund dafür sein konnte, dass Robert nicht um seine Frau trauerte, sondern sie erklärte auch, warum wir die Prostituierte nicht fanden, mit der er behauptete zusammen gewesen zu sein. Die gab es ganz einfach nicht. Robert Tandem war, als seine Frau ermordet wurde, bei seinem erst fünfundzwanzig Jahre alten Liebhaber Henry gewesen.

Ich hasse es, allein aufzuwachen, und tue es doch fast jeden Tag. Nicht so an dem Morgen, nachdem ich Lucy zu Krabben und Wein eingeladen hatte. Da erwachte ich nackt mit Lucys Kopf direkt auf meinem Herzen, ihre Locken auf meiner Brust ausgebreitet. Ich habe immer gemocht, wie unsere Farben einander ergänzen: sie mit rotem Haar und porzellanweißer Haut. Ich mit schwarzem Haar und dunkelbrauner Haut. Meine Mutter findet ja, ich würde Obama so ähnlich sehen, aber da bin ich anderer Ansicht. Er ist nicht im Entferntesten so gutaussehend wie ich, und außerdem bin ich – eine Kopie meines schwarzen amerikanischen Vaters – viel dunkler.

Lucy hatte keine Lust auf Morgensex, also standen wir auf und frühstückten stattdessen. Sie aß Haferbrei, ich trank Hagebuttensuppe. Ich sah, dass sie zu dem Adventsstern rüberschielte, den ich als Weihnachtsdekoration ins Fenster gehängt hatte. Er war zerknittert und schief, aber Lucy kommentierte ihn nicht weiter. Stattdessen aß sie ihren Haferbrei auf und verschwand nach Hause, um sich fertig zu machen.

«Du könntest ein paar Sachen hier deponieren», sagte ich, als wir im Flur standen. «Ich meine, du schläfst ja schon manchmal hier.» Ich bemerkte das möglichst beiläufig, um auf keinen Fall allzu engagiert zu klingen.

Sie sah mir direkt in die Augen. «Du weißt aber schon, dass das hier nichts bedeutet, oder?», fragte sie. «Wir arbeiten zusammen, und manchmal haben wir Sex miteinander. That's it. Von einer Beziehung kann also keine Rede sein. Nicht noch einmal. Okay?»

Okay? Bitte nicht so voreilig, Darling.

«Alles easy», beeilte ich mich zu sagen. «Ich will auch keine Beziehung. Ich versuche nur, praktisch zu denken.» Diese Lüge war so leicht zu durchschauen, dass mir die Wangen davon brannten.

«Dann bis nachher im Büro», erwiderte sie und ging.

Ich zog mich schneller an, als Fred Astaire das Tanzbein schwingen konnte, denn ich hatte einen Plan. Mein Liebesleben war vielleicht nicht zu retten, aber jetzt würde ich verdammt noch mal einen letzten Versuch unternehmen, um Robert Tandem zu retten. Es dauerte weniger als zwei Minuten, Henry Basins Adresse herauszufinden. Erwartungsgemäß wohnte er am Tessinparken, dem Ort, wo Robert Tandem angeblich eine Nutte aufgegabelt hatte. Ich verschwendete keine Zeit damit, im Büro vorbeizufahren, sondern steuerte direkt Henrys Wohnung an. Lucy umging ich, denn sie hatte ausdrücklich gesagt, dass sie an meine neue Theorie nicht glaubte.

Trotz der glatten Straßen fuhr das Auto quasi von selbst. Hinter dem Lenkrad war ich König, und das nächtliche Abenteuer hatte mir Kraft verliehen. Jetzt witterte ich neue Chancen, meinen Mandanten aus der Scheiße ziehen zu können, in der er zweifelsohne saß. Henry würde Robert ein Alibi schenken. Und das am besten heute noch.

Das Haus, in dem Henry wohnte, hatte den Charme eines Obdachlosenasyls. Im Treppenhaus stank es nach Müll, und an einigen Haustüren prangten Weihnachtsdekorationen, die meinen eigenen armseligen Adventsstern wie eine Kunstinstallation aus dem Moderna Museet wirken ließen. Wenn Robert mit Henry wirklich was am Laufen hatte, dann war mir unbegreiflich, warum er ihm nicht etwas unter die Arme griff, damit der Junge sich aus seinem Elend befreien könnte.

An Henrys Tür prangte ein rotes Herz. Handgemalt. «Hier wohnt Henry» hatte jemand daraufgeschrieben. Ich klingelte und wartete. Dann hörte ich schnelle Schritte in der Wohnung, und die Tür flog auf.

Und dann stand ich Auge in Auge mit dem schönsten Mann, den ich je gesehen hatte.

Es passiert fast nie, dass ich so etwas denke, wenn ich andere Männer sehe, aber in diesem Fall war es unvermeidlich. Henry besaß die Seltenheit eines perfekten Gesichtes. Die Symmetrie war so vollendet, dass man sofort an ein Frauengesicht dachte. Und dunkel war er auch noch. Nicht so wie ich, mehr in die südamerikanische Richtung.

Er lächelte von einem Ohr zum anderen. Verdammt, noch nie hatte ich derart weiße Zähne gesehen.

«Ja bitte?»

Ich räusperte mich. «Ich heiße Martin Benner und bin der Verteidiger von Robert Tandem. Haben Sie Zeit für ein kleines Gespräch?»

«Was wollen Sie?», fragte Henry.

Das war eine schwierige Frage.

«Ich möchte, dass Sie mir zu verstehen helfen, warum Robert lügt. Warum er sich nicht aus der Bredouille befreit, in die er geraten ist, obwohl er das könnte.»

Henry schüttelte den Kopf und wich zurück. «Sorry», sagte er, «davon weiß ich nichts.»

Er wollte schon die Tür zuschlagen, da tat ich etwas, was sonst nur in schlechten Filmen vorkommt. Ich schob einen Fuß in die Türöffnung, um zu verhindern, dass sie vor meiner Nase zuging. Verdammte Scheiße, das tat vielleicht weh, als mein Fuß eingeklemmt wurde, doch es funktionierte. Henry war so erstaunt, dass er die Türklinke losließ, und ich stolperte in dem Bewusstsein, dass ich hier gegen jede vorhandene Regel verstieß, in seinen Flur.

«Ich muss einfach nur verstehen, wie das alles zusammenhängt», erklärte ich, «den Rest erledige ich dann schon selbst.»

Der wunderschöne Henry schwieg einen Moment lang, dann nickte er. «Ich gebe Ihnen eine Viertelstunde. Mehr nicht.»

Ich lächelte erleichtert. «Glauben Sie mir, das ist alles, was ich brauche.»

Eine Viertelstunde war genau ein Viertel dessen, was ich brauchte. Ich blieb eine ganze Stunde bei Henry. Zwischendurch rief Lucy an und fragte, wo ich bliebe, und ich entschied mich zu einer Lüge. Sagte, ich sei in meinem Lieblings-Sexshop auf Södermalm und würde was Lustiges mitbringen, wenn ich ins Büro käme. Da legte sie auf.

«Mal sehen, ob ich das alles richtig verstanden habe», sagte ich zu Henry, um zusammenzufassen, was er erzählt hatte. «Robert und Sie haben eine Beziehung. Sie sehen sich regelmäßig, und das nun schon seit bald einem Jahr. Ihre Beziehung geht weit über eine

Affäre hinaus, und so wie Sie es erleben, ist Robert sehr verliebt in Sie.»

Henry sagte nichts, also nahm ich mal an, dass ich richtiglag, und fuhr fort: «Als seine Frau ermordet wurde, war Robert bei Ihnen. Doch das wollte er nicht preisgeben, sondern erfand stattdessen diese unsägliche Geschichte von der Nutte im Park. Und er hat Ihnen untersagt, zur Polizei zu gehen und zu sagen, wie es wirklich war. Korrekt?»

Henry bestätigte das mit einem kurzen Nicken.

Ich strich mir übers Kinn. «Warum zum Teufel macht er das?», fragte ich. «Er kann doch nicht im Ernst glauben, dass sein erfundenes Alibi vor Gericht Bestand hat?»

Henry zuckte mit den Schultern. «Ich glaube ganz einfach nicht, dass er sein Coming-out schafft», sagte er. «Und er will sicher auch mich schützen.»

«Wovor?»

«Gesellschaftliche Schande. Er ist nicht der Einzige, der in dieser Beziehung etwas riskiert.»

Ich sah ihn an. Er wirkte viel reifer, als es seine fünfundzwanzig Jahre vermuten ließen. Ganz und gar nicht wie ein Toy Boy.

«Sie sind fünfundzwanzig», sagte ich, «nicht fünfzehn oder achtzehn. Es wäre ziemlich schwer, Ihre Beziehung als unmoralisch zu verteufeln, vor allem, wenn man bedenkt, dass Sie schon relativ lange zusammen sind.»

«Was haben Sie selbst denn gedacht, als Sie das erste Mal von uns gehört haben?», fragte Henry.

Als ich nicht antwortete, lächelte er verbittert. «Das habe ich mir gedacht», sagte er. Er sah auf die Uhr. «Jetzt müssen Sie gehen, damit ich zur Arbeit kann.»

Ich stand sofort auf und ging in den Flur hinaus.

«Hat Robert jemals mit Ihnen über seine Frau Monica gesprochen?», fragte ich.

«Oft.»

«Wollte er sie verlassen?»

«Das wollte er durchaus, aber ihm fehlte die Kraft dazu. Und außerdem hatte sie ihn am Haken.»

Ich erstarrte. Nur ungern wollte ich etwas hören, das für Roberts Schuld sprach.

«Sowohl seine Frau als auch sein Schwiegervater hatten viel Geld in sein Unternehmen investiert. Wenn er sie verlassen hätte und die beiden ihr Kapital rausgezogen hätten, dann wäre der ganze Mist wie ein Kartenhaus in sich zusammengefallen. Deshalb hoffte er, dass sie ihn verlassen würde und nicht umgekehrt, das hätte seine Verhandlungssituation wesentlich verbessert.»

Unglaublich, wie viele wichtige Informationen Henry mit einem Mal ausspuckte.

«Wieso gab es denn eine Chance, dass sie ihn verlassen würde?»

Henry sah erstaunt aus. «Na, weil sie einen Geliebten hatte. Robert meinte, sie sei sehr verliebt.»

Ich war geradezu lächerlich selbstzufrieden, als ich ins Büro fuhr. Das ging so weit, dass ich dem Schneefall trotzte und an der Sexboutique haltmachte, von der ich Lucy erzählt hatte, um ihr einen Tanga aus Lakritz zu kaufen.

«Igitt, wie eklig», bemerkte sie, als ich das Objekt auf ihren Schreibtisch legte.

«Ist ja gar nicht für dich, den will ich selbst tragen», erwiderte ich schnell und schnappte mir das Ding wieder.

Sie sah mich misstrauisch an. «Wo warst du?»

«Bei Henry Basin», gestand ich und setzte mich ihr gegenüber.

Sie ging sofort an die Decke. Wütend öffnete sie den Mund, um mich auszuschimpfen, aber ich war schneller.

«Du hast an diese Spur nicht geglaubt», sagte ich, «deshalb habe ich dir nichts gesagt. Aber jetzt hör mal gut zu.»

Lucy saß ganz still da, als ich erzählte. Während die Worte aus mir heraussprudelten, fingerte ich unentwegt an dem Lakritz-

Tanga herum. An Lucy hätte ich ihn sehr gern gesehen, an mir selbst lieber nicht.

«Ziemlich interessant», meinte Lucy, «aber kann das wahr sein? Glauben wir diesem Henry?»

«Ja, das tun wir», erwiderte ich bestimmt.

«Bleibt die Frage, warum Robert Tandem den Liebhaber seiner Frau nicht erwähnt hat. Den hätte er doch nennen können, ohne Henry preiszugeben.»

Darüber hatte ich auch schon nachgedacht. «Ich glaube, dass er den Liebhaber der Frau tatsächlich erwähnt hat», sagte ich und versuchte mich an all das zu erinnern, was Robert Tandem im allerersten Polizeiverhör gesagt hatte. Niemand hatte ihm geglaubt. Die Polizei hatte einen halbherzigen Versuch unternommen, seiner Behauptung nachzugehen, dabei aber nichts gefunden, was auf einen heimlichen Geliebten hingedeutet hätte. Wenn man bedachte, dass es der Polizei ebenso wenig gelungen war, Henry aufzuspüren, könnte man also durchaus sagen, dass die Eheleute Tandem sehr gut darin waren, ihre Geheimnisse zu wahren.

Lucy holte das Material, das die Ermittlungen der Polizei gegen Robert Tandem erbracht hatten. Sie suchte die Einzelverbindungsnachweise von Tandems Handy und dem seiner Frau heraus.

«Ist Henry hier dabei?», fragte sie und reichte mir den Nachweis von Robert.

Ich hatte mir Henrys Nummer geben lassen und verglich sie jetzt mit denen, die Robert von seinem Telefon aus angerufen hatte.

«Nein», stellte ich fest. «Seltsam, wie konnten sie eine Beziehung haben, ohne sich jemals anzurufen?»

Wir brauchten weniger als eine Minute, um darauf zu kommen: Robert musste noch ein Telefon besitzen, das er für heiklere Anrufe benutzte. Erstaunlich, dass die Polizei das nicht herausgefunden hatte.

«Glaubst du, seine Frau war ebenso vorsichtig?», fragte Lucy.

Ich hatte keine Ahnung. Niemand von uns hatte jemals Roberts Frau kennengelernt, und wir wussten nicht, was für ein Mensch sie gewesen war. Ich überflog ihre Einzelverbindungsnachweise und die Auflistung der Polizei, mit welchen Personen sie Kontakt gehabt hatte.

«Sein Name ist darunter», sagte ich und spürte mein Herz höherschlagen, als ich auf die Listen zeigte. «Ich bin mir ganz sicher. Einer von all denen, die sie regelmäßig angerufen hat, ist der heimliche Liebhaber.»

Lucy ließ sich widerwillig mitreißen. Wir gingen gemeinsam die Einzelverbindungsnachweise durch und pickten die Leute heraus, die Monica Tandem zu privaten Zeiten wie abends oder am Wochenende angerufen hatte. Dann sortierten wir aus diesen alle heraus, die zu ihrer Familie gehörten. Den Rest, zwanzig Nummern, teilten wir so auf, dass jeder von uns zehn bekam. Ich nahm meine Liste, ging in mein Büro und machte die Tür hinter mir zu. Jetzt würden die Geheimnisse der Frau ans Licht gezerrt werden, denn sie zerstörten das Leben eines unschuldigen Mannes. Eines Mannes, den ich noch vor Weihnachten in Freiheit sehen wollte.

Lucy und ich sind keine Detektive, aber wir sind ausgesprochen schlau. Unser Plan war einfach: Wir würden die Personen, die wir für interessant erachteten, anrufen und sie geradeheraus fragen, ob sie eine Beziehung mit Roberts Frau gehabt hätten. Wenn einer von ihnen verstört oder ausweichend antwortete, dann würden wir dem Anruf einen Besuch folgen lassen. Mit irgendwelchen Geständnissen rechneten wir nicht.

Voller Energie stürzte ich mich auf die Aufgabe. Eine große Enthüllung stand bevor. Doch das Ganze gestaltete sich schwieriger als gedacht. Verständlicherweise waren die Leute stinksauer, als ich anrief und fragte, ob sie möglicherweise eine Affäre mit der Frau gehabt hätten, die mit einer Axt ermordet in ihrem eigenen Haus aufgefunden worden war. Nach einer Stunde wütender

Reaktionen war ich mit meiner Liste durch und trottete entmutigt zu Lucy rüber.

«Das bringt alles gar nichts», knurrte ich.

«Nicht so schnell», erwiderte sie, «ich habe nämlich einen Treffer gelandet.»

Ich jubelte. «Wirklich?!»

Voller Genugtuung zeigte sie auf einen Namen von der Liste, die vor ihr lag.

«Dieser Mann hier», sagte sie. «Rechtsanwalt Anton Liljegren, den sollten wir mal besuchen.»

Alle Begeisterung wich von mir. War Lucy verrückt geworden? Wir sollten zu einem Rechtsanwalt fahren und mit ihm reden? Das war professioneller Selbstmord. Der Mann kannte die Spielregeln und wusste nur zu gut, dass wir uns lächerlich machten, wenn wir wie die Dorfpolizisten bei Pippi Langstrumpf bei ihm aufschlugen und anfingen, Fragen zu stellen.

«Warum sollten wir ihn besuchen?», fragte ich.

«Weil er unumwunden zugegeben hat, eine Affäre mit Roberts Frau gehabt zu haben.»

Mir klappte der Unterkiefer herunter. Was zum Teufel war in den gefahren?

«Und wie hast du das aus ihm rausgekriegt?», fragte ich.

«Ich habe ihn gefragt», erklärte sie. «Und er hat geantwortet. Aber er hat einen Fehler gemacht. Er hat sich nicht darauf beschränkt, zu berichten, dass sie eine Beziehung hatten, sondern meinte im selben Atemzug auch noch erwähnen zu müssen, dass er für den Abend des Mordes ein Alibi habe. Er behauptete, im Restaurant Gondolen zu Abend gegessen zu haben. Und das stimmt nicht.»

«Woher willst du das wissen?», fragte ich skeptisch.

Sie lächelte so einnehmend, dass mir das Herz schmolz. «Weil das Gondolen an jenem Abend eine geschlossene Gesellschaft hatte. Und wenn du nun auch noch fragst, woher ich das weiß, dann lautet die Antwort, dass ich dort war. Meine Freundin Fia hatte den ganzen Laden gemietet, um dort mit ihrem Mann den fünften Hochzeitstag zu feiern. Ich habe eben mit ihr gesprochen. Ein Rechtsanwalt Liljegren war nicht unter den geladenen Gästen.»

Wir hätten das einzig Richtige tun sollen, nämlich die Polizei anrufen und sie den Rest übernehmen lassen. Aber das taten wir nicht. Vor lauter Euphorie schlossen wir stattdessen das Büro ab und schliefen miteinander auf einem der Besuchersofas. Es gibt Leute, die behaupten, im Winterhalbjahr weniger scharf auf Sex zu sein. Ich zähle nicht dazu.

Danach fuhren wir zum Büro von Rechtsanwalt Liljegren, um mal ein Wörtchen mit dem Typ zu reden. Ihm auf den Zahn zu fühlen und zu sehen, was für ein Filou das war. Das Erste, was uns auffiel, nachdem eine Sekretärin uns in sein Zimmer geleitet hatte, war, dass er sehr groß war. Und unsicher. Obwohl er zu diesem Zeitpunkt wohl begriffen hatte, dass er am Telefon zu Lucy zu viel gesagt hatte, versuchte er, einen souveränen Eindruck zu vermitteln. Das misslang auf ganzer Linie. Lucy und ich setzten uns unaufgefordert auf ein Sofa, das ein wenig von seinem Schreibtisch entfernt stand. Lucy hatte ihren langen Wintermantel auf dem Schoß.

«Nehmen Sie doch bitte Platz», sagte er säuerlich und ließ sich selbst auf einem Stuhl nieder.

«Oh, danke, danke», erwiderte ich und lächelte.

Ich saß breitbeinig wie ein Cowboy auf dem Sofa, Lucy wirkte eleganter, sie sah würdevoll aus. Ich nicht.

«Ich muss sagen, dass mich Ihr Anruf überrascht hat», gab Anton Liljegren zu, um dann noch hinzuzufügen, «und zwar sehr.»

Das konnte ich mir vorstellen. Da bisher niemand angerufen hatte, musste er davon ausgegangen sein, mit seiner Tat davonzukommen.

«So sehr, dass ich Ihnen völligen Quatsch erzählt habe», sagte er und lachte heiser. «Ich war an jenem Abend nämlich überhaupt nicht im Gondolen, ich war im Sture Hof, das habe ich schlicht verwechselt.»

Na klar. Selbstverständlich hatte er sein eigenes Alibi kontrolliert und festgestellt, dass es nicht hielt. Und dann hatte er sich ein neues verschafft, das besser funktionierte.

«Sieh mal einer an», sagte ich. «Waren Sie allein dort oder in Gesellschaft?»

Der hochgewachsene Anwalt hatte plötzlich eine Zornesfalte auf der Stirn. «Im Grunde muss ich solche Fragen, solange Sie es sind, der sie stellt, überhaupt nicht beantworten», schnaubte er. «Aber da Sie ja so neugierig sind, werde ich Ihnen Auskunft geben. Ich war an jenem Abend allein, saß an der Bar und arbeitete. Ich bin gern unter Leuten. Wahrscheinlich wird sich der Barkeeper nicht an mich erinnern, aber das spielt keine Rolle, denn ich habe die Quittung noch.»

Er reichte mir einen glatten Papierstreifen. Zwei Bier hatte er gehabt und bar bezahlt. Diese Quittung konnte er überall hergekriegt haben.

«Danke», sagte ich. «Passen Sie gut drauf auf, damit Sie die der Polizei zeigen können, wenn die kommen.»

Er nahm die Quittung zurück. «Natürlich», meinte er. «Ich kann verstehen, dass Sie sich an die Polizei wenden werden. Das hätte ich auch tun sollen.» Er seufzte. «Es wird schön sein, diese Sache aus der Welt zu bekommen. Ich hätte mich natürlich gleich von Anfang an zu erkennen geben sollen, aber ich war so schockiert über das, was passiert ist. Und außerdem wollte ich Monicas Namen nicht in den Schmutz ziehen.»

«Was meinen Sie damit?», fragte Lucy.

«Die meisten Leute verachten Untreue», erklärte er. «Es hätte Monica in ein schlechtes Licht gesetzt, wenn herausgekommen wäre, dass sie ihren Mann betrogen hat.»

«Aber auf der anderen Seite hätten Sie die Sache des Staatsanwaltes unterstützt», sagte Lucy. «Vielleicht hätte er beweisen können, dass Robert von Ihrer beider Affäre wusste und dass er Monica aus Eifersucht ermordet hat.»

Rechtsanwalt Liljegren vermochte ein Lächeln nicht zu unterdrücken.

«So kann man es natürlich sehen», sagte er. «Aber nun ist die Beweislage ja so, dass der Staatsanwalt meine Hilfe nicht benötigt, nicht wahr?»

Lucy und ich sahen einander an und dann den Rechtsanwalt.

«Nein», sagte ich schließlich. «Das haben Sie gut gemacht, Herr Liljegren. Doch eines haben Sie vergessen.»

Anton Liljegrens Lächeln schien zu gefrieren.

«Der Mann, der Robert Tandem an einer Ampel ausgeraubt hat, hat ein Papiertaschentuch verloren, das aus seiner Tasche fiel, als er wegrannte», erklärte Lucy. «Ein Taschentuch voller Rotz und DNA, die zu jemandem gehört, den die Polizei bisher noch nicht hat identifizieren können. Doch unsere Vermutung ist, dass sich das aufklären wird, wenn die Polizei eine Speichelprobe von Ihnen nimmt. Oder, was meinen Sie?»

Es wurde ganz still im Raum.

Wir saßen lange da und schwiegen gemeinsam. Ließen das Gesagte in der Luft hängen.

Schließlich fragte Lucy: «Warum haben Sie das getan?»

Seine Augen glänzten von Tränen, als er antwortete. «Ich habe es aus Liebe getan», sagte er. «Weil ich sie liebte. Und weil sie mich darum gebeten hat.»

An dem Tag, als Robert Tandem aus dem Gefängnis entlassen wurde, gingen Lucy und ich mit ihm einen trinken. Eigentlich hätten wir ihn zu einem Glögg einladen sollen, schließlich waren es nur noch wenige Tage bis Weihnachten, doch wir waren uns einig, dass ein zeitloser Drink passender wäre.

«Sie muss mich gehasst haben», sagte Robert. «Zutiefst.»

Da konnte man ihm kaum widersprechen. Monica Tandem hatte eine grausliche Rache geplant, und ihr Plan war fast aufgegangen.

«Ich verstehe nicht, wie sie so denken konnte», fuhr Robert fort, «schließlich war sie selbst untreu.»

Darüber hatten Lucy und ich auch schon ausgiebig diskutiert. Wir waren zu dem Schluss gelangt, dass es sie gekränkt haben musste, mit einem Mann und nicht mit einer Frau betrogen worden zu sein. Es musste sie verletzt haben, dass Roberts Vorlieben so weit von allem entfernt lagen, was sie selbst zu bieten hatte.

Anton Liljegren hatte zunächst uns und dann der Polizei eine klägliche Geschichte präsentiert. Monica Tandem hatte gewusst, dass sie sterben würde. Sie hatte auch gewusst, dass Robert sie betrogen hatte, und dafür sollte er bestraft werden. Doch dazu benötigte sie Liljegrens Hilfe. Für den Fall, dass die Polizei ihn aufsuchen würde, gab es einen Brief, der die Umstände erklärte, und den hatte sie selbst am Tag vor ihrem Tod bei einer Anwaltskanzlei in Gamla Stan hinterlegt. Dieser Brief musste nur der Polizei übergeben werden. Liljegren kannte den Brief und hatte die Polizei gebeten, das Anwaltsbüro aufzusuchen. Der Brief war geöffnet und verlesen worden.

Nachdem Robert seinen ersten Drink intus hatte, gab Lucy ihm eine Kopie.

An alle, die es angeht

Ich, Monica Tandem, versichere hiermit, dass es meine eigene Idee war, dass Anton Liljegren meine Leiche mit einer Axt zerstückeln sollte. Die Schlaftabletten habe ich selbst genommen. Alles sollte so aussehen, als ob mein Ehemann Robert mich ermordet habe.

Robert, ich werde dir niemals verzeihen.
Anton, du bist es, den ich hätte heiraten sollen.

Unterzeichnet
Monica Tandem

Robert las den Brief wieder und wieder. Am Ende sagte er: «Das ist so gestört, das ist doch verrückt.»

«Sie beschränkt sich auf das Wesentliche», meinte Lucy sachlich. «Dass es ihre eigene Idee war. Offensichtlich waren sowohl sie als auch Liljegren überzeugt, dass sie damit durchkommen würden. Der Brief war nur für den äußersten Notfall gedacht.»

«Verstehe», sagte Robert.

Doch jeder konnte sehen, dass er gar nichts verstand. Und wir ebenso wenig.

«Was passiert jetzt mit diesem Anton?», fragte er.

Ich kippte meinen Drink. «Unklar», antwortete ich. «Das ist ein Fall ohne Präzedenz. Wir werden sehen. Aber das kann Ihnen scheißegal sein. Jetzt denken Sie mal an sich selbst. Was sind Ihre Pläne?»

Robert drehte sein Glas. «Ach, nichts Besonderes. Ich will einfach nur mein Leben zurückhaben. Wieder arbeiten. Das Haus verkaufen und in die Innenstadt ziehen.»

Lucy lächelte zustimmend. «Das klingt gut», sagte sie. «Was wird aus der Liebe?»

Robert zuckte zusammen. «Das ist privat», sagte er. «Wir werden sehen.»

Er nahm einen Schluck von seinem Drink und sah Lucy und mich an. «Und selbst?», fragte er.

«Selbst?», meinte ich. «Nun, wir machen wohl weiter wie bisher. Neue Fälle, neue Mandanten. Ist nichts so Cooles – entschuldigen Sie, ich meine, Interessantes wie Ihr Fall in Aussicht, aber doch was Neues.»

Er lächelte verschmitzt. «Ich wollte eigentlich nicht auf Ihren Beruf hinaus, sondern auf Ihre Liebe. Was wird daraus? Man sieht doch, dass zwischen Ihnen was läuft.»

Lucy lief blutrot an und senkte den Blick. Ich selbst wusste erst nicht, was ich sagen sollte, doch dann entschied ich, dass Robert selbst mir vor weniger als einer Minute die perfekte Replik serviert hatte.

«Das ist privat», erwiderte ich. «Wir werden sehen.»

Und dann tranken wir aus und gingen nach Hause. Jeder zu sich.

HANS KOPPEL

Fräulein Petterssons Haus

Aus dem Schwedischen von
Lotta Rüegger und Holger Wolandt

Die Geschenke waren verteilt, der Weihnachtsbaum hatte noch eine Kanne Wasser bekommen, und die Spülmaschine brummte diskret im Hintergrund. Jörgens Frau war eingeschlafen, nachdem sie die Kinder ins Bett gebracht hatte, und im Fernsehen lief ein Spielfilm, der weder Calle noch Jörgen interessierte.

«Wie wär's mit einem letzten Schinkenbrot vor dem Schlafengehen?» Jörgen sah seinen Freund hoffnungsvoll an.

«Du, ich bin ganz schön satt.»

«Ein Schinkenbrot und ein Bier schaffst du schon noch.»

«Na gut, ein kleines», sagte Calle.

Jörgen war rasch auf den Beinen. «Dass man dich auch immer zu deinem Glück zwingen muss», sagte er und holte die Reste des Weihnachtsessens aus dem Kühlschrank.

Wenig später standen eingelegter Hering, hartgekochte Eier, Schinken, Rote-Bete-Salat, Fleischbällchen, Butter, Käse, Brot und Bier auf dem Tisch. Calle konnte angesichts dieses üppigen Angebots nur den Kopf schütteln.

«Na und wennschon, es ist doch Weihnachten», sagte Jörgen. «Welcher Aquavit darf's denn sein? O. P. Anderson oder Skåne?»

«Ja, gerne.»

«Das ist die richtige Antwort», erwiderte Jörgen und nahm beide Flaschen aus dem Gefrierschrank.

Sie aßen von kleinen Desserttellerchen, so als könne dies der Völlerei vorbeugen. Der kalte Schnaps ließ die Gläser beschlagen.

«Skål.»

«Skål. Und vielen Dank.»

Sie leerten die Gläser in einem Zug.

«Wieder ein Weihnachten abgehakt», meinte Jörgen. «Noch zwei Tage, dann ist endlich wieder gesegneter Alltag.»

«Weihnachten mit euch zu feiern, ist wirklich kein größeres Opfer», sagte Calle.

«Und uns freut es, dich dabeizuhaben. Du hast doch gehört, was die Kinder gesagt haben? Dass Weihnachten ohne dich irgendwie komisch wäre.»

«Ja. Das war schmeichelhaft.»

Jörgen goss Schnaps nach. «Du gehörst zur Familie, Calle, das ist einfach so.»

Sie stießen schweigend an. Der Hund, ein Border Terrier, der auf den Namen Katja hörte, legte Jörgen die Vorderpfoten auf die Oberschenkel. Jörgen gab ihr ein Fleischbällchen.

«Und du wunderst dich, dass sie ihr Futter nicht frisst», meinte Calle.

«In der Tat, äußerst rätselhaft», erwiderte Jörgen und streckte die Hand nach einem Stück Knäckebrot aus.

«War sie schon draußen?»

«Ich geh noch eine schnelle Runde, wenn wir gegessen haben.»

«Dann begleite ich dich.»

«Nicht nötig.»

«Aber klar, was denkst du denn? Mir macht es doch Spaß, mal wieder auf den Spuren unserer Kindheit zu wandeln.»

Calle wohnte seit vielen Jahren in der Innenstadt, aber Jörgen war in den idyllischen Vorort zurückgekehrt, in dem sie beide aufgewachsen waren. Nachdem er in der Internetbranche zu einem hübschen Vermögen gekommen war, hatte er eines der größeren

Seegrundstücke erworben und dort nach den Wünschen seiner Frau ein Haus gebaut.

«Es ist wirklich schön hier draußen», sagte Calle. «Ich glaube, früher war mir überhaupt nicht klar, was für eine privilegierte Kindheit wir hatten.»

«Zu unserer Zeit war es netter hier. Alles, was heute zählt, ist Geld und Fassade. Die Leute reden über nichts anderes. Wie viel Asche hat der-und-der für seine Hütte hingeblättert, wie viel Geld ist da wohl in die Renovierung geflossen, und so weiter.»

«Du kannst da doch ganz locker mithalten», meinte Calle.

«Das schon, aber Spaß macht das nicht. Geld verschafft Freunde, die man gar nicht haben will, unangenehme Schleimer.»

Calle lachte. «Kannst du dich noch an Pontus aus unserer Klasse erinnern?», fragte er. «Du weißt schon, der einen Haufen Geld geerbt hat und bei den Jungen Konservativen so aktiv war?»

«Oje, der», meinte Jörgen und verzog das Gesicht.

«Eigentlich gibt es nichts Böses über ihn zu sagen», meinte Calle.

Jörgen zuckte mit den Achseln. «Aber auch nichts Gutes.»

«Irgendwie fand ich ihn ganz witzig. Er war so dermaßen erzkonservativ, dass man sich fast schon gefragt hat, ob er einen nicht die ganze Zeit verarscht.»

«Ich fürchte, es war sein blutiger Ernst.»

«Immerhin war er ein fröhlicher Millionär. Was ist eigentlich aus ihm geworden? Ist er nicht auch hierher zurückgekehrt?»

«Doch. Bis zu seiner Scheidung vor gut einem Jahr hat er hier gewohnt. Seine Frau lebt immer noch hier.»

«War das die, die du mal als hübsch, aber langweilig bezeichnet hast?»

«Evelyn», erwiderte Jörgen und nickte. «Ich sehe sie manchmal beim Einkaufen. Sie hat immer denselben angewiderten Gesichtsausdruck, als hätte sie gerade irgendwas Ekliges gegessen. Ich habe eine fürchterliche Geschichte über die beiden gehört.» Er biss in sein Brot und zeigte auf seinen Mund, um Calle zu bedeuten, dass er erst einmal fertig kauen musste. Schließlich fuhr er fort: «Pontus wollte unbedingt mit ihr nach Griechenland fahren und dort von Insel zu Insel segeln. Evelyn willigte ein, unter der Bedingung, dass sie ein Boot mit Skipper mieten würden.»

«Durchaus nachvollziehbar.»

«Natürlich. Nur dass dieser Skipper sich als junger, gutaussehender Adonis erwies.»

Calle verzog das Gesicht.

Jörgen nickte und grinste sardonisch. «Am dritten Tag hat Pontus sie auf frischer Tat ertappt, als sie vor einer Insel ohne Fährverbindung vor Anker lagen. Er musste sich also von ihnen ans Festland segeln lassen, ehe er nach Hause fahren konnte. Evelyn blieb an Bord, schließlich hatten sie für zwei Wochen bezahlt.»

«Oje!»

«Ja, schrecklich, was? Dann kehrte sie sonnengebräunt und reumütig nach Hause zurück, und er verzieh ihr. Danach war alles wie immer, bis sich herausstellte, dass Pontus sein ganzes Geld an der Börse verspielt hatte. Da war es dann endgültig aus mit der Liebe.»

«Muss ja eine schreckliche Person sein», meinte Calle.

Jörgen nickte. «Ja, durch und durch. Aber wie gesagt, er ist auch nicht viel besser. Also, was meinst du, wollen wir die Gläser leeren und schnell noch einen Spaziergang machen, bevor wir uns in die Koje hauen?»

Katja schien keine sonderliche Lust zu haben, sich hinaus in die Kälte zu begeben. Angeleint blieb ihr aber keine andere Wahl, und bald hatte sie ihre Proteste vergessen und trippelte fröhlich neben ihrem Herrchen her.

Eine dünne Schicht frischen Pulverschnees funkelte auf den geräumten Wegen und Einfahrten. Das Thermometer zeigte zehn Grad minus, die Luft war trocken.

«Schon seltsam, wenn man auf einmal so in die Kindheit zurückversetzt wird», meinte Calle. «Jedes Haus weckt Erinnerungen.»

«Wirklich?»

«Na klar. Geht es dir nicht genauso?»

Jörgen schüttelte den Kopf. «Dieses Gefühl ist völlig verschwunden, als ich hierhergezogen bin. Nach einem Monat hatte alles eine neue Bedeutung. Jetzt erinnere ich mich kaum noch, wer früher wo gewohnt hat.»

Calle hielt inne und deutete über die Gemeindewiese hinweg. «Das große Haus da drüben. Da wohnte doch der Langweiler, der so gerne Minigolf spielte. Rechts der Göteborger mit der bösartigen Promenadenmischung, die er von den Kanaren mitgebracht hatte. In dem roten Backsteinhaus die Dame, die auch noch Trinkgeld gab, wenn man fürs Kinderhilfswerk sammelte. Dahinter Ulrika aus unserer Klasse, auf die sich alle Jungs stürzten, wenn in der Disco das Licht ausging …»

«Daran erinnere ich mich allerdings auch noch.»

Calle drehte sich um und deutete auf ein Haus hinter Jörgens Rücken. «In dem Holzhaus hat dieser ständig betrunkene Künstler aus Norrland gewohnt, und in dem kleinen Haus auf der Landzunge unsere wundervolle Grundschullehrerin Fräulein Pettersson. Du weißt, die nie die Haustür abgeschlossen hat und immer eine Flasche Schnaps auf dem Tisch stehen hatte, um eventuelle Einbrecher zu besänftigen. Hast du nicht irgendwann erzählt, sie sei gestorben?»

«Ja. Letzten Sommer.»

«Seltsam, es brennt nämlich Licht.»

Jörgen drehte sich um. «Ja, komisch.»

«Vielleicht die Verwandtschaft?», meinte Calle.

«Sie hatte nur einen jüngeren Bruder, und der wohnt in den USA.»

«Vielleicht ist er ja gerade hier?»

«Nein, das ist er nicht.»

«Und woher willst du das wissen?», fragte Calle.

Jörgen trat verlegen von einem Fuß auf den anderen. «Weil ich mich mit ihm unterhalten habe, als er zur Beerdigung hier war. Da sagte er, er würde erst im Februar noch mal herkommen und das Haus ausräumen.»

«Warst du auf Fräulein Petterssons Beerdigung?»

«Nein, aber ich habe den Bruder getroffen, und er hat mich gebeten, ein Auge auf das Haus zu haben.»

«Du sollst auf das Haus aufpassen?»

Jörgen nickte.

«Findest du, wir sollten da mal vorbeigehen und anklopfen?», fragte Calle. «Wir könnten ja nachsehen, wer da ist. Andererseits ist es wohl etwas unhöflich, mitten in der Nacht bei fremden Leuten einzufallen, und das auch noch an Heiligabend.»

Jörgen zuckte mit den Achseln. «Wenn Licht brennt, sind sie ja wohl noch wach. Wir sehen einfach mal nach.»

Sie überquerten die Gemeindewiese und gingen den Hang hinauf auf das etwas abseits gelegene Haus zu. Auf der Straße blieben sie stehen. Nur in einem der Zimmer brannte Licht.

«Er muss das Licht vergessen haben», meinte Calle.

«Wenn niemand im Haus ist, macht es ja nichts, wenn ich anklopfe», sagte Jörgen.

Calle fasste ihn an der Schulter. «Warte.»

Jörgen drehte sich um. «Was?»

«Und wenn er das Haus nun vermietet hat?»

«Das glaube ich nicht. Komm jetzt.»

Ohne Zögern ging Jörgen auf das Haus zu. Er stellte sich auf die Zehenspitzen und versuchte, durch eines der Fenster zu schauen. Dann klopfte er resolut an die Haustür. Calle war ein paar Meter zurückgeblieben.

«Du brauchst die Tür ja nicht gleich einzuschlagen.»

Jörgen klopfte noch einmal. Ebenso kräftig wie zuvor. Calle sah, dass sich ein Schatten im Haus bewegte. «Da sind Leute», flüsterte er ängstlich.

«Gut», erwiderte Jörgen und klopfte ein drittes Mal.

«Ja?», ließ sich eine Stimme von der Innenseite der Tür vernehmen.

«Hallo?», sagte Jörgen und klopfte erneut.

Die Tür wurde vorsichtig einen Spalt weit geöffnet. Jörgen schaute durch den Spalt. «Hallo, ich habe gesehen, dass Licht brennt, und ...»

«Jörgen, bist du es?», fragte jemand.

Die Türe wurde ganz geöffnet.

«Pontus?»

Der Mann im Haus lächelte und streckte die Hand aus. Jörgen zog seinen Handschuh aus und gab ihm die Hand.

«Was machst du denn hier? Calle und ich kamen zufällig vorbei und wunderten uns, weil Licht brannte.»

«Calle?», sagte Pontus und spähte in die Dunkelheit.

Die beiden winkten sich fröhlich zu.

«Kommt doch rein.»

«Ich wollte dir keinen Schrecken einjagen», sagte Jörgen. «Ich dachte nur, das Haus steht leer.»

Sie betraten die Diele, und Jörgen deutete auf den Hund. «Das hier ist Katja, unser jüngstes Familienmitglied.»

Pontus streichelte den Hund. «Du bist aber süß.»

«Bist du allein?», fragte Jörgen.

«Nein, nein, Evelyn sitzt auf der Veranda. Könnt ihr bitte die Schuhe ausziehen? Sonst wird der Fußboden nass.»

«Hast du was, womit ich dem Hund die Pfoten abtrocknen kann?»

«Ach was. Sie ist doch so klein.»

Sie hängten ihre Jacken auf und folgten Pontus auf die verglaste Veranda.

«Meine ehemaligen Mitschüler», sagte er zu seiner Exfrau, die halb zurückgelehnt auf einer Bank saß und schöner war als je zuvor. «Jörgen kennst du ja. Und das hier ist Calle.»

Evelyn erhob sich halbherzig und gab ihnen die Hand. «Ihr seid also noch mitten in der Nacht unterwegs», sagte sie.

«Wir wollten nicht stören», meinte Calle.

«Ach nein?» Amüsiert zog sie die Brauen hoch.

«Wir sind zufällig vorbeigekommen und haben gesehen, dass Licht brennt», sagte Jörgen. «Das kam mir etwas seltsam vor, ich hatte nämlich geglaubt, das Haus steht leer.»

«Pontus hat es gekauft», sagte Evelyn.

Jörgen sah den ehemaligen Klassenkameraden fragend an.

«Das ist das alte Haus unserer Grundschullehrerin», sagte Pontus und lächelte. «Erinnert ihr euch noch, dass sie uns immer im Frühjahr zu Kakao und Kuchen eingeladen hat? Die Lage hier ist einfach unschlagbar. Aber egal. Was kann ich euch anbieten? Einen kleinen Whisky?»

«Ich nehme auch einen großen», meinte Jörgen und ließ sich auf die Bank fallen, sodass Evelyn zur Seite rücken musste.

Pontus wandte sich an Calle und blickte ihn fragend an.

«Einen kleinen bitte, das ist nett.»

Pontus nickte beflissen und verschwand in der Küche. Jörgen nahm den Hund auf den Schoß.

«Katja, das ist Evelyn. Evelyn, Katja.»

«Ich habe nicht viel Sinn für Haustiere.»

«Das merkt man», erwiderte Jörgen. «Und sonst? Wohnst du noch in dem alten Haus?»

«Ja, ich bin wohnen geblieben», antwortete sie gelangweilt.

«Wie schön», meinte Jörgen.

Eine unbehagliche Stille breitete sich aus.

«Schöner Abend», sagte Calle und nickte in die blaugraue Nacht hinaus. Die Luft war kristallklar, der Himmel voller Sterne.

Evelyn lächelte gezwungen. Pontus brachte zwei gefüllte Gläser.

«Da wären sie also. Zwei große Whisky», erklärte er munter und überreichte die beiden Gläser. Dann hob er sein eigenes.

«Fröhliche Weihnachten», murmelten alle und tranken.

Pontus sah sich nach einer Sitzgelegenheit um.

«Habe ich mich auf deinen Platz gesetzt? Das war nicht meine Absicht.»

«Bleib nur sitzen. Ich nehme einen Stuhl.» Er setzte sich an den Tisch und nickte. «Euch zu sehen, ist wirklich eine Überraschung.»

«Wie spät ist es eigentlich?», fragte Evelyn.

«Viertel nach elf», antwortete Calle.

«Oh.»

Jörgen beugte sich vor. «Hast du das Haus möbliert gekauft?»

Pontus nickte. «Ja, das war irgendwie das Einfachste. Ich werde vermutlich so nach und nach das eine oder andere austauschen.»

«Und die Fenster zum Meer hin vergrößern», meinte Evelyn. «Ich weiß gar nicht, was sich die Leute früher gedacht haben. Wohnt man am Wasser, dann will man doch wohl dieses Naturschauspiel verfolgen. Es passiert doch dauernd etwas.»

Pontus wurde verlegen. «Ja, das weißt du ja», meinte er und nickte Jörgen zu.

«Da braucht man keinen Fernseher mehr», ließ Evelyn philosophisch verlauten.

Jörgen sah sie mit kaum verhohlener Verachtung an.

Pontus wechselte das Thema. «Und? Wie geht es euch? Was machst du jetzt eigentlich, Calle?»

«Ich schreibe.»

«Stimmt. Du schreibst. Und? Macht das Spaß?»

«Doch, schon. Manchmal.»

«Klingt wunderbar. Freiberuflich, oder?»

Calle nickte.

«Und du?», fuhr Pontus an Jörgen gewandt zu. «Machst du immer noch das große Geld?»

«Ich weiß nicht, ob ich das so nennen würde.»

«Aber Hungerleider seid ihr nicht, wenn ich das richtig sehe. Keine üble Bude, die du dir da hingestellt hast. Du warst klug genug, um rechtzeitig auszusteigen. Rein, raus. Exit. Richtig so.»

«Entschuldige, dass ich so direkt frage. Aber was hast du bezahlt? Für das Haus, meine ich.»

Pontus lachte verschmitzt. «Du kennst ja den Spruch. Wer nach dem Preis fragen muss, kann es sich nicht leisten.»

«Ach?»

Evelyn mischte sich ins Gespräch ein. «Immer dieses Gerede über Geld. Will man auf eine bestimmte Art wohnen, dann muss man eben dafür zahlen. So einfach ist das.»

Katja sah ihr Herrchen an und jaulte gelangweilt.

«Wir wollen euch nicht lange aufhalten», sagte Jörgen. «Wie gesagt. Ich dachte, das Haus steht leer, und befürchtete, jemand sei eingebrochen und hätte sich häuslich eingerichtet.»

Er setzte den Hund auf den Fußboden, trank sein Glas aus und erhob sich.

«Weiterhin einen schönen Heiligabend. Entschuldigt nochmals die Störung und danke für den Whisky.»

Calle sah Jörgen erstaunt an, aber es blieb ihm nichts anderes übrig, als das Glas wegzustellen und sich ebenfalls zu erheben. Er reichte Evelyn die Hand und verabschiedete sich rasch.

Pontus begleitete sie in den Flur. «Wir müssen uns ein andermal ausführlicher unterhalten. Nett, dass ihr vorbeigeschaut habt.»

Jörgen reichte Calle die Leine. «Kannst du sie nehmen? Ich muss nur schnell noch ein paar Worte mit Pontus wechseln.»

Calle nahm die Leine und ging hinaus. Katja sah sich sehnsüchtig nach ihrem Herrchen um. Jörgen stand dicht neben Pontus. Er sprach lange und klopfte seinem alten Mitschüler dann freundlich auf die Schulter.

«Und?», sagte Calle, als sie wieder auf die Straße kamen. «Was war los?»

Jörgen schüttelte den Kopf. «Nichts.»

«Nichts?»

Calle sah seinen Freund an. Katja blieb stehen und schnupperte lange an einer Schneewehe, ehe sie mit den Hinterbeinen einknickte und pinkelte.

«Ich finde, er hat sich zu seinem Vorteil verändert», meinte Calle.

«Pontus?»

«Ja. Überhaupt nicht so dröge, wie ich ihn in Erinnerung hatte. Er wirkte ein wenig derangiert, aber das machte ihn eigentlich ganz sympathisch. Schade, dass er an diese Frau geraten ist.»

«Ja.»

«Aber du warst ungehobelt.»

«Ach ja?»

«Ja, sehr.» Calle schüttelte den Kopf. «Das ist doch sonst nicht deine Art. Ich fand das fast schon unverschämt. Ich meine, wir klopfen da mitten in der Nacht an, er bietet uns einen Whisky an, und du stehst einfach auf und gehst. Fast so, als würde dir das Haus gehören.»

Jörgen starrte geradeaus und schwieg.

Da hielt Calle mitten im Schritt inne. «Nein …», sagte er.

«Was?»

«*Du* hast Fräulein Petterssons Haus gekauft!»

«Ich weiß nicht, wovon du redest.»

«Hör schon auf. Mir kannst du nichts vormachen. Ich kenne dich zu gut.»

Jörgen blieb stehen und holte tief Luft. «Ich hatte keine Wahl», sagte er und breitete die Arme aus. «Sonst hätte es irgendein verrückter Bauherr abgerissen und zwei hässliche Riesenaquarien da hingeklotzt. Mir hat es immer gefallen. Ein kleines, sympathisches Häuschen, das auf dem hübschesten Fleckchen von ganz Lidingö steht. Ich dachte auch an die Kinder, die müssen eines Tages schließlich auch irgendwo wohnen.»

«Und Pontus ... mietet es?»

Jörgen schüttelte den Kopf. «Ich hatte keine Ahnung, dass er da war. Er glaubte sicher, das Haus steht leer. Und da der Bruder der Verstorbenen im Ausland wohnt, dachte er wohl, es würde niemanden stören. Wahrscheinlich wollte er seine Frau beeindrucken. Du hast ja selbst gesehen, was das für eine ist.»

«Und wie will er später einmal erklären, dass er es doch nicht besitzt?»

«Ich glaube, das ist ihm egal. Er hat wohl nur diese paar Tage vor Augen gehabt. Ein Weihnachtsfest mit der Frau, die er immer noch liebt.»

«Du meinst also ...»

«Ich habe ihm gesagt, dass er noch über Neujahr bleiben kann. Ich meine, immerhin hat er uns gebeten, die Schuhe auszuziehen. Das lässt doch auf ein gewisses Verantwortungsbewusstsein schließen.»

ARNE DAHL

Vernehmung

Aus dem Schwedischen von
Antje Rieck-Blankenburg

Ich habe Sie darüber informiert, dass Sie eines Verbrechens verdächtigt werden. Wissen Sie, worin der Verdacht besteht?»
«*Ja.*»
«Dann verstehen Sie mit Sicherheit auch, dass Eile geboten ist?»
   «*Das würde ich, wenn ich etwas mit der Sache zu tun hätte.*»
«Und da Sie nichts mit der Sache zu tun haben, verstehen Sie es nicht? Wissen Sie, wie man das nennt?»
   «*Das nennt man Haarspalterei. Ich habe nichts mit der Sache zu tun. Punkt, aus.*»
«In Ihrer Akte steht einiges, was auf das Gegenteil hindeutet.»
   «*Sitze ich etwa mitten in der Nacht hier herum, nur weil in meinem Strafregister ein paar Dinge stehen? Wenn das so ist, müsste es ja Hunderte von Verdächtigen geben.*»
«Nicht nur aufgrund Ihres Strafregisters, aber das wissen Sie ja selbst. Sie wissen genau, worum es hier geht, nicht wahr?»
   «*Ja, man hat mir die Situation geschildert. Aber ich verstehe immer noch nicht, was ich mit der Sache zu tun haben soll.*»
«Dass Sie das Ganze andauernd als ‹Sache› abtun.»
   «*Jetzt kann ich Ihnen nicht ganz folgen. So sagt man doch.*»
«Aber Sie finden die ‹Sache› gut, nicht wahr? Ihre ‹Sache›.»
   «*Ich versuche nur zu kapieren, was Sie glauben, dass ich getan hätte.*»

«Ich meine, Sie hätten bereits gesagt, dass Sie es wüssten.»

«Ich habe die Anschuldigungen gehört. Aber mehr weiß ich nicht. Ich lag verdammt noch mal im Bett und schlief, als die meine Tür eingetreten haben und reingestürmt sind. Mit gezogenen Waffen, Machogebrüll und dem ganzen Scheiß.»

«Haben sie die Tür eingetreten?»

«Sie scheinen ja noch weniger zu wissen als ich.»

«Fahren Sie fort.»

«Ich habe geträumt. Ich erinnere mich sogar noch daran, was ich geträumt habe. Ich nehme an, dass Sie das ebenfalls wissen wollen. Um – wie sagt man so schön? – to check my story.»

«Ich fürchte, ich muss kotzen, wenn ich das erfahre. Behalten Sie den Inhalt Ihrer Träume lieber für sich. Fahren Sie jetzt fort.»

«Das war ja nicht gerade objektiv. Ich möchte zu Protokoll geben, dass mir die drei Grundprinzipien der polizeilichen Vernehmungsarbeit durchaus bekannt sind.»

«Dann müssen wir wohl ebenfalls zu Protokoll geben, aus welchem Grund Sie sie kennen, nicht wahr?»

«Aus welchem Grund? Muss man einen Grund dafür haben, wenn man Informationen einholt? Ist das im schönen neuen Schweden etwa auch schon ein Verbrechen?»

«Sie kennen die drei Grundprinzipien der Vernehmungsarbeit der Polizei natürlich deshalb, weil Sie bereits unendlich oft in Vernehmungen gesessen haben. Aber damit können wir jetzt keine Zeit vergeuden. Machen wir weiter –»

«Das Prinzip der Rücksichtnahme, das Prinzip der Dringlichkeit und die Verpflichtung zur Objektivität. Das Prinzip der Rücksichtnahme beinhaltet, dass eine Person, die vernommen wird, keinem ungerechtfertigten Verdacht auf ein Verbrechen ausgesetzt werden darf. Die Verpflichtung zur Objektivität besagt, dass sowohl über das, was für, als auch das, was gegen den Vernommenen spricht, Rechenschaft abgelegt werden muss. Und damit ist doch ziemlich klar, was für mich spricht.»

«Und was spricht für Sie?»

«Natürlich meine Unschuld.»

«Ich frage mich eher, ob Sie nicht schon mit Schuld beladen auf die Welt gekommen sind. Gibt es übrigens einen besonderen Grund dafür, dass Sie das Prinzip der Dringlichkeit ausgelassen haben?»

«Es interessiert mich nicht.»

«Danke, denn Sie haben ja bereits mehrfach Ihre Gleichgültigkeit gegenüber Menschenleben bewiesen. Das Prinzip der Dringlichkeit beinhaltet, dass die Voruntersuchungen und die Vernehmung so zeitnah durchgeführt werden sollen, wie die Umstände es zulassen.»

«Und die Umstände ließen es also zu, dass man mitten in der Nacht die Tür einer unschuldigen Person eintreten musste, ja? Ich habe wirklich kein Verbrechen begangen.»

«Tatsächlich glaube ich Ihnen, dass Sie die Wahrheit sagen. Jedenfalls in gewisser Weise.»

«Danke. Und was mache ich dann noch hier?»

«Das Verbrechen ist noch nicht abgeschlossen. Sie haben es nicht begangen. Sie begehen es gerade.»

«Wie meinen Sie das?»

«Für gewöhnlich sitze ich hier mit einem Verdächtigen, nachdem ein Verbrechen bereits begangen worden ist. Im Nachhinein. Aber jetzt ist dem nicht so. Das hier ist ein Spezialfall. Ein Extremfall.»

«Ich verstehe nicht recht.»

«Natürlich verstehen Sie. Das Verbrechen findet gerade statt. Ich sitze hier und vernehme Sie, während Sie damit beschäftigt sind, es zu begehen. Sie begehen das Verbrechen genau in diesem Augenblick. Jedes Wort, das Ihr Schandmaul ausspuckt, ist ein Verbrechen. Ich sehe doch, wie Sie innerlich höhnisch grinsen, während Sie Ihr Verbrechen in die Länge ziehen und alles nur noch schlimmer machen.»

«Und das macht Sie wütend, nicht wahr?»

«Wir machen jetzt weiter.»

«Erzählen Sie mir, wie es sich anfühlt. Ist es so, als würden Sie durch eine bruchsichere Glasscheibe hindurch eine Misshandlung beobachten? Sie sind Polizist, Sie wollen eingreifen, aber es geht nicht. Stattdessen sind Sie gezwungen, Schlag für Schlag, der gegen das arme Opfer gerichtet wird, mit anzusehen, Tritt für Tritt. Es ist, als hätte man Ihnen die Augenlider an die Stirn genagelt.»

«Danke.»

«Danke?»

«Danke für das Geständnis. Jetzt machen wir weiter.»

«Ich habe nur über Ihre Emotionen gesprochen. Natürlich haben Sie das Gefühl, total versagt zu haben, oder? Und noch dazu mehr denn je ausgebremst zu werden durch Regeln und lächerliche Verordnungen. Sie kommen sich noch impotenter vor als sonst, nicht wahr? Wenn man das so sagen kann über –»

«Ich deute das auf jeden Fall als Geständnis. Was immer Sie sagen. Ich weiß, dass Sie äußerst gebildet sind, das steht in Ihrer Akte. Sie haben ein gutes Sprachgefühl und können die Worte so verdrehen, wie es Ihnen beliebt. Aber in meinen Augen haben Sie gestanden. Punkt, aus. Also, was ist geschehen?»

«Wollen Sie das wirklich wissen?»

«Das wäre jedenfalls ein Anfang ...»

«Haben Sie die Frage nicht eher aus alter Gewohnheit gestellt? Oder vielleicht sogar aus Versehen?»

«Jetzt quatschen Sie nicht dumm rum.»

«Eigentlich ist es doch Ihre Aufgabe, herauszufinden, was geschehen ist. Aber jetzt wollen Sie von mir wissen, was jetzt gerade geschieht, in diesem Augenblick.»

«Ich kann es mir auch so lebhaft vorstellen. Was ich haben will, ist nur eine einzige Information.»

«Und die wäre?»

«Eine Position. Ein Ort.»

«GPS-Koordinaten?»

«Wenn Sie sie haben.»

«*Dann könnten Sie sie in Ihren Computer reinhauen, und innerhalb von ein paar Minuten träfe ein Einsatzkommando vor Ort ein, nicht wahr? Aber eigentlich steht Ihnen der Sinn doch nach etwas ganz anderem, oder? Nämlich mir eine reinzuhauen.*»

«Sie überschätzen Ihre eigene Bedeutung, ganz in der Manier einer Psychopathin. Das Einzige, was mich interessiert, ist die Position. Und Sie sagen ‹innerhalb von ein paar Minuten›. Hm, interessant. Also ist es ein Ort irgendwo in der Stadt?»

«*All das hier ist doch rein hypothetisch. Ich bin so unschuldig wie ein Lamm.*»

«In diesem Fall allerdings ein ziemlich schwarzes Lamm.»

«*Diese Bemerkung war ja wohl nicht gerade politisch korrekt. Geradezu rassistisch.*»

«Sie sind der hellhäutigste Mensch, den ich seit langem gesehen habe, die Gefahr ist also minimal. Gehen Sie eigentlich jemals raus? Oder sitzen Sie nur in Ihrer heruntergekommenen Wohnung, wo Sie sich allein mit Ihren perversen Träumen Ihrer ‹Sache› hingeben?»

«*Das mit der ‹Sache› habe ich immer noch nicht begriffen.*»

«Und das, obwohl Sie auf der Harvard Business School gewesen sind und Anfang der neunziger Jahre eine Zeitlang das California Research Center besucht haben. Hat es dort angefangen? Haben Sie damals bereits diese heiße Begierde verspürt? Als Sie in Ihrem schmuddeligen Zimmer im Silicon Valley saßen und sich so unendlich überlegen vorkamen? War es dort, wo Ihre Machtgeilheit und die sexuelle Begierde eine so widerwärtige Verbindung eingingen?»

«*Ach, hören Sie doch auf.*»

«Haben Sie dort aufgehört, vor die Tür zu gehen? Mitten in Sunny California?»

«*Ihnen ist das hier absolut zuwider, nicht wahr? Sie kochen innerlich geradezu, während Sie sich zwingen, sitzen zu bleiben und mit mir zu reden, weil wahrscheinlich dort auf dem Bildschirm steht,*» *dass dies die beste Taktik ist, mich zum Weiterreden zu bringen. Nach dem Motto: ‹Die Verdächtige neigt dazu, ihre Überlegenheit auszuspielen, besonders im Gespräch. Also halte das Gespräch um jeden Preis am Laufen, denn das ist der Zugang zu dieser verdammten Seele.›»*

«Wir würden niemals das Wort ‹Seele› in einem polizeilichen Dokument benutzen.»

«Es geht ja auch gar nicht um meine Seele. Es geht um Ihre. Ihren inneren Kampf.»

«Meinen inneren Kampf?»

«Yes. In Ihnen tobt ein Kampf. Instinktiv würden Sie mich gern zusammenschlagen, aber Ihr Polizistenverstand zwingt Sie, das Gespräch mit mir zu suchen. Obwohl Ihnen die Zeit davonläuft.»

«Aber mal ganz ehrlich, wie muss man sich das vorstellen? Sitzt man da in seiner abgedunkelten Bude und wird plötzlich von dem Gefühl übermannt: Oh wie schön wäre es jetzt mit einem kleinen Jungen? Wie schön wäre es, ein bisschen an einem süßen kleinen Jungenkörper herumzufummeln?»

«So etwas tue ich nicht mehr. Diese Phase ist vorbei.»

«Eine Phase?»

«Ich habe meine Strafe abgesessen.»

«Und noch dazu mehrfach.»

«Leben wir nicht in einem Staat, in dem man das Recht auf eine zweite Chance erhält? Man sitzt seine Strafe ab, lässt sich nichts zuschulden kommen und erhält eine zweite Chance?»

«In Ihrem Fall handelt es sich allerdings nicht um eine zweite Chance. Es ist … tja, ich kann es schon gar nicht mehr zählen …»

«Die sechste. Aber das Prinzip gilt dennoch.»

«Das war keine ‹Phase› bei Ihnen. Es handelt sich um eine sexuelle Neigung. Sprechen Sie mir nach: ‹Es handelt sich um eine sexuelle Neigung.›»

«Es war eine Phase.»

«Wo haben Sie ihn hingebracht?»

«Die GPS-Koordinaten?»

«Raus damit.»

«Ich bin unschuldig. Ich will einen Anwalt.»

«Ich habe Sie eingangs darüber informiert, dass Sie das Recht auf einen Anwalt haben. Aber Sie haben verzichtet.»

«Weil ich unschuldig war.»

«Und die Sache hat sich also inzwischen geändert?»

«Nicht schon wieder ‹die Sache›.»

«Sie sind also nicht mehr unschuldig?»

«Sie sind derjenige, der sich verändert hat. Sie werden mir langsam unangenehm. Es ist absolut offensichtlich, dass hinter Ihrer attraktiven Fassade die Gewalt brodelt.»

«Keine Sorge, Sie werden schon merken, wenn es so weit ist. Im Moment reden wir ja nur. Unterhalten uns. Ich frage Sie sehr sanft, wo Sie ihn hingebracht haben. Beachten Sie, dass ich nicht einmal frage, ob er noch lebt – Sie haben noch nie zuvor jemanden getötet, und die offiziellen Dokumente weisen keine Tendenz zu einer Zunahme von Gewalt auf.»

«Gewalt? Ich habe noch nie Gewalt angewendet.»

«Das ist natürlich Unsinn. Um kleine Jungs mehrere Tage lang gefangen zu halten, bedarf es naturgemäß irgendeiner Form von Gewalt. Vermutlich handelt es sich dabei um eine Art suggestive Gewalt. Sie sind schließlich Expertin, was diese Form von Gewalt angeht.»

«Ich weiß nicht einmal, was Gewalt ist.»

«Sie wissen nicht, was das ist?»

«Nein.»

«Dann ist das Ganze ja noch schlimmer, als ich dachte.»

«Und die Dokumente besagen, dass ich diese Gewalt nicht steigere?»

«In der Tat. Obwohl ich der Überzeugung bin, dass nicht stimmt, was in den offiziellen Unterlagen steht. Es gibt da eine Tendenz. Einen Trend. Und der ist beunruhigend. Sehr beunruhigend.»

«Jetzt tappen Sie aber wirklich im Dunkeln.»

«Die Dinge sind kurz davor, zu eskalieren. Einem unaufmerksamen Leser würde es beim Studieren der Dokumentation nicht auffallen, aber ich bin kein unaufmerksamer Leser.»

«Sie sind ein Angeber.»

«Für mich ist es völlig offensichtlich, dass die kleinen Jungen jedes Mal etwas verwirrter waren, nachdem sie zurückgebracht wurden. Haben Sie Ihre Vorgehensweise diesmal spezifiziert? Die Tortur zielgerichteter durchgeführt? Was geschieht gerade mit dem kleinen Adrian? Während wir hier sitzen und Scheiße reden? Sie müssen mir verdammt noch mal antworten.»

«Adrian?»

«Klar, dass Sie nicht wissen, wie die Jungs heißen. Sie nennen sie doch den grotesken Regeln Ihrer morbiden Phantasie folgend jedes Mal anders. Ja, er heißt Adrian, er ist fünf Jahre alt und gestern Nachmittag plötzlich vom Spielplatz verschwunden. Zweihundert Meter von Ihrem Haus entfernt. Ich kann mir übrigens nicht erklären, warum es so lange gedauert hat, Ihren Namen herauszufinden.»

«Mit anderen Worten, Sie waren gar nicht derjenige, der meinen Namen ausfindig gemacht hat?»

«Ich bin in diesem Fall Vernehmungsleiter, nicht Ermittler.»

«Sie scheinen aber auch von gar nichts eine Ahnung zu haben.»

«Adrian befindet sich jetzt seit über vierundzwanzig Stunden in Ihrer Gewalt. Weiß Gott, welchen Torturen er ausgesetzt ist, während wir hier herumsitzen. Jetzt reden Sie endlich.»

«Wir reden doch die ganze Zeit.»

«Ich rede. Während Sie morden.»

«Würden Sie es denn vorziehen, wenn ich den Mund hielte? Wäre das besser für Andreas?»

«Adrian. Er heißt Adrian.»

«Okay, sorry, nun regen Sie sich doch nicht so auf.»

«Wie bitte? ‹Regen Sie sich doch nicht so auf›? Treiben Sie es bloß nicht zu bunt! Übrigens, auch wenn Sie irgendetwas von ‹ein paar Minuten› schwafeln, nehme ich an, dass Sie ihn in einer Hütte versteckt haben. Irgendwo auf dem Land. Denn mehrere der ersten Jungen haben in ihrer Zeugenaussage eine Autofahrt und eine Hütte erwähnt. Während die nachfolgenden eher etwas von fliegenden Untertassen und schleimigen Monstern gefaselt haben. Nur sehr wenige von ihnen werden in Zukunft ein normales Leben führen können. Sie morden mit Verzögerung, lassen Ihre Opfer maximal leiden. Sie sind ein verdammtes Schwein. Um was für eine Hütte handelt es sich?»

«Haben Sie etwa schon die Geduld verloren? Ausgerechnet jetzt, wo es richtig spannend wird?»

«Ist es ein Kellerloch? Eine Treppe hinunter zur Hölle, auf der er an einen widerlichen Apparat gefesselt ist, der ihm irgendwelche Nägel immer tiefer in den Körper rammt?»

«Sie haben ja wirklich Phantasien. Dunkle Phantasien.»

«Er heißt Adrian und ist fünf Jahre alt, Sie Aas. In vier Tagen ist Heiligabend. Und er wünscht sich Knetmasse in vier verschiedenen Farben zu Weihnachten.»

«Steht das wirklich da?»

«In Blau. Gelb. Rot. Und Lila. Kein Grün. Grün mag er nicht.»

«In Ihrem Computer stehen ja ziemlich detaillierte Angaben.»

«Adrian. Fünf Jahre alt. Sie Schwein.»

«Zwanzigster Dezember. Adrian, fünf Jahre alt, befindet sich auf der Treppe hinunter zur Hölle. Was starren Sie mich so an?»

«Wer sind Sie eigentlich?»

«Bin ich denn nicht mehr Ihre verdächtige Pädophile?»

«Natürlich sind Sie das, Sie Aas. Wo ist er? Wo ist der Junge? Sie müssen mir jetzt antworten. Wir müssen ihn retten. Sie wollen nicht, dass er stirbt, das sehe ich Ihnen doch an.»

«Sehen Sie mir das wirklich an?»

«Irgendetwas stimmt hier nicht. Irgendetwas ist verkehrt.»

«Was stimmt denn nicht?»

«Weiß nicht genau. Aber irgendetwas ist faul.»

«Hatten Sie es nicht eben noch ziemlich eilig? Sie wollten doch Adrian retten. Fünf Jahre alt.»

«Hat man tatsächlich Ihre Tür eingetreten?»

«Wie bitte?»

«Sie haben im Bett gelegen und geschlafen, während bewaffnete Polizisten Ihre Wohnungstür eintraten? Ohne vorher zu klingeln?»

«Ich habe jedenfalls kein Klingeln gehört. Ich habe ja geschlafen.»

«Das würden sie niemals tun.»

«Wie meinen Sie das?»

«Die Spezialeinheit würde sich niemals eines derart banalen Dienstvergehens schuldig machen.»

«Und was machen Sie jetzt? Was tun Sie da am Computer?»

«Ich habe da eine vage Ahnung. Silicon Valley.»

«Hören Sie doch auf mit dem Getippe und reden Sie stattdessen mit mir. Halten Sie das Gespräch am Laufen. Warum mag Adrian eigentlich kein Grün?»

«Weil er sich einmal im Wald verlaufen hat. Hier, schauen Sie. Ich hab's doch gewusst. Das California Research Center ist erst siebenundneunzig eröffnet worden. Und in Ihrem Register steht, dass Sie dort zu Beginn der Neunziger studiert haben. Sind Sie überhaupt in Harvard gewesen?»

«Das muss ein Versehen sein. Ein Schreibfehler. Und was machen Sie jetzt?»

«Im Strafregister suchen.»

«Im Strafregister?»

«Ja, im nationalen Strafregister.»

«Aber Sie haben meine Akte doch bereits.»

«Ich habe etwas, das wie Ihre Akte aussieht. Aber das ist sie verdammt noch mal nicht. Ihre Personennummer steht nicht drauf.»

«Das muss ein Versehen sein.»

«Sagen Sie. Aber ich sehe hier, dass es Ihre Personennummer ganz einfach nicht gibt. Sie existiert in keinem unserer Register. Was zum Teufel ist das denn?»

«Man darf sich wahrscheinlich nicht blind auf seine Vorgesetzten verlassen.»

«Das bedeutet also, dass ich Sie jetzt, ohne zu zögern, totschlagen kann. Denn es gibt Sie ja nicht. Nun spucken Sie es schon aus. Was zum Teufel geht hier vor?»

«Ist Ihnen Adrian denn plötzlich gar nicht mehr wichtig? Ist es stattdessen meine unbedeutende Person, die das Interesse des Wachtmeisters erregt? Ich, die ich in Manier einer Psychopathin meine eigene Bedeutung überschätze?»

«Das ist doch völlig absurd. Wo auch immer ich suche, ich kann Sie verdammt noch mal nirgends finden. Weder Ihre Personennummer noch Ihren Namen. Nichts.»

«Aber weibliche Pädophile sind doch ziemlich selten, da müssten Sie mich eigentlich sehr bald finden.»

«Was haben Sie mit Adrian gemacht, Sie widerliche Schlampe?»

«Adrian, fünf Jahre alt, zwanzigster Dezember …»

«Wenn Sie es mir nicht augenblicklich sagen, schlage ich Sie tot.»

«Nein, Sie haben noch nie eine Frau tätlich angegriffen. Niemals. Dafür sind Sie trotz Ihrer zur Schau getragenen Coolness viel zu stolz. Sie werden mich nicht totschlagen.»

«Was zum Teufel wissen Sie denn schon?»

«Kann es sein, dass ich einfach etwas mehr weiß, als Sie glauben? Warum mag Adrian kein Grün? Sie sagten, er hätte sich im Wald verlaufen?»

«Nein. Nein, was soll das? Nein, Sie sitzen hier, existieren eigentlich gar nicht und fragen mich derartige Dinge. Nie im Leben. Das ist falsch.»

«Die Weihnachtsgeschenke, der Wunschzettel, die Knetmasse. Blau. Gelb. Rot. Und Lila. Kein Grün. Denn er mag kein Grün.»

«Er könnte ja rote und blaue Knete mischen und so Lila bekommen. Eigentlich braucht er gar kein Lila.»

«*Besteht dann nicht auch die Gefahr, dass er Blau und Gelb mischt und so Grün erhält? Stellen Sie sich mal den Schock vor. Der kleine Adrian sitzt in aller Ruhe da und spielt mit seiner Knetmasse – und plötzlich ist sie grün. Warum mochte er eigentlich kein Grün?*»

«Ich weiß nicht, wer Sie sind. Und ich weiß nicht, was hier vor sich geht. Aber Sie haben ein Kind entführt, und ich muss herausbekommen, wo sich dieses Kind befindet. Ansonsten besteht die Gefahr, dass es stirbt. Das ist alles, was zählt.»

«*Ja, so lautete der Auftrag. Sie waren nach der Spätschicht bereits auf dem Weg nach Hause. Im Flur wurden Sie jedoch von Ihrer Vorgesetzten beiseitegenommen. Sie fragte, ob Sie nicht ein paar Überstunden machen könnten, und gab Ihnen einen USB-Stick mit dem Fall. Liege ich falsch? Haben Sie mit irgendeiner anderen Person darüber gesprochen? Außer Ihrer Chefin? Haben Sie mit den Polizisten gesprochen, die den Zugriff durchgeführt haben? Haben Sie das Material überprüft?*»

«Ich habe den Fall bekommen. Ich wusste, was zu tun war. Und es eilte.»

«*Ja, Sie haben den Fall von Ihrer Chefin und von niemand anderem bekommen. Von Ihrer Chefin, die gleichzeitig Ihre Exfrau ist.*»

«Was wollen Sie damit andeuten?»

«*Dass Sie mir etwas über Adrian zu sagen haben.*»

«Sie sind doch diejenige, die hier etwas zu erzählen hat. Sie haben schließlich ein Kind entführt.»

«*Habe ich das wirklich? Geht es hier wirklich darum?*»

«Ich weiß nicht mehr, worum es hier geht. Ich fühle mich nicht ganz wohl.»

«*Warum mochte Adrian denn kein Grün?*»

«Alles um ihn herum war grün, als er sich im Wald verlaufen hat. Deshalb hasste er Grün. Er war von all diesem Grün umschlossen, als er verschwand. Wir haben ja auf dem Land gewohnt, da gab es keine Möglichkeit, aus dem Haus zu gehen, wenn man Grün nicht mochte.»

«*Adrian hielt sich also immer drinnen auf, deshalb war seine Haut ganz hell.*»

«Zum Teufel noch mal. Hier geht es um Sie, Sie verfluchte Hexe. Ihre Haut ist doch verdammt noch mal vollkommen gefängnisweiß. Sie kidnappen seit zwanzig Jahren Kinder. Und Sie haben fünf Mal wegen Kindesentführung und Pädophilie gesessen.»

«*Nun, ich habe das nur gesagt, um kleine Löcher in Ihre Mauer zu schlagen. Winzige Löcher, um die herum sich Risse bilden. Sie können ihn nicht länger leugnen. Das geht nicht. Wir müssen die Erinnerung an ihn aufrechterhalten. Ich selbst bin übrigens nicht gerade hellhäutig, nach einer Reise nach Griechenland vor ein paar Monaten eher noch etwas sonnengebräunt.*»

«In dem Licht hier wirkte es aber so. In diesem Vernehmungsraum sind die Lichtverhältnisse miserabel. Ich habe mich schon oft darüber beschwert, aber es geschieht nichts.»

«*Dort waren die Lichtverhältnisse ebenfalls schlecht, nicht wahr? Und die Kellertreppe war ziemlich steil. Man konnte die einzelnen Stufen kaum erkennen. Deshalb war es wichtig, die Kellertür verschlossen zu halten.*»

«Ich habe keine Ahnung, wovon Sie reden.»

«*Ist er oft zum Spielen rausgegangen?*»

«Er war immer drinnen. Er war nie irgendwo anders. Er war nie zum Spielen draußen. Hat sich nie mit anderen Kindern getroffen. Hat immer nur dagesessen und gegrübelt. Oder was auch immer. Ein sehr stilles und ausgeglichenes Kind.»

«*Und Sie haben die Kellertür tatsächlich verschlossen gehalten? Immer?*»

«Immer.»

«*Außer dieses eine Mal?*»

«Ich habe unten im Keller gearbeitet, als er nach mir gerufen hat. War gerade dabei, die letzten Stufen der Kellertreppe festzunageln und einige schiefe Bretter geradezurücken. Aber er wollte heiße Schokolade haben. Er liebte heiße Schokolade.»

«*Und, haben Sie ihm geholfen?*»

«Natürlich brauchte er Hilfe. Er war ja erst fünf.»

«*Und es waren noch vier Tage bis Heiligabend.*»

«In dem Moment fiel mir ein, dass ich vergessen hatte, Milch zu kaufen. Und sie hatte Nachtschicht. Also musste ich kurz wegfahren.»

«*Haben Sie ihn allein gelassen?*»

«Er war es gewohnt, für kurze Zeit allein zu sein. Das Alleinsein hat ihn nicht gestört, bloß das Grün im Wald.»

«*Und dabei vergaßen Sie, die Kellertür abzuschließen?*»

«Verdammt. Wir reden hier doch über Sie. Wo haben Sie ihn hingebracht?»

«*Das tut nichts zur Sache. Vergessen Sie's. Als Sie losfuhren, um Milch einzukaufen, haben Sie vergessen, die Kellertür abzuschließen, stimmt's?*»

«Nein, nein, nein. Nein.»

«*Doch, ich glaube, genauso war es. Es war am zwanzigsten Dezember, Adrian war fünf Jahre alt, und die Kellertür war angelehnt.*»

«Nein, nein, nein, nein. Nein.»

«*Ich sehe, wie Sie dann mit der Milchtüte in der Hand die Kellertreppe hinuntergehen. Sie rufen nach ihm. Voller böser Vorahnungen.*»

«Zum Teufel, verdammt.»

«*Ja, hier sollten wir kurz innehalten. Nur ganz kurz. Atmen Sie tief durch. Versuchen Sie sich in die Situation hineinzuversetzen.*»

«Mich in die Situation hineinzuversetzen? Sie sind wirklich eine Hexe.»

«*Jetzt sehen Sie ihn vor sich, oder? Sie müssen ihn sehen. Sie haben ihn verdammt lange schon nicht mehr gesehen. Seit Jahren. Aber jetzt müssen Sie ihn anschauen.*»

«Damals bin ich gestorben. Etwas in mir ist gestorben.»

«*Ich weiß. Wir wissen es.*»

«Es war so merkwürdig still. In dem dunklen Keller. Es roch nach

Erde. Stechend. Wie frisch umgegrabene Erde. Die nackte Glühbirne begann durch den Luftzug immer leicht zu zittern und ließ ihren schwachen Lichtschein über die Wände flackern. Aber diesmal war es eine andere Stille.»

«Inwiefern anders?»

«Es war die Stille des Todes.»

«Sehen Sie Adrian jetzt vor sich?»

«Ja, ich sehe ihn.»

«Sehen Sie, dass er lächelt?»

«Ich sehe es.»

«Und was sehen Sie noch?»

«Ich hebe seinen schmächtigen Körper hoch. Er ist die Treppe hinunter und geradewegs auf die Holzbalken gefallen, aus denen mehrere lange Nägel herausragten. Sein Körper ist von Nägeln durchbohrt. Ich habe verdammt noch mal meinem eigenen Sohn eine Todesfalle gestellt. Er war erst fünf Jahre alt, und es waren noch vier Tage bis Heiligabend. Er hat sich Knetmasse in vier Farben gewünscht. Als ich ihn hochhebe, bin ich noch viel mehr tot als er.»

«Bis zu diesem Augenblick. Jetzt sind Sie es nicht mehr.»

«Jetzt bin ich noch weitaus mehr tot.»

«Das glaube ich nicht.»

«Damit soll ich jetzt also leben, das finden Sie in Ordnung?»

«Ja. Im Augenblick werden Sie es zwar noch nicht glauben, aber etwas·ist in der Tat in Ordnung gekommen. Er hat sie angelächelt. Er lächelt sie immer noch an. Er gesteht Ihnen zu, endlich um ihn zu trauern. Er bringt Sie dazu. Endlich.»

«Oh, mein Gott. Oh, Teufel. Es war so viel leichter, all diese Gefühle einfach auszuschalten.»

«Mehrere Jahre lang haben Sie am Leben vorbeigelebt. Jetzt können Sie wieder daran teilnehmen.»

«Das Ganze war also der Plan meiner Exfrau?»

«Unser gemeinsamer, muss ich wohl zugeben. Wir haben uns

anlässlich eines aktuellen Falls kennengelernt. Es ging dabei um Sekten, Sie erinnern sich bestimmt. Das ist nämlich mein Spezialgebiet. Deprogramming von Sektenmitgliedern.»

«Aber ich habe sie doch so mies behandelt, war so gemein zu ihr, dass sie sich von mir hat scheiden lassen. Sie ist doch verdammt noch mal wieder verheiratet.»

«Sie waren nicht gemein, Sie waren sozusagen zu Eis erstarrt. Kein Mensch kann mit einem Eiszapfen leben.»

«Und sie hat das hier für mich in die Wege geleitet, um mir zu helfen?»

«Sie wollte nicht, dass Sie untergehen. Denn Sie waren auf dem besten Weg dorthin. Und außerdem ist sie Ihre Chefin, vielleicht kann man so etwas Personalpflege nennen.»

«Tja, was soll ich sagen? Danke? Danke, dass ich mich so verdammt schlecht fühle?»

«Ja, das sind vermutlich die richtigen Worte.»

«Also nichts mit Harvard?»

«Ich bin überhaupt noch nie in den USA gewesen. Ich bin ausgebildete Therapeutin und Schauspielerin. Diese Kombination ist manchmal sehr nützlich. Man lernt zu improvisieren.»

«Und den ausgebrannten Vernehmungsleiter in die richtige Richtung zu leiten.»

«Sie haben sie ja von selbst eingeschlagen.»

«Und was zum Teufel soll ich jetzt machen?»

«Tja ... leben?»

«So einfach?»

«Das Leben ist nicht einfach. Aber wir können damit beginnen, gemeinsam eine Kleinigkeit essen zu gehen. Hier um die Ecke ist eine Kneipe mit guter Küche, die auch zu dieser späten Stunde noch offen hat. Kommen Sie mit?»

«Warum nicht?»

«Denn wissen Sie, ich frage mich immer noch, was Sie mit dieser ‹Sache› meinten ...»

VIVECA STEN

Weihnachtsmord auf Sandhamn

Aus dem Schwedischen von
Dagmar Lendt

Die Sonne glitzerte auf der dünnen Schneedecke, die über dem Hafen von Stavsnäs lag. Am Kai wartete eine große Waxholmfähre mit herabgelassener Gangway. Die Fähre trug denselben Namen wie das Ziel ihrer Fahrt – Sandhamn.

Maria Samuelsson blieb an der Gangway stehen und sah sich um. Weißer Raureif überzog die dicken Tampen, mit denen das Schiff am Bug vertäut war, und aus dem Mund des Matrosen, der die Tampen einholte, dampften Atemwolken.

Fast alle der achtzig Leute zählenden Gruppe waren bereits an Bord gegangen. Die ganze Firma hatte sich nach Sandhamn im Stockholmer Schärengarten aufgemacht, um im berühmten Värdshus, dessen Anfänge ins Jahr 1672 zurückreichten, ihre Weihnachtsfeier zu begehen. Es war nur noch eine Woche bis Heiligabend, und die Stimmung war erwartungsvoll und ein bisschen überdreht, fast wie bei einer Schulklasse, die einen Ausflug macht. Überall wurde gelacht, gekichert und geschwatzt, und das herrliche Winterwetter schmälerte die Vorfreude auch nicht gerade.

Mit einem letzten Blick über den Hafen ging Maria an Bord. Sie stieg die Treppe zum Oberdeck hinauf, wo bequeme Clubsessel vor den Panoramafenstern dazu einluden, den herrlichen Ausblick über den winterlichen Schärengarten zu genießen. Erwartungsvoll lächelnd ließ sie sich an einem Tisch nieder, an dem bereits Peter Järborn saß, ihr Chef. Er war der Sohn des Firmengründers und hatte das Unternehmen ein paar Jahre zuvor von seinem Vater übernommen. Ihm gegenüber saßen der Verkaufsleiter Lasse Konrad und dessen Assistentin Yvonne Grandin.

Wie spendabel von Peter, die gesamte Belegschaft zu einem Weihnachtsessen im Schärengarten einzuladen, dachte Maria. Das war bestimmt nicht billig. Aber die Geschäfte waren dieses Jahr gut gelaufen. Der Umsatz war um zehn Prozent gestiegen, und für die meisten Mitarbeiter würde es wohl eine kleine Bonuszahlung geben.

Mit der rechten Hand kontrollierte sie den Sitz der Spange, die ihr halblanges, braunes Haar zusammenhielt. Auch wenn dies ein Ausflug an den Rand des Schärengartens war, galt es, auf die äußere Erscheinung zu achten. Als Peters Sekretärin und rechte Hand musste sie repräsentativ sein, und sie wusste, dass sie gut aussah, meistens wurde sie auf Mitte dreißig geschätzt, obwohl sie über vierzig war.

Bei strahlendem Sonnenschein legten sie am Dampfschiffkai von Sandhamn an. Einladende Ruhe lag über den falunroten Häusern, die den Hafen säumten. Alles war tief verschneit, nur das Hafengelände selbst war geräumt, und die Weihnachtsdekorationen der Geschäfte erinnerten daran, dass in acht Tagen Heiligabend war.

Linker Hand tauchte das rote Clubhaus des KSSS auf, und entlang der Strandpromenade lagen zahllose Sportboote an Land, abgedeckt mit verschneiten Planen. Es waren nur wenige Leute zu sehen, aber auf der Insel lebten ja auch nur rund hundertzehn Einheimische, soweit Maria wusste.

«Warst du schon mal hier?»

Gun, die Buchhalterin, unterbrach sie in ihren Gedanken, als sie da so stand und den Hafen betrachtete.

«Nein, du?»

Gun nickte.

«Schon oft. Es ist wirklich schön hier. Wir fahren jeden Sommer her, Kalle und ich. Es ist schon Tradition geworden, einmal im Jahr auf Sandhamn ein Picknick zu machen. Wir nehmen unsere Badesachen mit und gehen an den Trouvillestrand, das ist der wunderbarste Sandstrand im ganzen Schärengarten.»

«Ja, es ist herrlich.» Lasse Konrad mischte sich in das Gespräch ein. «Ich bin oft hierhergesegelt, nichts geht über Sandhamn an einem schönen Julitag.»

«Segelst du viel?», fragte Maria.

Sie kannte Lasse nicht sehr gut. Er war seit etwas über einem Jahr bei ihnen, abgeworben von einer Konkurrenzfirma, um den Verkauf anzukurbeln. Anscheinend machte er seine Sache gut, denn der Umsatz war gestiegen. Sicher, die Zeiten waren schlecht, aber ihr Unternehmen – ein Großhandel für Büromaterial, der kleine und mittlere Firmen belieferte – spürte davon nichts. Papier und Büroklammern wurden eben immer gebraucht, da konnten die Firmen nicht viel einsparen, selbst wenn die Geschäfte nicht so gut liefen.

Lasse lächelte breit.

«Jeden Sommer. Es gibt nichts Schöneres, als die Leinen loszumachen und Kurs aufs offene Meer zu nehmen.» Er nickte so nachdrücklich, dass seine langen Nackenhaare flogen. «Ich habe mein ganzes erwachsenes Leben lang ein Segelboot gehabt.»

Seine Frisur hätte besser zu einem der geschniegelten Typen vom Stureplan gepasst als zu einem grauhaarigen Verkaufsleiter in den Fünfzigern, dachte Maria. Er meinte wohl, er sähe damit jünger aus. Und charmant war er ja, das konnte sie nicht leugnen. Er trug keinen Ehering, und sie hatte auch nichts von einer festen Beziehung gehört.

«Klingt verlockend», sagte sie lächelnd.

Die ganze versammelte Gruppe ging hinüber zu Sandhamns Värdshus, das im östlichen Teil des Hafens lag. Das gelbe Holzgebäude war nicht zu verfehlen, und als sie die Eingangstür öffneten, wehten ihnen herrliche Düfte entgegen, die an die bevorstehenden Feiertage erinnerten.

Das ganze Lokal war festlich geschmückt, mit schönen Kränzen in den Fenstern. Die brennenden Kerzen unterstrichen die Weihnachtsstimmung, und das lange «Julbord», das mitten im Raum gedeckt worden war, ließ den Gästen das Wasser im Mund zusammenlaufen. Da drängten sich alle Arten von eingelegten Heringen neben kugelrunden Hackbällchen und «Janssons Versuchung», dem typischen Auflauf. Auf einem kleineren Tisch standen verschiedene Käsesorten bereit. Maria spürte plötzlich, wie hungrig sie war, das Frühstück lag immerhin schon eine ganze Weile zurück.

«Maria», rief Peter, «hast du die Tischordnung dabei?»

«Natürlich.»

Sie kramte in ihrer Tasche und zog rasch einige A4-Blätter hervor. Peter hatte darauf bestanden, dass sie eine Tischordnung erstellte, damit die Leute, die sowieso immer die Mittagspause zusammen verbrachten, nicht auch hier zusammensaßen. Nach einer Weile waren alle Kollegen gemäß Marias Liste platziert.

«Lasse», rief sie, um das Stimmengewirr zu übertönen, «du sitzt hier, neben Gun.»

Sie meinte einen Anflug von Enttäuschung auf Lasses Gesicht zu sehen, ehe er mit galantem Lächeln den Stuhl für seine Tischdame hervorzog. Die sechzigjährige Buchhalterin war wohl nicht gerade die, die er sich selbst ausgesucht hätte. Vermutlich hätte er sich lieber zu einem der hübschen Mädchen aus dem Kundendienst gesetzt, aber an einem solchen Tag konnte er ruhig auch mal zurückstecken. Außerdem war Gun unterhaltsam und schlagfertig.

Maria nahm schräg gegenüber von Gun Platz, sie hatte Adam

als Tischnachbarn, einen lustigen Dreißigjährigen, der einer ihrer Handelsreisenden war und sicher ein angenehmer Gesellschafter. Das hatte sie sich gegönnt, da sie ohnehin die Tischordnung machen musste. Außerdem saß Lasse schräg gegenüber, und auf einmal war sie ein kleines bisschen aufgeregt.

Nach einer Stunde war die Lautstärke hoch und die Stimmung ausgelassen. Alle waren bester Laune, wozu sicher auch der großzügige Ausschank verschiedener Schnäpse beitrug. Der hauseigene Aquavit oder «Skärgårdssup», wie er genannt wurde, fand begeisterten Zuspruch.

Guns Wangen waren gerötet, sie wirkte richtig aufgedreht. Gerade beugte sie sich vertraulich zu Lasse hinüber, der offenbar nichts mehr gegen seine Tischnachbarin einzuwenden hatte.

«Na komm, Gunnie», sagte er und grinste sie an. «Prösterchen!»

«Ich sollte eigentlich nicht mehr», wehrte sie kichernd ab, griff aber nach ihrem Glas und trank gehorsam, auch wenn sie die Hälfte übrig ließ.

«Schmeckt mit jedem Glas besser», lachte sie.

«Wie lange bist du eigentlich schon in der Firma?»

Sie schüttelte den Kopf.

«Viel zu lange. Mit achtundzwanzig hab ich angefangen, und jetzt bin ich sechzig.» Ein fast verlegenes Lächeln huschte über ihr Gesicht.

«Dann bist du ja quasi die Seele des Geschäfts», sagte er belustigt. «Finde ich klasse. Gibt es eigentlich irgendwas in der Firma, was du nicht weißt?»

Sie kicherte wieder.

«Wahrscheinlich nicht.»

«Gut, wenn jedenfalls einer den Durchblick hat. Ich wünschte, ich hätte ihn.»

Lasse winkte eine Serviererin heran und griff nach zwei vollen Schnapsgläsern. «Heute machen wir es uns mal richtig gemütlich.

Den hier musst du probieren, das ist mein Favorit. Feuerwasser. Hoch die Tassen!»

Guns Gesicht verzog sich zu einer Mischung aus Entsetzen und Entzücken, aber sie nahm das Glas und kippte den Schnaps hinunter. Rundherum wurde das Gemurmel lauter, und an einem der anderen Tische stimmte Peter ein bekanntes Trinklied an, bei dem alle mitsangen.

«Alles okay?»

Maria warf einen schrägen Blick zu Gun hinüber. Es schien ihr nicht besonders gutzugehen. Ihr Blick war glasig, und sie schwankte leicht auf ihrem Stuhl.

«Wie fühlst du dich?», fragte Maria leise. Sie saßen seit Stunden am Tisch, und die Wärme und der Schnaps zeigten Wirkung.

«Mir geht's gut», nuschelte Gun. «Hab nur ein bisschen viel getrunken.»

Maria lächelte sie an. «Das gibt sich wieder. Gleich kommt der Kaffee.»

«Kann sein.» Gun nickte und wurde plötzlich ganz grün im Gesicht.

«Komm mit zur Toilette», sagte Maria und stand auf. «Vielleicht geht es dir besser, wenn du dir das Gesicht mit kaltem Wasser wäschst.»

Als Gun zehn Minuten später von der Toilette kam, sah sie immer noch unglücklich aus, so als hätte sie nach all dem Essen und Trinken ein schlechtes Gewissen.

Maria wartete vor dem Waschraum auf sie. Sie lehnte mit dem Rücken an der Wand und musterte ihre Kollegin besorgt, als Gun die Tür öffnete.

«Wie ist es jetzt?»

«Geht schon wieder. Ich sollte es wirklich besser wissen, ich altes Weib. Ich weiß gar nicht, was in mich gefahren ist. Wahrscheinlich habe ich mir in der letzten Zeit zu viele Sorgen gemacht ...»

Sie zuckte mit den Schultern, eine kleine, hilflose Geste.

Maria sah ihre Kollegin forschend an.

«Was meinst du? Worüber machst du dir Sorgen?»

Gun wippte auf den Fersen und machte ein unglückliches Gesicht.

«Jetzt ist sicher nicht der richtige Zeitpunkt, um darüber zu reden.»

Maria legte tröstend einen Arm um Guns Schulter.

«Mir kannst du es sagen. Wenn du möchtest.»

«Irgendwas stimmt nicht ...»

Gun verstummte.

«Was stimmt nicht?»

Maria beugte sich vor.

«Ich weiß nicht ...» Gun schwieg wieder. «Ach, vielleicht bilde ich es mir auch ein. Vergiss es einfach.»

Maria gab nicht auf. «Jetzt sag schon, was dich bedrückt.»

Gun stellte sich dicht neben Maria und raunte: «Die Zahlen im Jahresabschluss stimmen nicht. Ich habe den Fehler gesucht und bin auf eine Menge merkwürdiger Rechnungen gestoßen.» Sie blickte Maria ängstlich an.

«Rechnungen?», wiederholte Maria. «Was denn für Rechnungen?»

Gun drehte sich abrupt um.

«Ich brauche frische Luft. Ich gehe mal einen Moment vor die Tür.»

Mit unsicheren Schritten steuerte sie auf den Ausgang zu.

«Möchtest du, dass ich mitkomme?», rief Maria ihr nach.

Gun schüttelte den Kopf.

«Ich gehe lieber allein. Vergiss einfach, was ich gesagt habe, es war nichts.»

Maria folgte ihr mit dem Blick. Es sah Gun nicht ähnlich, so viel zu trinken, aber heute wirkte sie unruhig und nervös. Was hatte sie mit merkwürdigen Rechnungen gemeint? So schlimm konnte das doch wohl nicht sein?

Nachdenklich ging sie zurück ins Restaurant und setzte sich wieder. Peters Platz war leer, aber die Stimmung am Tisch schlug hohe Wellen. Einen Meter weiter stieß Lasse mit zwei Vertretern an. Er wirkte ziemlich betrunken, sein Gesicht war rot, und er konnte schon nicht mehr deutlich sprechen.

Maria fühlte sich auch nicht mehr ganz nüchtern und beschloss, auf den Kognak zum Kaffee zu verzichten. Für heute reichte es mit dem Alkohol.

Gun ging mit unsicheren Schritten über den verharschten Schnee. Warum hatte sie nur so viel getrunken? Das tat sie sonst nie. Aber die Sorgen ließen ihr keine Ruhe, sie hatte schon mehrere Nächte lang wach gelegen und gegrübelt.

Plötzlich musste sie sich an einem Laternenmast festhalten, weil sich in ihrem Kopf alles drehte. Doch die kalte Luft tat ihr gut, nach einer Weile begann sie sich besser zu fühlen. Sie ließ den grauen Mast los und atmete ein paarmal tief durch.

Der lange Betonkai lag stumm vor ihr. Es war schon ziemlich dunkel, und das Licht, das aus den Fenstern des Restaurants fiel, reichte nicht weit, stattdessen herrschte eine dumpfe Winterdämmerung. Aber nach dem langen Essen war es richtig befreiend hier draußen. Es tat gut, den Lärm und die Wärme im Värdshus hinter sich zu lassen.

Gun trat näher an die Kante des Hafenbeckens heran und blickte hinunter aufs Wasser. Wenn sie sich recht erinnerte, lagen hier immer die Lotsenboote. Noch war der Hafen nicht zugefroren, aber lange konnte es bei dem derzeitigen Frost nicht mehr dauern. Es war vollkommen windstill, und sie ahnte ihr Spiegelbild auf der dunklen Wasseroberfläche ein paar Meter unter ihr.

Plötzlich hörte sie ein scharfes Geräusch und blickte sich erschrocken um.

War da jemand?

«Wann geht unser Schiff?» Peter war zurückgekommen und hatte sich wieder an den Tisch gesetzt. Jetzt sah er fragend zu Maria, die gerade ihren Kaffee ausgetrunken hatte.

«Um fünf.»

Maria war die Rolle der inoffiziellen Reiseleiterin zugefallen. Der starke Kaffee hatte sie ein wenig nüchterner gemacht, und sie sehnte sich nach einem erfrischenden Spaziergang, ehe es Zeit für die Rückfahrt wurde.

«Hast du Lasse gesehen?», fragte Peter, als sie nach ihrer Jacke griff.

Sie schüttelte den Kopf. Die meisten Tische waren halb leer, anscheinend hatte eine ganze Reihe von Kollegen das Bedürfnis gehabt, nach dem üppigen Essen und dem Trinkgelage ein wenig frische Luft zu schnappen. Gun war auch noch nicht wieder zurück.

«Seit einer ganzen Weile nicht mehr, vielleicht einer Stunde.» Sie sah auf die Uhr und erhob sich. «Ich kann ja mal in den anderen Räumen nachsehen, bevor ich nach draußen gehe.»

Maria sah sich in dem schönen alten Gebäude um. Nach Angaben des Personals war das Gasthaus seit 1672 in Betrieb, und von den Wänden hallte der Flügelschlag der Geschichte wider.

Sie ging die halbe Treppe vom Speisesaal hinunter und sah ein Schild, auf dem stand, dass vor ihr der Dahlberg'sche Raum lag, einer der ursprünglichen Teile des alten Gasthauses. Sie schaute hinein auf die dunklen Balken, die die niedrige Decke trugen. Es war gepflegt und gemütlich, aber doch aus einer anderen Ära.

Maria schloss die Augen und versuchte sich vorzustellen, wie es hier vor mehreren Jahrhunderten ausgesehen haben mochte. Damals trafen sich hier die Lotsen, um sich einen Schnaps oder zwei zu genehmigen, ehe es Zeit war, den großen Segelschiffen den Weg nach Stockholm zu zeigen.

Längst vergangene Zeiten.

Direkt daneben lag die Herrentoilette, und kurz entschlossen öffnete sie die Tür einen Spalt und rief hinein:

«Lasse, bist du hier?»

Sie hörte ein Murmeln und wich einen Schritt zurück.

«Lasse», rief sie noch einmal. «Bist du das? Ist alles in Ordnung?»

Langsam wurde die Kabinentür entriegelt und geöffnet. Lasse Konrad saß auf dem Klodeckel und sah sie schlaftrunken an. Seine Augen waren gerötet, und seine Haare standen zu Berge.

«Hast du hier auf der Toilette geschlafen?», rief Maria aus.

Ein dümmlicher Ausdruck glitt über sein Gesicht.

«Wie spät ist es?»

«Gleich Viertel nach vier. Das Schiff geht um fünf.»

Er erhob sich mühsam und versuchte, sein zerrauftes Haar zu glätten. Dann schnitt er eine verlegene Grimasse.

«Du brauchst ja keinem zu verraten, wie du mich hier vorgefunden hast.»

Sie schüttelte den Kopf und zog sich zurück. Peinlich, sich derart volllaufen zu lassen, dass man auf dem Klo einschlief, aber sie hatte nicht vor, es den Kollegen zu erzählen. Plötzlich verstand sie überhaupt nicht mehr, warum sie ihn noch vor wenigen Stunden attraktiv gefunden hatte.

«Ich sage nichts», versprach sie und ging.

Es war herrlich, an die frische Luft zu kommen, obwohl sich die Dunkelheit inzwischen auf die Insel herabgesenkt hatte. Zum Glück hellte der Schnee die Umgebung ein klein wenig auf. Die vereinzelten Straßenlaternen gaben nicht viel Licht, und Maria bekam eine Ahnung davon, wie einsam es hier manchmal für die Inselbewohner sein musste.

Mit schnellen Schritten ging sie am Clubhaus des KSSS vorbei und einen steilen Hang hinauf. Er führte zu einem Aussichtspunkt, von dem man einen herrlichen Blick aufs Meer hatte. Trotz der Dunkelheit war schräg gegenüber die Silhouette des Turms auf Korsö zu erkennen. Am Himmel funkelten ein paar vereinzelte Sterne, und am Horizont blinkte ein Leuchtfeuer. Es war deutlich kälter geworden, sicher zehn Grad unter null, aber Maria blieb dennoch eine ganze Weile stehen und genoss die Stille.

Ein fernes Tuten ließ sie zusammenzucken.

Sie warf rasch einen Blick auf ihre Armbanduhr und sah, dass die Fähre in wenigen Minuten ablegen würde. Du lieber Himmel! Im Laufschritt eilte sie zurück zum Hafen. Nur wenige Sekunden vor dem Ablegen stieg sie an Bord des weißen Fährschiffs.

Der Matrose an der Gangway warf ihr einen vielsagenden Blick zu. «Da haben Sie aber Glück gehabt», sagte er, als sie an ihm vorbeilief. «Eine Minute später, und Sie hätten ans Festland schwimmen müssen.»

Maria sank auf den erstbesten Sitzplatz, und noch ehe sie wusste, wie ihr geschah, fielen ihr die Augen zu. Erst als sie in Stavsnäs anlegten, wachte sie auf, um gleich darauf im gecharterten Reisebus wieder einzuschlafen.

Als Maria am Montagmorgen in die Firma kam, merkte sie sofort, dass etwas nicht stimmte.

Ihre Kollegen unterhielten sich mit gedämpften Stimmen, und in der Kaffeeküche standen zwei Fremde. Maria hatte ausnahmsweise verschlafen, deshalb war sie die Letzte, die an diesem Tag ins Büro kam.

Sie ging zu Peter, der mit dem Rücken zu ihr am Fenster stand, und berührte ihn leicht an der Schulter.

«Ist was passiert? Wer sind die Leute?»

Er drehte sich um, und sie las in seinem Gesicht, dass er schlechte Nachrichten hatte.

«Das sind zwei Polizisten. Sie sind wegen Gun hier. Gun ist ertrunken.»

Maria schlug sich die Hand vors Gesicht.

«Ertrunken?», wiederholte sie mit schwacher Stimme.

Er nickte und schluckte, ehe er fortfuhr:

«Auf Sandhamn. Sie haben ihre Leiche im Hafenbecken gefunden. Sie ist am Freitag nicht nach Hause gekommen, und Samstagmorgen hat ihre Familie sie als vermisst gemeldet. Sie haben mich gleich angerufen, als sie anfingen, nach Gun zu suchen.»

«Wie furchtbar.»

Maria sah wieder vor sich, wie Gun das Lokal verließ. Danach hatte sie sie nicht mehr gesehen. Sie war einfach davon ausgegangen, dass Gun mit ihnen zurückgefahren war, genau wie alle anderen. Übersättigt und müde, hatte sie nicht darüber nachgedacht, wo ihre Kollegin sein mochte.

«Die Polizei glaubt, dass sie auf dem Kai spazieren gegangen, dabei ausgerutscht und ins Wasser gefallen ist. Das ist eiskalt, man erfriert binnen weniger Minuten.»

Maria merkte, wie ihre Augen sich mit Tränen füllten.

Die arme, arme Gun. Die arme Familie.

Die Kirche war bis auf den letzten Platz gefüllt. Fast die gesamte Firma war zur Beerdigung gekommen. In wenigen Tagen war Silvester, und die Adventsleuchter, die noch in den Kirchenfenstern standen, erinnerten daran, dass der Dezember eine Zeit der frohen Feste sein sollte, und nicht eine Zeit, um Abschied für immer zu nehmen.

Als die Orgel die ersten Töne des Chorals «Härlig är jorden» anstimmte, brach Maria in Tränen aus.

Gun war eine beliebte Kollegin gewesen, eine treue Seele, die fast jeden in der Firma kannte. Wie traurig und ungerecht, dass das, was ein fröhlicher Weihnachtsausflug der Belegschaft hätte sein sollen, mit einem so tragischen Unglück endete.

Zum hundertsten Mal machte sie sich Vorwürfe, dass sie nicht mitgegangen war, als Gun das Lokal verließ. Aber sie hatte doch nicht ahnen können, dass es so schlimm kommen würde. Wie hätte sie das ahnen können?

Lasse Konrad spürte ebenfalls, wie seine Augen feucht wurden.

Er hatte Gun gemocht, sie war vom ersten Tag an freundlich zu ihm gewesen, und er erinnerte sich noch, wie ausgelassen sie auf Sandhamn gewesen war. Sie hatten richtig viel Spaß zusammen gehabt, hatten Witze gemacht und gelacht. Obwohl sie schon sechzig war, hatte sie Humor besessen, das hatte sie wirklich, die gute Gun.

Deshalb war es auch so ein Schock gewesen, als er zufällig hörte, wie sie zu Maria sagte, dass sie sich Sorgen wegen ein paar merkwürdiger Rechnungen mache.

Er wusste genau, welche Rechnungen sie meinte. Das waren die fingierten Rechnungen, die sein heimlicher Kompagnon der Firma gestellt hatte. Lasses Aufgabe war es, dafür zu sorgen, dass diese Scheinrechnungen gegengezeichnet wurden, möglichst von jemand anderem als ihm selbst, um keinen Verdacht zu erregen.

Das System hatte viele Jahre lang funktioniert und ihm einen Lebensstil ermöglicht, den er sich mit seinem Gehalt nie hätte leisten können, obwohl er relativ gut verdiente. Er hatte viele verschiedene Führungspositionen innegehabt und jedes Mal ein System eingeführt, um Scheinrechnungen ins Unternehmen einzuschleusen, die bei der Menge der sonstigen Rechnungen nicht auffielen.

Bisher war er nie entdeckt worden. Aber Gun hatte sich nicht täuschen lassen. Er hatte ihre Spürnase unterschätzt, das musste er zugeben.

Er wischte sich eine wütende Träne ab, die ihm über die Wange rollte. Aus den Augenwinkeln bemerkte er, dass Maria, die einige

Bankreihen entfernt saß, ihn mitfühlend ansah. Sie weinte auch und knüllte ein Taschentuch in den Händen.

Guns Tod war notwendig gewesen, aber traurig war es schon, dass sie hatte sterben müssen.

Er war ihr leise hinaus in die Dunkelheit gefolgt, als sie das Värdshuset verließ. Sie war hinunter zur Tullbryggan gegangen, und er war unmittelbar hinter ihr gewesen. Als sie auf den Kai hinaustrat, waren nur ein paar schnelle Schritte und ein kräftiger Stoß nötig. Die Dunkelheit hatte ihn perfekt verborgen, und in der näheren Umgebung war kein Mensch zu sehen gewesen.

Er hatte befürchtet, jemand könnte sie schreien hören, aber die Wellen waren über ihr zusammengeschlagen, ohne dass sie einen Laut von sich gab. Innerhalb weniger Sekunden war sie untergegangen. Wahrscheinlich war sie zu betrunken gewesen, um zu begreifen, was mit ihr passierte. Jedenfalls hatte sie sich nicht retten können.

Danach war er ungesehen wieder ins Värdshus gegangen und hatte die Toilette aufgesucht. Er hatte sich aufs Klo gesetzt und die Augen zugemacht. Die Anspannung und der Alkohol sorgten dafür, dass er einnickte. Als Maria ihn entdeckte, hatte er bereits eine ganze Weile geschlafen.

Noch eine Träne tropfte auf seine Wange. Er hatte Gun wirklich gemocht. Aber jetzt war es wohl Zeit, die Firma zu wechseln. Sich einen neuen Job in einem Unternehmen mit einer weniger gründlichen Buchhaltung zu suchen.

Er zog ein Taschentuch hervor und schnäuzte sich. Dann holte er tief Luft und stimmte in den Choral ein.

OLLE LÖNNAEUS

Die Asche

Aus dem Schwedischen von
Sibylle Klöcker

M eine Schwester bestand darauf, unseren Vater noch vor Weihnachten zu bestatten. Seine Asche würden wir über dem Meer verstreuen. Sie behauptete, er hätte es so gewollt.

Ohne irgendwelchen Firlefanz.

Tja, warum nicht, dachte ich.

Und dann beendeten wir das Telefongespräch.

Dass Amanda Vaters sterbliche Überreste allerdings in einer Plastiktüte von Netto mit sich herumtragen würde, als sie drei Tage später im Hafen von Vitemölla auftauchte, damit hätte ich beim besten Willen nicht gerechnet.

«Sollten wir ihm nicht ein bisschen mehr Respekt erweisen?», fragte ich.

Amanda schaute aufs Meer, das blank und bleigrau dalag. Dann sah sie hinunter auf die Tüte mit der Asche und den kleinen Knochensplittern. Sie zuckte die Schultern. «Er bekommt es ja sowieso nicht mehr mit, da kann es ihn auch nicht stören.» Meine kleine Schwester lächelte auf diese kühle Art, die sie immer so fremd und unnahbar wirken ließ. «Die Urne war so schwer und unhandlich. Ich fand es unnötig, sie aufs Boot mitzuschleppen.»

Mir fiel nichts ein, was ich erwidern konnte.

«Du weißt doch, wie Papa war, Elsa», fuhr sie fort. «Er war laut und draufgängerisch und hatte es gern lustig und gesellig.

Er konnte es nicht ausstehen, wenn jemand Trübsal blies. Du glaubst doch nicht, dass er sich eine steife Trauerfeier in der Kirche gewünscht hätte, mit Chorgesang und heuchlerischen Nachrufen?»

Sie musste bemerkt haben, dass ich noch zweifelte.

«Nee, darauf kannst du Gift nehmen. Immer ganz direkt, so war Papa eben. Macht ein hübsches Feuer von meiner Leiche und füttert die Fische mit der Asche, das hat er mir noch im Oktober gesagt. Der Tod kommt, wann er kommt, und dann will ich nicht in der Erde liegen und verrotten. Im Grunde glaube ich, er hat gespürt, dass es aufs Ende zuging.»

Im Hafen stand ein großer Weihnachtsbaum, geschmückt mit roten Kugeln und bunten Lichterketten, die auch jetzt am Vormittag angeschaltet waren. Kein Mensch war zu sehen. Am Morgen war ich mit dem ersten Flug aus Stockholm gekommen. Gerade hatte ich den Wagen, den ich am Flughafen gemietet hatte, auf der kleinen Rasenfläche abgestellt, wo auch die Fischernetze hingen. Dort hatte ich mich mit Amanda verabredet.

Ich war angespannt, was auch nicht weiter verwunderlich war: Papa war tot, und zum ersten Mal seit langem würde ich meine Mutter und meine Schwester wiedersehen. Es war zwei Tage vor Weihnachten, einer der dunkelsten Tage des Jahres. Die Sonne wirkte fern, schwere Wolken hingen am Himmel, und der Boden war weiß von Schnee. Es war kalt. Beißend kalt, und wir zitterten beide, jetzt, da wir hier standen, obwohl wir dicke Daunenjacken trugen und die Mützen tief über die Ohren gezogen hatten.

«Aber ausgerechnet eine Plastiktüte von Netto», wandte ich lahm ein.

«Wäre es dir lieber gewesen, wenn ich ihn in eine Lidl-Tüte gesteckt hätte? Oder eine von Coop? Hätte meiner Meinung nach keinen Unterschied gemacht.»

Ich schaute sie an, konnte aber nicht erkennen, ob sie das ernst meinte.

Wie auch immer, am besten brachten wir das Ganze einfach zügig hinter uns.

Die Barke lag am Kai zwischen zwei größeren Fischkuttern vertäut. Amanda hatte am Tag zuvor Eskil, den alten Aalfischer, angerufen und ihn gebeten, sie zu Wasser zu lassen. Das war ein zumutbarer Aufwand, denn im Winter lag das Boot mit dem Kiel nach oben auf ein paar alten Autoreifen, im hintersten Teil des Hafens oberhalb des kleinen Sandstreifens, wo der Strandroggen wuchs.

Ein bisschen neugierig sei er natürlich schon gewesen, berichtete Amanda. «Ich habe ihm gesagt, dass wir Schwestern ein letztes Mal mit unserem Vater zur See fahren wollen.»

Der Alte hatte sie vor der Kälte gewarnt: «Seht zu, dass ihr das erledigt, bevor sich noch eine Eisdecke bildet. Das kann schnell gehen, bei diesen niedrigen Temperaturen.»

Plötzlich drückte Amanda mir ganz ohne Vorwarnung die Plastiktüte mit der Asche in die Hand und stieg ins Boot hinunter, trotz der klobigen Stiefel geschmeidig wie eine Katze. Wie gelenkig sie ist, dachte ich. Aber schließlich war Amanda ja auch zwölf Jahre jünger als ich.

Während sie am Heck des Bootes mit dem Benzinkanister und Papas altem 12-PS-Außenborder von Evinrude hantierte, stand ich an der Kaikante und fühlte mich elend. Eigentlich wollte ich mit Papas Überresten nichts zu tun haben, den praktischen Teil hätte ich lieber meiner Schwester überlassen. Vor allem, nachdem sie die Asche ausgerechnet in eine Plastiktüte gefüllt hatte. Aber Amanda hatte mich völlig überrumpelt. Typisch meine Schwester!

«Bist du traurig?», fragte sie, ohne mich anzusehen.

Auch darauf war ich nicht vorbereitet. «Er war ja ziemlich alt. Seine Zeit war wohl gekommen», antwortete ich ausweichend.

Ich ließ den Blick zu den Häusern wandern, die den Abhang hinaufzuklettern schienen, in Richtung Kiefernwald. Sie standen eng beieinander, um den Herbst- und Winterstürmen besser standhalten zu können. In den meisten Fenstern brannte Licht. Ein Teil der Sommergäste schien auch jetzt angereist zu sein, um hier die Weihnachtstage zu verbringen. Aus mehreren Schornsteinen stieg weißer Rauch auf, der sich, windstill wie es war, träge über die Dächer legte.

Ganz oben am Hang stand unser großes Steinhaus. Die Arztvilla. Der Anblick bereitete mir Bauchweh. Wie lange war es her, dass ich von zu Hause ausgezogen war? Fast dreißig Jahre. Nach dem Abitur hatte ich mich davongemacht, so schnell es ging. Aber die Erinnerungen hatten sich tief in meine Seele eingebrannt. Die Wunden waren noch immer nicht verheilt.

Just in diesem Moment meinte ich einen Schatten in dem großen Erkerfenster im ersten Stock zu erkennen. Die Entfernung war groß, und das Licht flackerte, als ob dort eine Menge Kerzen oder ein loderndes Kaminfeuer brannten. Aber doch, dort stand jemand und blickte aufs Meer hinaus.

Das musste Mama sein.

Jemand anderes konnte sich kaum im Haus aufhalten.

Woran mochte sie gerade denken?

«Weißt du, wie lange wir eigentlich schon nicht mehr Weihnachten miteinander gefeiert haben?», hörte ich Amandas Stimme von unten aus dem Boot.

«Sehr lange …»

Sie schaute mich mit ihren grünen Augen an, genauso eindringlich wie früher, als sie klein war. Vielleicht versuchte sie, meine Gedanken zu lesen. Meine hübsche, kluge kleine Schwester. Sie schob die dicke Wollmütze etwas aus der Stirn und wischte sich mit dem Handschuh ein bisschen Schnodder von der Nase.

Ist das immer noch dieselbe Mütze?, fragte ich mich. Dieselbe alte Mütze, die mit den roten Elchen, die sie jeden Winter trug, als sie noch klein war?

«Wir werden nur zu dritt sein», sagte sie. «Du und ich und Mama.»

Ich nickte. «Zwei frischgeschiedene alte Tanten und eine frisch-gebackene Witwe. Das wird sicher lustig.»

Amanda lachte gequält. «Du solltest nicht von dir auf andere schließen. Ich bin noch lange keine alte Tante. Jetzt steig ein!», sagte sie und streckte die Hand nach der Plastiktüte aus. Mitten in der Bewegung hielt sie plötzlich inne. «Oder willst du etwa kneifen?»

Die Frage versetzte mir einen Stich, aber ich tat mein Bestes, um mir nichts anmerken zu lassen. Biss die Zähne zusammen und schwieg. Mit steifgefrorenen Fingern löste ich die Leinen, kletterte ins Boot und machte es mir im Bug so gut es ging bequem. An Bord lagen zwei rote Schwimmwesten. Keine von uns schenkte ihnen Beachtung. Mit einem Ruck am Starterseil ließ Amanda den Motor an. Dann steuerte sie langsam zur Hafenausfahrt. Der Außenborder schnurrte gut geölt, und die Bugwelle gluckerte leise. Eine Silbermöwe, die ganz am Ende des eisigen Piers gesessen und gedöst hatte, erhob sich mit einem Kreischen und flatterte davon.

Ich fand, dass meine Schwester geheimnisvoll aussah, wie sie dort mit einer Hand an der Pinne auf der Heckbank saß, während das Boot aufs Meer hinausglitt und ein stilles Wellenmuster hinterließ.

Als ich Amanda betrachtete, musste ich mich auch fragen, warum sie ausgerechnet Ärztin geworden war, genau wie unser Vater. Sie hatte in der Schule Spitzennoten gehabt und hätte jeden erdenklichen Beruf wählen können. Architektin oder Anwältin, was auch immer. Sie hätte Ingenieurin werden und nach Stockholm ziehen können, so wie ich selbst. Oder ins Ausland gehen. Aber nein, sie wurde Ärztin, und obendrein fing sie auch noch im Krankenhaus in Simrishamn an, wo Papa beinahe sein ganzes Berufsleben verbracht hatte. Amanda hatte zwar auch geheiratet und sich später scheiden lassen, aber aus der Ehe waren keine Kinder hervorgegangen. Es war wirklich unbegreiflich, warum sie sich nie richtig von Papa gelöst hatte.

Vielleicht hatte er sie in Ruhe gelassen?

Dass wir die Weihnachtstage zusammen verbringen würden, stand seit November fest. Amanda hatte angerufen und es vorgeschlagen. «Du weißt doch bestimmt sowieso nicht, wo du sonst feiern sollst, jetzt, wo du diesen alten Sauertopf endlich losgeworden bist.» Sie spielte auf Klas an, und in diesem Moment hatte ich das Gefühl, dass ihre Bezeichnung für meinen Exmann ziemlich treffend war. Also sagte ich zu, wohl hauptsächlich Mama zuliebe. Als ich die Entscheidung einige Zeit später bereute, war es irgendwie schon zu spät, um wieder abzusagen.

«Wie weit sollen wir rausfahren?», rief ich gegen den Motorlärm an.

«Weit», antwortete Amanda. «Wir machen es ganz vorschriftsmäßig, und dafür müssen wir ein Stück rausfahren.»

Hinter ihrem Rücken war das Fischerdorf schnell auf Miniaturgröße zusammengeschrumpft. Aus Richtung Ravlunda kam eine Schar Wildgänse angeflogen, die energisch aufeinander einschnatterten. Im Süden sah man die Lichter von Kivik, und dahinter lag Stenshuvud, das «steinerne Haupt», das sich, groß und mächtig und in weißem Gewand, über dem Meer erhob.

«Ich finde, wir sollten anhalten, das reicht doch!», rief ich.

Amanda schüttelte nur den Kopf. Sie sah genauso trotzig aus, wie ich sie als Kind in Erinnerung hatte, und sie hatte denselben Röntgenblick. Als meine Schwester klein war, hatte sie diese Art, einen mit den Augen zu durchbohren, vorwurfsvoll, als hätte man sie fürchterlich enttäuscht. Mir lief ein Schauer über den Rücken, als ich daran zurückdachte.

Und plötzlich, genau in diesem Augenblick, öffneten sich alle Schleusen meiner Erinnerung.

Ich hatte mir doch fest vorgenommen, sie während der Bestattung und über die Weihnachtstage strengstens geschlossen zu halten. Nur ein paar Tage, hatte ich mir gesagt, das musste doch gehen. Aber jetzt holte mich alles ein.

Wie eine stinkende Kloake kamen die Erinnerungen hoch. All die gottverfluchten Nächte!

Ich musste die Augen schließen.

Die letzte Nacht.

Diese Nacht sollte die letzte sein, das hatte ich mir hoch und heilig geschworen. Und so kam es auch.

Es muss im August gewesen sein, der Sommer nach dem Abitur. Ich hatte es Papa schon beim Mittagessen angesehen. Er machte wie immer seine Scherze, erzählte lustige Anekdoten von schrulligen Patienten, und Mama lachte, wie sie es immer tat. «Lennart, du bist wirklich unmöglich!» Aber immer wieder blieb Papas Blick einige Sekunden zu lange an mir hängen. Und ich wusste, was mich erwartete.

An diesem Abend nahm ich das Brotmesser aus der Küchenschublade, schmuggelte es hinauf in mein Zimmer und versteckte es unter der Bettdecke.

Ich wartete mehrere Stunden. Horchte auf Geräusche aus dem Erdgeschoss. Hörte, wie sie die Küche aufräumten und wie Mama danach zu Bett ging.

Dann die Schritte auf der Treppe.

Der Vollmond schien in dieser Nacht durchs Fenster. Ich hatte das Rollo nicht heruntergezogen, mein Zimmer war in helles Licht getaucht. Die Geschenke, die ich von ihm bekommen hatte, glitzerten. Die Parfümflakons, die Stereoanlage. Und dann all die Bücher, die er mir mitgebracht hatte, damit wir uns darüber unterhalten konnten. «Papas kluge, tüchtige kleine Elsa.» Nichts von alledem würde ich mitnehmen.

Da drückte er die Klinke hinunter und schob vorsichtig die Tür auf. «Bist du wach, Elsa?», flüsterte er wie so viele Male zuvor. «Ich will mich ein bisschen mit dir unterhalten, meine Kleine.» Die Stimme war eine völlig andere als die des lustigen, polternden Papas, den alle so gern mochten. Von dem Geruch, den sein Körper verströmte, wurde mir übel.

Aber dieses Mal war ich vorbereitet.

Als er sich auf die Bettkante setzte und sich schwer atmend über mich beugte, presste ich ihm das Brotmesser an die Kehle. Papa stockte der Atem. Seine Augen waren schreckgeweitet. Er brachte kein Wort hervor. Zum Schluss stand er einfach auf und wankte benommen aus dem Zimmer.

An jenem frühen Morgen, als ich mit meiner schweren Reisetasche in der Tür stand, war nur Amanda wach. «Ich mache mich jetzt auf den Weg nach Uppsala, das Semester fängt ja bald an. Pass auf dich auf.» Ich umarmte sie fest, aber ihr siebenjähriger Körper war schlapp, sie wirkte beinahe resigniert.

Und ihre grünen Augen blickten mich vorwurfsvoll an.

Du lässt mich im Stich!

Ich wurde aus meinen Gedanken gerissen, als das Tuckern des Evinrude leiser wurde und das Boot langsamer. Amanda hatte die Geschwindigkeit gedrosselt. Wir mussten eine ganze Weile schweigend dagesessen haben, denn das Ufer war nur noch als schmaler Strich am Horizont zu erkennen. Das machte mich unruhig. Das Meer lag zwar noch immer ziemlich unbewegt da, aber die Wassertemperatur konnte kaum mehr als null Grad betragen. Wenn uns hier draußen etwas zustieß, hätten wir keine Chance.

Amanda ließ den Blick übers Wasser schweifen. Es sah aus, als ob sie nach einer besonderen Stelle Ausschau hielt.

«Wie ist Papa eigentlich gestorben?», fragte ich.

«Es ging ganz schnell», antwortete sie. «Mama rief mitten in der Nacht an und weckte mich. Papa ist krank, sagte sie. Ich habe mich sofort ins Auto gesetzt. Es dauert ja wohl höchstens eine Viertelstunde, von Simrishamn aus hierherzufahren. Als ich ankam, war er schon tot.»

«Das Herz?»

Sie nickte.

«Wundert mich nicht.» Ich rümpfte die Nase. «So wie der immer gequarzt und gesoffen hat.»

Amanda ließ die Pinne los und ließ den Motor im Leerlauf tuckern, während sie eine Schachtel Marlboro und ein Feuerzeug aus ihrer Daunenjacke fingerte. Sie zündete sich eine Zigarette an, inhalierte tief und schielte mich unter ihrer Mütze hervor an.

«Er war kein Alkoholiker», sagte sie. Es klang wie eine Herausforderung.

«Und Mama?», fragte ich. «Wie hat sie es aufgenommen? Ich habe ja noch gar nicht mit ihr gesprochen.»

«Mama kommt schon zurecht. Sie ist ja ziemlich … ach, ich weiß auch nicht.»

Sie schaltete den Motor aus. Auf einmal herrschte völlige Stille. Es roch leicht nach Treibstoff, vielleicht hatte der Benzinschlauch ein kleines Leck. Amanda lehnte sich mit dem Rücken an den Außenborder und blies eine Rauchwolke in den Himmel.

«Wollte sie nicht mitkommen?»

«Nein.» Amanda sah mich verstohlen von der Seite an. «Um ehrlich zu sein, habe ich sie überhaupt nicht gefragt. Mama wollte ja eigentlich eine feine Beerdigungsfeier in der Kirche von Vitaby haben. Mit teurem Eichensarg, Kränzen und allem Pipapo. Ich glaube, sie hätte gern da vor der Kirche gestanden und sich an all den Kondolenzen ergötzt. Lennart, ach wie war er doch charmant, und immer so freundlich! Sie hatte wohl vor, die Fassade bis zum Schluss aufrechtzuerhalten.»

«Aber du hast sie einfach übergangen?»

«Jawoll!»

Sie blickte mich trotzig an, und ich hatte das Gefühl, dass sie noch etwas sagen wollte, es aber nicht über die Lippen brachte. Widerstreitende Gefühle keimten in mir auf. Irgendwo tief in meinem Innern bereute ich, dass ich so leichtfertig bei diesem Unterfangen zugesagt hatte. Wieso diese Eile? Warum konnten wir unseren Vater nicht in einem gewöhnlichen Grab beerdigen, wenn Mama es nun mal so haben wollte?

«Was ist deine stärkste Erinnerung an ihn?», fragte Amanda plötzlich.

Die Scham, dachte ich.

Das Schweigen am Morgen danach. Die Schuld, die aus Papas Augen sprach, wenn er am Frühstückstisch saß und die Cornflakes in sich hineinschaufelte. Der traurige Dackelblick. Als ob er es war, mit dem man Mitleid haben musste. Mamas ewiges Schweigen, ihr nervöses Lachen und ihr ausweichender Blick.

«Ich erinnere mich, wie er einmal an meinem Geburtstag mit Lotti nach Hause kam. Sie war noch ein kleiner Welpe. Papa hatte sie in einen Karton gesteckt und rotes Geschenkband darumgeknotet. Als ich ihn aufmachte, sprang Lotti heraus und schleckte mir übers ganze Gesicht. Ich weiß noch, dass Papa lachte, bis er keine Luft mehr bekam und ganz rot anlief. Damals hat er viel gelacht.»

Amanda schnippte die Zigarettenkippe ins Wasser. Die See war nun etwas aufgewühlt. Es blies immer noch kein nennenswerter Wind, aber in regelmäßigen Abständen wurde das Boot von einer Dünung angehoben. Ein Vorbote, dass sich weit draußen auf dem Meer etwas zusammenbraute, das sich nun langsam näherte.

«Und du?», fragte ich. «Was ist deine stärkste Erinnerung an Papa?»

Amanda lümmelte sich noch immer im Heck, den Rücken an den Evinrude gelehnt, im Mundwinkel schon wieder eine neue Zigarette.

«Ich kann mich an diesen Hund erinnern», sagte sie mit leicht verträumter Stimme. «War das nicht ein Portugiesischer Wasserhund?»

«Stimmt.»

«Ich kann nicht älter als fünf gewesen sein, als er starb.»

«Großzügig war Papa», sagte ich zögernd. «Das muss man ihm lassen, oder?»

Amanda erwiderte lange Zeit nichts. Sie lag einfach da und rauchte, irgendwie machte sie einen abwesenden Eindruck.

Ich spürte, wie ich allmählich ungeduldig wurde. «Wollen wir nicht langsam mal zusehen, dass wir es hinter uns bringen?»

Sie setzte sich auf, und wir schauten beide auf die gelbe Netto-Tüte, die am Boden zwischen den Schwimmwesten lag.

«Wie geht das eigentlich?», fragte ich.

«Tja, man …» Sie brach ab.

Wir lauschten.

Ein schwaches Brummen war zu hören, und am Horizont im Nordosten sahen wir einen Punkt, der sich uns näherte.

«Da kommt jemand», murmelte Amanda.

Das Fischerboot hielt mit ziemlicher Fahrt auf uns zu. Nach einer Weile war es so nah, dass wir eine großgewachsene Gestalt in gelbem Ölzeug erkennen konnten, die vorne im Bug stand und zu uns hinüberblickte. Bald sahen wir auch die Umrisse des Skippers im Steuerhaus.

«Isabelle», sagte Amanda leise. «Das sind die Olsson-Brüder aus Kivik.»

Eine Minute später erkannte ich, dass der Kutter «Isabelle» hieß. Etwa zwanzig Meter von uns entfernt hielt der Skipper den Motor an, sodass es weiß ums Heck schäumte, und bald wurde unsere kleine Barke von den kräftigen Bugwellen des Fischerboots durchgeschüttelt.

«Braucht ihr Hilfe?», rief der Mann, der im Bug stand.

Amanda winkte ihm zu. «Hej, Oskar! Alles in Ordnung bei uns. Wir wollten bloß mal ein bisschen Meeresluft schnuppern.»

«Wir haben von weitem gesehen, dass ihr hier herumgedümpelt seid. Dachten uns, ihr habt vielleicht einen Motorschaden. Ich hab zuerst gar nicht bemerkt, dass du das bist, Amanda.»

«Nein, nein, wir wollten nur mal unsere Ruhe haben.»

Während Amanda sprach, sah ich, wie sie diskret eine Schwimmweste über die gelbe Plastiktüte zog. Möglicherweise tat sie es unbewusst, aber ich fragte mich, ob sie die Tüte unbemerkt verstecken wollte. Was wir taten, war doch wohl nicht gesetzwidrig? Außerdem konnten die beiden Fischer schließlich nicht ahnen, was in der Tüte war.

«Ihr wisst aber schon, dass gerade ein Unwetter aufzieht? Wir müssen mit einer steifen Brise rechnen, vielleicht auch Sturm. Im Radio haben sie gesagt, dass sich das Unwetter schnell nach Süden bewegt.»

Oskar Olsson deutete nach Nordosten, wo eine schwarze Wolkenfront sich am Horizont zusammengebraut hatte, ohne dass wir es gemerkt hatten. Wasser und Himmel verschwammen ineinander. Und plötzlich meinte ich auch, einen eigenartigen Geruch wahrzunehmen. Etwas Metallisches lag in der Luft.

«Wenn es richtig losgeht, dann seid ihr in eurer kleinen Nussschale ziemlich aufgeschmissen», rief Oskar.

«Wir fahren gleich zurück nach Vitemölla», antwortete Amanda.

«Sicher, dass wir euch nicht in Schlepp nehmen sollen?»

Ich war kurz davor, mich einzumischen und sein Angebot anzunehmen. Oskar Olsson rieb sich den Bart, und ich sah die Besorgnis in seinen Augen. Aber bevor ich den Mund aufmachen konnte, lehnte Amanda schon ab.

«Wir kommen klar, Oskar. Ganz sicher. Aber vielen Dank für das Angebot.»

Er zögerte noch einen Augenblick. Eine Sekunde lang kam es mir so vor, als sei da irgendetwas war zwischen Amanda und ihm. Es war nur ein Gefühl, etwas in ihrer Art, einander anzusehen. Eine gewisse Vertrautheit. Als ob sie ein Geheimnis teilten, in das sie mich nicht einweihen wollten. Aber zum Schluss gab Oskar seinem Bruder im Steuerhaus ein Zeichen. Der Dieselmotor heulte auf, und der Fischkutter steuerte auf das Ufer zu.

Wir waren wieder allein.

«Kennst du ihn näher?», fragte ich.

Amanda lächelte in sich hinein. «Er ist in mich verliebt. Ich glaube, das ist er schon seit unserer Schulzeit.»

So wenig weiß ich von meiner Schwester, dachte ich. «Habt ihr …?»

«Du meinst, ob wir miteinander ins Bett gehen? Ja, ab und zu. Aber das hat nichts zu bedeuten. Wollen wir zusehen, dass wir diese Bestattung jetzt über die Bühne bekommen, bevor es richtig ungemütlich wird?»

Sie schnappte sich wieder die Netto-Tüte und machte sie auf, als ob sie sich ein letztes Mal vergewissern wollte, dass die Asche noch darin war.

«Willst du etwas sagen?», fragte sie mich.

«Was denn?»

«Ich meine ein paar nette Worte. Wie bei einer Zeremonie. Wir haben ja keinen Pfarrer oder so dabei. Vielleicht willst du auch was singen?»

«Was sagt man denn?»

«Was einem halt einfällt, nehme ich an.»

Ich dachte eine Weile nach, aber die einzigen Worte, die sich in meinem Kopf formten, waren Verwünschungen voller Hass und Ekel.

«Nein, mir fällt nichts ein.»

«Na gut, dann lassen wir es eben.»

«Und was ist mit dir? Fällt dir denn nicht irgendwas ein, was du sagen willst?», fragte ich.

Amanda schüttelte den Kopf. «Alles, was ich ihm noch sagen wollte, habe ich ihm kurz vor seinem Tod gesagt.»

Dann hob sie zwei Steine auf, die sie mit an Bord geschmuggelt haben musste, ohne dass ich es bemerkt hatte. Es waren faustgroße graue Steinbrocken, die sie sorgfältig in den Händen wog, bevor sie den einen zur Seite legte und den anderen in die gelbe Plastiktüte fallen ließ. Ich hörte, wie es leise knirschte, als er auf Asche und Knochensplitter traf.

«Was machst du da?», fragte ich.

Sie sah mich mit einem Gesichtsausdruck an, der keinen Widerspruch duldete. «Asche schwimmt», sagte sie.

«Ja, und?»

«Ich will, dass er auf Grund sinkt und nie wieder hochkommt.»

Bevor ich etwas erwidern konnte, hatte sie die Tüte zugeknotet und in hohem Bogen über Bord geworfen.

«Asche zu Asche …», murmelte sie.

Die Tüte mit dem Stein und der Asche unseres Vaters schlug mit einem Plumps auf der Wasseroberfläche auf und war innerhalb einer Sekunde versunken.

So einfach war das also.

Mit einem Mal war er verschwunden, für immer.

Eine Weile waren wir ganz still, meine Schwester und ich, in unseren eigenen Gedanken versunken. Ich starrte auf die Stelle, wo die gelbe Plastiktüte untergegangen war, konnte unmöglich den Blick losreißen. Irgendwie meinte ich, er hätte eine Spur hinterlassen müssen. Doch alles, was ich sah, waren die Wellen.

Von Nordost wehte nun ein eisiger Wind heran, und die schwarzen Wogen, die er vor sich hertrieb, ließen das Boot gewaltig schaukeln. Ab und zu brach eine Bö einige Spritzer von einem Wellenkamm los und blies sie uns ins Gesicht.

Da bemerkte ich, dass Amanda die Hände gefaltet hatte.

Sie hatte die Handschuhe ausgezogen und ihre rot gefrorenen Finger auf den Knien gefaltet. Und in ihren schönen grünen Augen sah ich eine Trauer, die tiefer war als das Meer.

«Man sollte vielleicht trotzdem ein Gebet sprechen», sagte Amanda.

«Für Papa?»

«Für wen sonst?»

«Kannst du denn irgendwas auswendig?», fragte ich. Meine Stimme klang etwas gereizt, das hörte ich selbst, aber ihre geheimnistuerische Art machte mich nervös.

«Ich kann von Rotkäppchen und dem bösen Wolf erzählen», sagte sie da. Wenn ich mich recht erinnere, erhob sie plötzlich die Stimme, um das Getöse des Windes zu übertönen.

Jetzt ist sie völlig verrückt geworden, dachte ich. Total übergeschnappt. Aber da mir nichts einfiel, was ich erwidern konnte, begann sie zu erzählen, mit lauter und klarer Stimme, als wollte sie jedes Wort in meinen Kopf einmeißeln. Es klang beinahe so, als ob sie von einer Kanzel herab predigte.

«Sie wohnten in einem Haus am Meer», begann sie. «Und alle glaubten, dass sie so glücklich waren, wie man nur sein konnte. Rotkäppchen, ihre große Schwester und der liebe Wolf, den alle so gernhatten. Rotkäppchen liebte den Wolf. Er war groß und stark, er sorgte für sie und machte den Schwestern schöne Geschenke. Meist war er fröhlich und zu Scherzen aufgelegt, aber nicht immer. Wenn der Wolf traurig aussah, wurden die Schwestern auch traurig. Dann versuchten sie immer, ihn zum Lachen zu bringen.» Amanda verstummte.

«Wohnte sonst niemand in dem Haus?», fragte ich.

Sie schüttelte den Kopf. «Vielleicht war da noch jemand. Aber dann war es ein Geist. Jemand, der da war und doch nicht da war.»

«Erzähl weiter!»

«Eines Tages nahm Rotkäppchens Schwester Reißaus. Plötzlich war sie fort, und mit einem Mal war das große Haus am Meer so leer und verlassen. Bedrohlich. Es gab ja nur noch Rotkäppchen und den Wolf und den Geist. Und auch der Wolf muss sich verlassen gefühlt haben. Denn es dauerte nicht lange, da begann er, sich des Nachts in Rotkäppchens Zimmer zu schleichen. Er sagte, dass er einsam und traurig sei. Er bat und bettelte. Streichelte und liebkoste. Aber Rotkäppchen bekam Angst, denn der Wolf hatte sich verändert. Er war überhaupt nicht mehr lieb. Wenn er lächelte, sah sie seine großen Reißzähne. Und jedes Mal, wenn er in ihr Zimmer kam, fraß er ein kleines Stück von ihrem Herzen auf.»

Ich weinte. Natürlich. Was hätte ich sonst tun sollen?

«Zum Schluss», sagte Amanda und sah mich an, «zum Schluss war Rotkäppchens Brust ganz leer. Kein Herz mehr da.»

Tränenbäche rannen mir die Wangen hinunter und mischten sich mit der salzigen Gischt. Die Kälte stach mir in die Haut. Und Amanda saß dort im Heck, die rot gefrorenen Hände krampfhaft gefaltet.

In diesem Augenblick schoss mir durch den Kopf, was sie gesagt hatte. Worte, die vorher zum einen Ohr hinein- und zum anderen wieder hinausgegangen waren, doch mit einem Mal verstand ich ihre Bedeutung: Ich habe mich sofort ins Auto gesetzt. Es dauert ja wohl höchstens eine Viertelstunde, von Simrishamn aus hierherzufahren. Als ich ankam, war er schon tot.

So sei es gewesen, als Papa starb, hatte sie behauptet.

Aber nur wenige Minuten später hatte sie etwas anderes gesagt: Alles, was ich ihm noch sagen wollte, habe ich ihm kurz vor seinem Tod gesagt.

Mit einem Mal war alles so offensichtlich.

Ich spürte, wie mir das Herz in der Brust hämmerte.

«Wer hat Papas Totenschein ausgestellt?», fragte ich mit zitternder Stimme.

Amanda zuckte zusammen und zog ihre Handschuhe wieder an. «Was meinst du?»

«Der Totenschein. Wer hat den ausgestellt?»

Sie blickte mich kalt an, auf unbehagliche Art wirkte sie viel weiter entfernt als noch vor einer Minute.

«Ich natürlich. Ich bin ja Ärztin.»

«Und dann hast du ihn innerhalb von so wenigen Tagen einäschern lassen?»

«Ja …?»

Plötzlich wurde ich von Furcht gepackt. Und es waren nicht die dunklen Gewitterwolken am Himmel, die mir Angst einjagten.

Meine kleine Schwester. Es war ja so klar. Er hatte sie nicht in Ruhe gelassen, natürlich nicht. Irgendwo tief in mir drin hatte ich es immer gewusst. Aber jetzt wollte ich eine Bestätigung für diese schreckliche Wahrheit haben, ich konnte nicht anders.

«Du hast gelogen, Amanda!»

Sie antwortete nicht, wandte sich nur ab.

«Erst hast du gesagt, dass Papa tot gewesen wäre, als du im Krankenhaus ankamst. Aber gerade eben hast du behauptet, dass du ihm alles, was du ihm noch sagen wolltest, kurz vor seinem Tod gesagt hast.»

Amanda saß ganz still auf der Heckbank und spähte angestrengt in Richtung Ufer, als suchte sie unser Steinhaus in dem kleinen Fischerdorf, das aus dieser Entfernung kaum auszumachen war.

Der Wind hatte inzwischen stark aufgefrischt, und ich musste die Stimme erheben. «Du hast ihn getötet! Oder nicht? Du hast unseren Vater getötet!»

Als sie sich mir zuwandte, meinte ich in ihren grünen Augen ein metallisches Glänzen zu erkennen. Amanda bewegte die Lippen, doch ich konnte erst nicht verstehen, was sie sagte. Aber dann richtete sie sich auf und rief es laut und deutlich: «Ich habe ihn mit dem Kissen erstickt!»

«Aber warum?», schrie ich, obwohl ich die Antwort wusste.

Sie sah mich an. Unendlich stolz wirkte sie, und gleichzeitig unendlich verletzlich.

«Du weißt doch genau, warum?»

«Meine arme kleine Schwester!»

Auf einmal wurde ich von einer Sehnsucht überwältigt, sie in den Arm zu nehmen, so wie sie da stand, in ihrer Daunenjacke, ihren klobigen Stiefeln und ihrer Strickmütze mit den roten Elchen, die sie tief in die Stirn gezogen hatte. Instinktiv streckte ich die Hand nach ihr aus, aber sie war zu weit weg, ich erreichte sie nicht. Und bevor ich noch etwas tun konnte, fuhr sie mit wildem Gesichtsausdruck auf.

«Ich musste ihn töten!», schrie sie durch den Sturm. Amanda

riss sich die Mütze vom Kopf und schüttelte ihr langes blondes Haar. Breitbeinig stand sie im Boot wie eine zornige Kriegsgöttin.

«Um Himmels willen, setz dich hin!», keuchte ich.

Eine Ewigkeit lang stand sie dort und starrte mich an, während das Boot auf den Wellen schaukelte, die von Nordost heranrollten.

«Bitte, setz dich hin, Amanda.»

Da sah ich, dass sie einen Stein in der Hand hielt. Einen der beiden faustgroßen grauen Steine, den, den sie nicht mit Papas Asche zusammen in der Plastiktüte versenkt hatte. Nun umklammerte sie ihn fest in ihrer Rechten.

Und ich sah, wie der Hass aus ihren Augen leuchtete.

«Was hast du vor?»

In Todesangst klammerte ich mich an der Reling fest und starrte in das wutverzerrte Gesicht meiner Schwester. Um uns herum nur das tosende Meer, grau und kalt. So viel aufgestauter Zorn! In diesem Moment war ich überzeugt, dass sie mir mit dem Stein den Schädel zertrümmern wollte.

«Willst du mich auch umbringen?»

Ich bin nicht sicher, ob sie meine Stimme im Brausen des Sturmes hörte. Ich bin nicht einmal sicher, ob ich die Frage wirklich aussprach. Vielleicht war es auch nur ein Gedanke, der mir durch den Kopf schoss. Amanda schien zunächst nicht zu reagieren. Aber dann wandte sie das Gesicht zum Himmel und stieß einen gellenden Schrei aus, der eine Ewigkeit zu dauern schien und mir das Blut in den Adern gefrieren ließ.

Plötzlich schien sie aus ihrer Ekstase zu erwachen.

Verwundert schaute sie auf mich herab, die ich vorne im Boot saß, vor Schreck so weit wie möglich zurückgelehnt. Dann blickte sie auf den schweren Stein in ihrer Hand, als ob sie nicht fassen könnte, wie er dort hingekommen war. Als sie ihn über Bord warf, war ein Plumpsen zu hören. Dann ließ sie sich neben mir auf dem

Boden der Barke nieder. Ich rutschte zu ihr herunter. Und da lagen wir, meine Schwester und ich, Seite an Seite in einem Boot, das ziellos in den Wellen trieb.

Ich streichelte ihr nasses Haar und sah, dass sie weinte.

«Zwei Wochen», schluchzte sie. «Zwei Wochen nachdem du von zu Hause ausgezogen warst, kam er das erste Mal zu mir.»

«Verzeih mir …»

Sie schüttelte energisch den Kopf. «Es gibt nichts, wofür du um Verzeihung bitten müsstest.»

«Wie lange ging das so?»

«Bis ich achtzehn war und ihm drohte, dass ich ihn mit einem Messer erdolchen würde.»

Ich legte die Arme um sie und zog sie dicht an mich heran.

«Ich hätte dich niemals verlassen dürfen», murmelte ich.

Lange lagen wir eng umschlungen und schweigend auf dem Boden der Barke und ließen uns einfach von den gierigen Wellen davontragen.

«Ich habe den Plan schon im November gefasst», flüsterte Amanda. «Deshalb habe ich dich überredet, herunterzukommen und Weihnachten mit uns zu feiern. Ich fand, auch du solltest gewissermaßen einen Teil der Verantwortung tragen.»

«War er krank?»

«Nein.»

«Aber warum gerade jetzt …?»

«Ich habe lange geglaubt, ich hätte vergeben und vergessen. Wie du. Aber nach meiner Scheidung kamen alle Erinnerungen wieder hoch. Die Albträume. Sie wurden immer schlimmer.»

Ich strich meiner Schwester erneut übers Haar. «Nicht wie ich, Amanda. Ich habe nie vergeben und vergessen. Ich habe nur versucht zu leben.»

Sie streichelte mir mit kalten Fingern über die Wange. Es tat gut, ich ließ sie gewähren.

Aber dann musste ich doch fragen. «Hattest du überhaupt nicht überlegt, es zu erzählen? Wenn ich nicht darauf gekommen wäre, dass du Papa getötet hast, hättest du es dann für immer geheim gehalten?»

Amanda lächelte. «Ich weiß nicht. Vielleicht wollte ich ja, dass du die Wahrheit herausfindest.»

In diesem Moment wurde das Boot von einer gewaltigen Welle emporgehoben. Eine atemlose Sekunde lang war es, als schwebten wir in der Luft. Dann schlug die Barke wieder hart auf dem Wasser auf, sodass wir in ihrem Rumpf umhergeworfen wurden. Erschrocken spähten wir über die Reling und sahen, wie große schwarze Wellen auf uns zurollten und der Wind Kaskaden von Wasser losbrach und durch die Luft schleuderte.

«Hölle noch mal!», murmelte ich.

Aber Amanda kroch schnell hinüber zum Heck. Beim dritten Ziehen am Starterseil bekam sie zu meiner unendlichen Erleichterung den Evinrude in Gang. Und mit einer Tatkraft, die mir in diesem Augenblick nahezu übernatürlich erschien, griff sie nach der Pinne und nahm Kurs auf den Hafen.

Es war eine gewagte Fahrt. Die Wellen, die uns von Nordost gejagt hatten, türmten sich nun haushoch auf, und wenn das Boot in die Wellentäler gesogen wurde, gab es nur noch Himmel und Meer. Das Tosen übertönte jedes Wort, und mir blieb nichts anderes übrig, als zusammengekauert vorne im Boot zu sitzen und meiner schönen, starken kleinen Schwester dabei zuzusehen, wie sie uns zum Hafen steuerte.

Als wir schließlich zwischen den Pieren hindurchglitten und die Barke im stilleren Wasser des Hafenbeckens zur Ruhe kam, fühlte es sich so an, als wären wir nur knapp dem Tod entronnen.

Kurze Zeit später war das Boot vertäut. Klitschnass und völlig erschöpft standen wir am Kai und sahen einander an.

Eine Frage war noch immer unbeantwortet.

«Und Mama?», fragte ich.

Amanda zuckte die Schultern. «Sie wusste natürlich Bescheid.»

«Weiß sie auch, dass du ihn getötet hast?»

Sie schüttelte energisch den Kopf.

Dann legte meine kleine Schwester mir den Arm um die Schultern. Müde stapften wir den Weg hinauf zum Steinhaus oben am Hang.

Kari F. Brænne

Schneeblind

Aus dem Norwegischen von
Anne Bubenzer und Dagmar Lendt

Heute schneit es. Kleine Flöckchen aus Eis, die auf meinem Gesicht schmelzen. Ich strecke die Zunge aus, probiere eins, dann noch eins. Identisch wie zwei Tropfen Wasser, heißt es. Aber Schneekristalle sind ganz unterschiedlich, sagen die, die sie sehen können. Jede Flocke hat ihr eigenes feines Muster, keine ist wie die andere. Wenn ich genau aufpasse, kann ich beinahe spüren, wie verschieden sie sind. Wie sie ganz langsam herabfallen und sich sanft auf die Zunge legen.

Auf der Straße ist es schon dunkel. Die frühe Dämmerung ist angenehm. Kein Schmerz in den Augäpfeln. Ich merke, wenn es zu hell wird. Meine Augen werden zu zwei umgekehrten Sonnen, alles Licht fließt in sie hinein. Dann tut es am meisten weh.

Ich gehe nach rechts, gehe nach links, erst bergab, danach bergauf. Es macht nichts, wenn ich falle, denn der Schnee ist weich. So still. Gedämpft und winterstill. Ich brauche etwas länger, denn das Gehen fällt ein bisschen schwerer. Aber das macht nichts.

Das Haus ist groß und leer. Ein Labyrinth mit vielen Zimmern. Alle angefüllt mit ihren großen, teuren Sachen, die man anstößt, die man umstößt. Zerbrechliche Vasen. Gläser. Große Spiegel. Einige Türen sind abgeschlossen. Was ist dahinter? Will ich es wissen? Mama hat mich jedenfalls lieb gehabt, trotz allem.

Ah. Sie ist da. Schon. Monika hört es daran, wie sie am Schlüsselloch herumstochert. Und dann, als sie die Tür endlich aufgeschlossen hat, die Schritte. Wie sie hereinstapft, ohne sich die Füße abzutreten; sie wird große Pfützen im Flur hinterlassen und den ganzen Schneematsch ins Haus schleppen.

Wie kurz ist so ein Schultag eigentlich? Es ist, als wäre sie kaum gegangen und schon wieder zurück. Immer kommt sie zur unpassendsten Zeit. Wie jetzt zum Beispiel – wo Monika sich endlich entspannen will, nachdem sie die Schwerarbeit des Tages hinter sich hat, das Peeling und die Tiefenreinigung, das lange Training im Fitnessraum. Sie liegt in der Badewanne, im größten der Badezimmer, das mit Alabaster getäfelt ist und einen Spa-Bereich hat. Und aus Gründen, die keiner versteht, will das Mädchen unbedingt dieses Bad benutzen, wenn sie auf die Toilette muss, obwohl es noch sechs andere Toiletten im Haus gibt. Sie ist ja auch nicht dumm, obwohl sie so aussieht mit ihrem seltsam herumirrenden Blick, den leicht schielenden Augen. Bei günstigem Licht sind sie hellblau, bei weniger günstigem, was häufiger vorkommt, rot. Wie bei einer Labormaus.

Monika steigt aus der Badewanne, huscht zur Tür und schließt ab, dann steigt sie wieder ins Wasser. Gerade rechtzeitig, bevor die Maus die Klinke herunterdrückt.

«Entschuldigung», ruft sie von draußen mit ihrer hellen Stimme.

Monika antwortet nicht. Sie vermeidet es nach Möglichkeit, mit ihr zu reden. Wenn nur ihr Vater öfter zu Hause wäre, dann könnte er sich mehr um sie kümmern. Aber das ist er ja nicht. Das kann er ja nicht. Ein Konzerndirektor hat eben lange Arbeitstage und muss viel reisen. Dafür wird er bezahlt. Das ist übrigens ganz gut so, denkt sie. Denn in der letzten Zeit hat sie bemerkt, dass da irgendetwas zwischen Vater und Tochter ist, was sie beunruhigt. Etwas, das die Dinge in ihrer harmonischen Welt aus dem Gleichgewicht bringt.

Wahrscheinlich hat es damit zu tun, dass er sein schlechtes Gewissen beruhigen will, das ihn wohl plagt, seit er vor acht Jahren die Tochter und ihre Mutter verlassen hat. Anfangs, als *sie* auf den höchsten, rotesten Pfennigabsätzen der Welt in sein Leben wirbelte, sah es nicht so aus, als würde es ihm etwas ausmachen. Monika, früher einmal Fotomodel und immer noch bildschön, war in sein Büro gestöckelt und hatte ihre brennenden Augen auf ihn geheftet. Hatte sich über seinen Schreibtisch gebeugt, ihr tiefes Dekolleté gezeigt, und der etwas zu kurze Rock war noch weiter nach oben gerutscht. Sie hatte die dunkle Mähne zurückgeworfen, die rot geschminkten, vollen Lippen eine Idee zu langsam geöffnet und gesagt: «Sie wollten etwas kopiert haben?»

Und er hatte buchstäblich nach Luft geschnappt. Sie hatte ihm den Atem geraubt.

«Du warst atemberaubend», sagte er später. «Wie hätte ich dir widerstehen können?»

Er sollte ihr gar nicht widerstehen. Sie hatte beschlossen, dass sie ihn haben wollte. Nach nur zwei Tagen in der Firma hatte sie gewusst, wer der attraktivste Mann im ganzen Unternehmen war. Wer die besten Karriereaussichten hatte. Noch Vizepräsident. Bald schon Konzerndirektor. Nicht nur das Geld und die Position hatten sie gereizt, reizen sie immer noch. Er sieht auch gut aus, ein bisschen wie George Clooney, und er wirkt viel jünger als einundfünfzig.

Nach dem Kopieren war es ganz schnell gegangen. Sie landete schnell auf seinem Schreibtisch, schnell unter ihm. Aber sie gab ihm nicht alles, nicht sofort, sie hielt etwas zurück. Als verberge sich etwas Dunkles, Mysteriöses hinter den roten Lippen, hinter dem offenen Schoß. Etwas, das er nicht sofort haben konnte, das erst in einer richtigen Beziehung sein Geheimnis offenbaren würde. Also verließ er seine Frau, die ebenso alt war wie er, aber älter aussah, die Falten und Hängetitten hatte und außerdem auch noch ein bisschen dicklich war.

Er verließ Frau und Kind, *dieses* Kind, war die beiden los und bekam Monika. Alexander ließ ihre Träume Wirklichkeit werden. Es gab eine Traumhochzeit, wie man sie nur aus der Klatschpresse kannte, mit Flitterwochen auf den Cayman Islands. Kaum waren sie wieder zu Hause, wurde er zum Konzerndirektor befördert und konnte eines der schönsten Häuser am Holmenkollåsen kaufen. Und sie bekam eine Hälfte des Königreiches, konnte das Traumhaus nach Herzenslust einrichten und in ein Schloss verwandeln. Konnte Wände herausreißen und Panoramafenster für die grandiose Aussicht einsetzen und eine exklusive Terrasse anlegen lassen. Mit der Hauptstadt zu ihren Füßen, dem kleinen Oslo. Sie durfte so viele Badezimmer haben, wie sie wollte, und bekam die teuerste Küche mit den elegantesten Fliesen. Durfte die exklusivsten Tapeten aussuchen. Brokat. Seide. Samt. Durfte die Möbel kaufen, die ihr am besten gefielen. Sie bekam alles, was ihr Herz begehrte, alles, was sie sich erträumt hatte. Alles, was sich eine Frau wie sie nur wünschen konnte. Pelze und Kleider, Gold und Perlen. Das Beste ist gerade gut genug für dich, meine Königin. Für uns. Sie führte ein Leben in Schönheit und Perfektion, und alle lagen sie ihr zu Füßen und bewunderten sie. Die Frauen im Shipping Club. Die Frauen seiner Kollegen. Die Nachbarn.

Aber dann hatte seine Exfrau die grandiose Idee, an Krebs zu erkranken. Brustkrebs in einer ihrer Hängetitten (oder in beiden, wer weiß), und es folgte eine lange, auszehrende Leidensphase, an der er Anteil nehmen *musste*. Er musste sie besuchen und sich den widerwärtige Krankheitsverlauf ansehen. Er musste sie durch alle Stadien begleiten, bis zu ihrem Tod. Natürlich bedrückte ihn diese ganze Angelegenheit. Aber am schlimmsten war, dass er Alva, das Mädchen, den Albino, zu sich nehmen musste. Weil er es seiner Ex versprochen hatte.

«Man *muss* nicht jedes Versprechen halten», hatte sie gesagt. «Und schon gar nicht gegenüber einer Toten.»

«Wo soll sie denn sonst hin?», hatte Alexander erwidert. «Alva ist schließlich meine Tochter.»

«Bist du dir da sicher?»

«Was willst du damit sagen?»

«Gibt es jemanden in deiner Familie, der *das* Gen hat?»

Darauf konnte er nicht antworten. Also bitte, vielleicht ist das Kind gar nicht seins. Aber wenn sie die Königin ist, dann ist er der König. Und *er* bestimmt. Alles kommt aus seiner Hand. Ohne ihn ist sie nichts. Man kann ihm nicht widersprechen, wenn man ihn halten will. Und sie *muss* ihn halten. Er darf sich keine Jüngere nehmen. Er ist nicht immun dagegen, wer wüsste das besser als sie. Und ihr Marktwert sinkt. Der Marktwert einer Frau sinkt immer nach dem Vierzigsten. Aber ihr wird es nicht so gehen wie seiner ersten Frau. Das wird nicht passieren.

Deshalb hat sie alle Hände voll zu tun. Und wer sie für ein Luxuskätzchen hält, das nur faul zu Hause herumsitzt, hat keine Ahnung. Die Instandhaltungsarbeiten sind ein Fulltime-Job, und sie arbeitet hart. Sie ist ständig im Kampf gegen mächtige, unbarmherzige Kräfte. Doch ganz gleich, wie lange sie auf dem Laufband joggt oder wie oft am Tag sie ihre Bauch-Beine-Po-Übungen macht, der Zahn der Zeit nagt an ihr, die ewige Schwerkraft zieht alles nach unten: die Brüste, die Unterarme und den Hintern. Schlaff, schlaff, schlaff. Außerdem, hat sie entdeckt, bildet die Schwerkraft ein Gespann mit all den unangenehmen Gedanken, die man nicht denken will, aber kaum steuern kann. Ehe man es sich versieht, hat man die Augen zusammengekniffen, die Augenbrauen hochgezogen und die Lippen gekräuselt. Die Spritzen tragen natürlich *ein wenig* dazu bei, die Fältchenbildung zu mildern, aber verhindern können sie diesen Prozess nicht. Die Schwerkraft zieht einen nach unten, innerlich und äußerlich. Monika merkt, wie sie an ihr zerrt, um sie zu Fall zu bringen.

Sie muss durchhalten. Sie muss kämpfen. Nicht eine Sekunde

darf sie nachlassen. Sie muss jeden Tag den Putz ausbessern, die Flächen polieren. Muss spachteln, auffüllen und nachschleifen.

Monika schließt die Augen, taucht hinab ins warme Wasser und versucht, es zu genießen, zu spüren, wie angenehm das ist. Was tut man nicht alles, um jung und schön zu bleiben? Was tut *sie* nicht alles? Wer schön sein will, muss leiden. Sie leidet. Aber allein und im Verborgenen. Sie spricht nicht darüber, wie viele Spritzen oder Implantate sie bekommen und dass sie oft Schmerzen hat. Dass ihre Brüste manchmal hart und empfindlich sind. Dass sie erschöpft und zerschlagen von all dem harten Training ist, das sie sich auferlegt hat, um schlank zu bleiben und gleichzeitig ihre weiblichen Kurven zu behalten. Und nun hat sie auch noch ein Kind am Hals, das sie nie haben wollte.

Erst als dieses Mädchen ins Haus kam, stellten sich bei Monika wirklich schlimme, beängstigende Gedanken ein. Schlaflose Nächte wechselten sich ab mit einem immer wiederkehrenden Albtraum: Sie befindet sich in einem engen, dunklen Raum mit feuchten Wänden. Er hat keine Fenster, nur ein kleines Guckloch, einen schmalen Spalt, durch den Licht sickert. Durch den sie undeutlich etwas Helles, Wunderbares wahrnimmt. Da draußen ist etwas Schönes, und sie kann es nicht bekommen.

Das Mädchen ist schuld. Ihre Anwesenheit. Es hat etwas mit ihr zu tun, da ist sich Monika sicher. Das Mädchen ist wie eine riesige weiße Maus, die sich ins Haus genagt hat und die man nicht wieder hinausscheuchen kann. Eine Riesenmotte, die ihre Seidendessous auffrisst. Oder noch schlimmer, eine Art Parasit, der sich in ihrem Gehirn festgesetzt hat und dort drinnen wächst, der immer mehr Platz einnimmt und den man nie wieder loswird. Denn wie sollte das gehen?

Monika hört, wie die Motte durch die Diele in Richtung Wohnzimmer trampelt. Hoffentlich setzt sie sich nicht wieder auf das weiße Sofa, mit ihren nassen Schneehosen. Bestimmt hat sie die wieder nicht ausgezogen. Das Mädchen ist vierzehn, aber trotzdem muss sie sich auf dem Schulhof der Montessori-Schule unbedingt im Schnee balgen. Und, in den anderen Jahreszeiten, in Sand und Matsch herumkriechen. Sie hat keine Angst vor Dreck. Sie kommt nach Hause und verteilt ihn auf Monikas cremeweißem Chenille-Sofa. Tannennadeln zwischen den Kissen, Sand auf dem Samt, Splittsteine im Teppichflor.

Als Monika so alt war wie sie, war sie eine Dame und benahm sich auch so. Da hatte sie längst aufgehört zu spielen; mit fünfzehn bekam sie ihren ersten Job als Model. Sie wurde bewundert und umschwärmt und war die Königin des Weihnachtsballs.

Alva lässt sich nicht davon abbringen, hässliche, «gemütliche» Kleidung zu tragen und sich wie ein Kind zu benehmen. Außerdem frisst sie wie ein Scheunendrescher. Jetzt plündert sie bestimmt gerade die Obstschale im Salon. Die schöne Obstschale, die Monika so sorgfältig auf dem Marmortisch arrangiert hat. Als ein Kunstwerk, ein Stillleben. Damit Alexander es am Abend so sieht, wenn er nach Hause kommt. Nicht, damit die Göre alles in sich reinstopft. Weiß sie eigentlich, wie teuer das ist? Bestimmt nicht. Das kümmert sie nicht, sie hat keinen Sinn für Geld. Oft fällt ihr etwas von dem Obst auf den Boden, aber sie findet es nicht wieder. Dann kriecht sie orientierungslos auf dem weißen Teppich herum, tatscht mit den Händen und zerquetscht dabei mit den Knien die Traube oder Erdbeere, drückt sie tief hinein in Monikas weißen Traum von einem Teppich aus einhundert Prozent Alpakawolle.

Vielleicht sollte sie das Mädchen eines Tages vergiften. Mit präparierten Früchten in der Obstschale? Sie könnte die Äpfel mit Rattengift bestreichen oder Insektengift auf die Weintrauben sprühen. Salmiak in die Mango spritzen. Und dann zusehen, wie sich die Motte in Krämpfen auf dem Sofa windet. Was für eine Idee! Sie muss beinahe lachen. Krank. Das ist richtig krank.

Sie steigt aus der Badewanne, trocknet sich mit einem weißen Frottéhandtuch ab, reibt kräftig, um auch die letzten toten Hautzellen loszuwerden. Langsam richtet sie sich auf und öffnet den Mund. Sie lächelt sich an. Spieglein, Spieglein an der Wand? Dieses unnachahmliche Lächeln. Raubtierhaft? Ja, wie ein Tiger. Die frisch gebleichten Zähne sind schneeweiß. Schön. Du bist wirklich schön. Das ist nicht einmal übertrieben.

* * *

Zum Essen ist Alexander zu Hause. Katy hat nach Monikas Anweisungen eine nahrhafte, preiswerte und kalorienarme Mahlzeit zubereitet. Es riecht einigermaßen gelungen. Das philippinische Dienstmädchen macht sich. So langsam hat sie den Dreh mit der europäischen Küche raus. Monika wäre es am liebsten, wenn Alva mit dem Personal in der Küche äße, mit den Filipinos und dem Polen, dann könnten sie und Alexander wieder ihre romantischen Dinner pflegen. Wie früher. Mit Champagner zum Aperitif, leiser Musik und Kerzenlicht – und mit seinem funkelnden, verliebten Blick auf ihrem Körper. Danach würden sie es sich mit ihren Gläsern und der Flasche Rotwein auf dem Fell vor dem Kamin bequem machen. Sie würde ihm zeigen, was immer noch in ihr steckt, dort auf dem Boden. Und alle anderen Versuchungen würden gegen sie verblassen. Aber das kann sie vergessen. Seit Alva im Haus ist, finden solche Sachen nicht mehr statt. Die Göre taucht überall auf. Und dabei schleicht sie auch noch so. Wie oft ist Monika schon aufgeschreckt, wenn sie plötzlich im Raum steht. Und wer weiß, wie lange sie schon da ist und sie mit ihren rötlich blassen Augen ansieht. Gruselig weiß, wie ein Gespenst. Das ist so unangenehm.

«Selbstverständlich isst sie mit uns», sagt Alexander.

«Selbstverständlich», antwortet sie.

Und selbstverständlich ist Alva der Mittelpunkt aller Aufmerksamkeit. Alva, die Motte mit den weißen Haaren, der weißen Haut und den schneeweißen Brauen über ihren halbblinden Augen. Sie hängt mit dem Gesicht fast im Teller, während sie im Essen herumstochert. Weder Monika noch Alexander können den Blick von ihr abwenden, wenn sie unbeholfen herauszufinden versucht, was sie vor sich hat, indem sie die Nase mehr oder weniger hineinsteckt. Monika versucht, etwas anderes anzusehen, an etwas anderes zu denken. Sie versucht, Alexanders Blick auf sich zu ziehen, um ihm zu zeigen, wie hübsch sie sich zurechtgemacht hat und wie schön sie ist. Aber er starrt nur verzweifelt seine Tochter an und ist vollkommen gebannt von ihr und fließt beinahe über vor Mitleid. Armer Alexander. Das alles tut ihm nicht gut, so viel ist klar.

«Wie läuft's in der Schule, mein Schatz?», fragt er, und seine Stimme klingt irgendwie schwer.

«Gut, Papa», sagt Alva und stochert weiter.

«Du hast doch ein paar Freunde, oder?»

«Ja, klar, Papa.»

Oh ja. Sie hat Freunde, und alle sind auf irgendeine Weise Außenseiter. Das Mädchen ist ein Freak-Magnet. Da ist zum Beispiel die schwer übergewichtige Madeleine, die nicht nur fett ist, sondern auch noch furzt. Laut. Dann der dünne und stark aknegeplagte Elias. Und Mina, die kleinwüchsig zu sein scheint. Und als wäre das noch nicht genug, gibt es noch die schwarz gekleidete Stella, die mit ihren dreizehn Jahren rumläuft wie ein Punk und eine Sicherheitsnadel in der Nase hat. Wenn die alle auf einmal zu Besuch sind, kommt man sich vor wie in einer Freakshow.

Sie schämt sich vor den Nachbarn und den Frauen vom Club.

Was sollen die denken, wenn sie diese Gang die Straße entlang und durch ihr Tor gehen sehen? Sie bevölkern ihr Haus, hören Musik. Aber nicht etwa Justin Bieber, sondern alte Hippiemusik aus den Siebzigern. Nach einer Weile musste sie leider verkünden, dass diese Besuche nicht mehr stattfinden können – was das weiße Mäuschen sofort seinem Vater zutrug, der wiederum zu ihr kam: «Selbstverständlich dürfen Alvas Freunde zu Besuch kommen.» Selbstverständlich.

«Noch ein bisschen Wein?»

«Ja, bitte», sagt Alexander.

Sie schenkt ihm nach. «Zum Wohl», sagt sie.

«Zum Wohl», sagt er.

«Geliebter», sagt sie und neigt kokett den Kopf, schaut ihm tief in die Augen.

Und endlich gilt sein Interesse ihr. Sie hat die volle Aufmerksamkeit ihres attraktiven, reichen und mächtigen Mannes. Sie lächelt unwiderstehlich, während sie seinen Blick festhält, und spiegelt sich in seinen Augen, seinem Gesicht. Jetzt kommt es, denkt sie. Alles, wofür sie sich angestrengt hat. *Du bist so schön, meine Liebste. Du, Königin, bist die Schönste.*

Aber es kommt nicht. Es kommt etwas anderes. Sein Mundwinkel verzieht sich um eine Winzigkeit, ein Stirnrunzeln und ein Flackern mit dem Blick. Dann werden seine Augen schmal. Nur für eine Sekunde. Sie sieht es, und ihr Mund wird trocken. Vor Scham. Vor Schreck.

Denn was sie in seinem Gesicht sieht, ist Ekel. Abscheu.

Unfreiwillig senkt sie den Blick. Sie nimmt einen Schluck Wein, reißt sich zusammen, richtet sich auf, um sicherzugehen. Sie will sehen, ob es wirklich wahr ist. Aber Alexanders Blick ruht längst wieder auf seiner Tochter, und er hat sich verändert. Es ist ein ganz anderer Blick als der, den er ihr zugeworfen hat. Und es ist nicht zum Aushalten, denn er ist auf das Kind gerichtet. Sie erkennt ihn nicht wieder. Dann legt er dem Mädchen die Hand auf den Kopf und streichelt vorsichtig über das schlohweiße Haar.

Monika befühlt ihr Gesicht. Hat er etwas Merkwürdiges an ihr entdeckt? Sie nimmt den Silberlöffel vom Teller und spiegelt sich schnell darin. Im gewölbten Metall zeigt sich ein längliches, unförmiges Gesicht. Sie schaudert und legt den Löffel schnell zurück.

«Ich muss nach Singapur», sagt Alexander plötzlich. «Nächsten Freitag.»

Die Rotäugige blinzelt ihren Vater an. «Musst du wirklich schon wieder verreisen, Papa?»

«Ich muss auch nach Jakarta. Und Hongkong.»

«Hongkong? Jetzt?», fragt Alva.

«Ja, bedauerlicherweise. Ihr wisst ja, dass ich diese langen Flugreisen nicht besonders mag, und da die Termine so kurz hintereinander liegen, habe ich es so arrangiert, dass ich die drei Reisen auf einmal erledigen kann. Da drüben gibt es eine Menge in Ordnung zu bringen. Die Firma hat –»

«Wie lange bleibst du weg?», unterbricht ihn Monika.

«Es wird leider eine Weile dauern. Drei, nein, lass mich überlegen … knapp vier Wochen.»

«Aber zu Weihnachten kommst du doch nach Hause!», ruft die Motte. Die bleichen Wimpern flattern.

«Nein, mein Engelchen», sagt Alexander, und sein Blick wird sorgenvoll. Er tätschelt ihr noch einmal den Kopf.

«Es ist doch das erste Weihnachten ohne Mama!»

«Ich weiß, mein Schatz. Und ich hatte eigentlich gedacht, dass wir drei es uns hier zu Hause schön gemütlich machen. Aber ich muss fahren. Weißt du, die Firma ist in einer schwierigen Situation mit den Asiaten …»

Abrupt steht das Mädchen vom Tisch auf. Ihr Glas kippt um, und der rote Saft läuft über das weiße Damasttuch. Monika wirft ein paar Servietten über die Katastrophe und drückt sie auf den Stoff.

«Ich will nicht mit *der da* Weihnachten feiern.»

«Aber Kleines …», sagt Alexander.

«Sie mag mich nicht.»

«Aber Schätzchen, das darfst du nicht sagen.»

«Und ich mag sie auch nicht! Das wird kein bisschen schön!»

«Schatz», sagt Monika und denkt an Zucker, an Süßstoff. «Natürlich werden wir zwei es uns an Weihnachten richtig schön machen. Das wird ganz gemütlich, du wirst sehen.»

* * *

Kurz vor Mitternacht. Monika steht im Bad, das ans Schlafzimmer grenzt. Sie trägt schwarze Seidenunterwäsche, Strapse, lange Strümpfe und eine Korsage. Allerdings ohne jeden Nutzen: Alexander hat gesagt, er sei müde, und sich zur Wand gedreht.

Sie wendet sich vor dem Spiegel hin und her und mustert ihre Figur. Die Brüste, Hüften und den Po. Ja, schön. Dann betrachtet sie ihr Gesicht, geht näher an den Spiegel heran, noch ein bisschen näher, stoppt und erstarrt. Da ist etwas. Sie schnappt nach Luft.

Plötzliche Übelkeit überkommt sie. Oh nein. Nein! Das darf nicht wahr sein. Doch sie sieht es ganz deutlich. Sie hat es in der letzten Zeit schon geahnt, sich aber nicht getraut, es genauer zu untersuchen. Die Haut über dem Oberlid hängt wie ein schlaffer Wulst. Unten ist auch nicht alles, wie es sein sollte. Unter jedem Auge hängt, schwer und erschöpft, ein müder Sack. Ja, ein verdammter Tränensack. Hässliche Flecken auf der ansonsten so perfekten Schale. Der Apfel hat eine faule Stelle. Er sieht alt aus. Alt!

Die Spritzen hätten das verhindern sollen. Es in Schach halten! Und was ist mit diesen sauteuren Cremes? Sie sucht nach der Faltencreme und verteilt sie reichlich um die Augen. Reibt und reibt. Dann: Wangencreme auf die Wangen, die Creme für trockene Haut auf die Stirn. Sie nimmt noch einen Klacks aus dem vierten

Tiegel, speziell entwickelt, um die feinen Linien in der Mundpartie verschwinden zu lassen. Serum, Serum –

Sie hält inne und betrachtet sich. Nein. Es ist immer noch da. So kann man doch nicht rumlaufen! Und jetzt, wo sie es entdeckt hat, wird sie es nie wieder vergessen. Es wird immer da sein, wird zwischen ihr und Alexander stehen. Wahrscheinlich hat er es bemerkt, das muss es gewesen sein, was ihm beim Essen aufgefallen ist. Dass sie, die Schönste, allmählich alt aussieht! Dagegen muss sie etwas unternehmen, und zwar möglichst bald, bevor es richtig auffällig wird. Sie muss unters Messer. Das ist die übliche Maßnahme. Der Heilungsprozess dauert mehrere Wochen. Währenddessen sieht man absolut grauenvoll aus. Kristin vom Club hat den Eingriff letztes Jahr machen lassen. Zwei Wochen danach sah sie immer noch aus, als wäre sie verprügelt worden. Alexander darf natürlich nichts von der Operation mitbekommen. Er muss in dem Glauben bleiben, dass ihre Schönheit und Jugend eine Art Wunder ist. Er weiß nichts von den Brustimplantaten und den aufgespritzten Lippen. Er weiß auch nichts von den vierteljährlichen Botox-Behandlungen. Er verachtet so etwas. Er glaubt, das ganze Geld, das er ihr überweist, fließe ins Haushaltsbudget; dass sie ihre Goldkarte für Essen, Schuhe und Kleidung, Sportzeug und die Freizeitaktivitäten seiner Tochter einsetzt. Aber in Wirklichkeit gibt sie sein Geld *dafür* aus. Alles andere kocht auf Sparflamme.

Trotzdem tut sie es nur für ihn. Damit er sie sieht. Sie lebt im Glanz seiner Augen. Sie werden in Perfektion und Harmonie leben, wie früher. Alles soll wie früher sein.

* * *

Es ist der dreizehnte Dezember. Monika steht vor dem Spiegel der kleinen Umkleidekabine in der Aphrodite-Klinik. Sie trägt einen weißen Krankenhauskittel. Die Beleuchtung ist widerwärtig, durch die Neonröhre über ihrem Kopf sieht sie noch entsetzlicher aus als in Wirklichkeit. Vielleicht ist das vonseiten der Klinik beabsichtigt: Wer sich selbst einmal so gesehen hat, wird kaum bereuen, sich zu einer Behandlung entschlossen zu haben. Ihre Haut hat einen grünlichen Ton, die Säcke unter den Augen wirken noch größer, die Falten darüber noch schwerer, die Wangen schlaffer. Aber jetzt kommt das ganze Überflüssige fort, wird gesäubert und weggeschnitten. Sie hat gleich ein Facelifting mitbestellt, mit ein bisschen Glück lassen sich ihre Wangen noch ein wenig straffen. Nur ganz vorsichtig. Der Chirurg hielt das zwar nicht für nötig. Er empfahl ihr, damit noch zu warten. Aber sie kann nicht warten, denn wann wird Alexander das nächste Mal vier Wochen am Stück verreisen? Bis dahin können Jahre vergehen. Vielleicht passiert es sogar nie wieder.

Sie hatte Glück. Jemand hatte kurz nach Alexanders Abreise abgesagt. Irgendeine abergläubische Person, die sich nicht an einem Freitag, dem Dreizehnten, operieren lassen wollte. Umso besser für sie. Monika ist nicht abergläubisch. Aber sie hat alle Einladungen und Festivitäten vor Weihnachten abgesagt – mit der Begründung, dass Alexander verreist ist und sie sich um seine Tochter kümmern will, das arme Ding hat ja vor nicht mal einem Jahr die Mutter verloren. Keiner soll von der Operation erfahren. Das bleibt ihr Geheimnis. Sie wird zu Hause bleiben und niemanden sehen – außer den Dienstboten natürlich. Aber die werden nichts sagen, sie nicht verraten. Außerdem sprechen sie schlecht Norwegisch. Das Mädchen hingegen … Es lässt sich wohl nicht verhindern, dass sie etwas merkt, auch wenn sie halb blind ist. Aber dafür wird sich auch eine Lösung finden lassen. Es gibt für alles eine Lösung.

Monika richtet sich vor dem Spiegel auf.

«Es gibt keine innere Schönheit», murmelt sie. «Innere Schönheit ist reiner Bluff, damit die Hässlichen sich schön fühlen.

Damit eine wie Alva sich schön fühlen kann. Obwohl Alexander es ihr, also dem Mädchen, ja ständig sagt: ‹Du bist wundervoll, Schätzchen. Du bist schön. Du siehst aus wie eine kleine Fee.›»

Alle wissen, dass das Quatsch ist, denn diese schneeweiße, phosphoreszierende Haut ist nicht natürlich. Die weißen Haare sehen greisenhaft aus. Sie ist das Ergebnis eines genetischen Defekts. Ein Fehler der Natur. Trotzdem hat sie etwas an sich; in ihrer hellen Durchsichtigkeit liegt etwas geradezu Übernatürliches. Etwas, das vollkommen … Nein. Das Mädchen ist hässlich und damit basta.

Sie hingegen … Na ja, *bald* ist es überstanden. Sie beugt sich vor und begegnet ihrem Blick im Spiegel. Dunkle Augen, schwarze Pupillen. Kann man den Spiegel der Seele dadrinnen erkennen? Manchmal glaubt sie, in ihr würde es wütend und fauchend brodeln. Wie in einem Vulkan. Plötzlich verspürt sie Übelkeit, ein unmittelbares und seltsames Unbehagen.

«Sind Sie so weit?», fragt die Krankenschwester dort draußen.

«Denke schon», murmelt sie.

«Dann folgen Sie mir bitte.»

* * *

Halb sitzt, halb liegt Monika auf dem Operationstisch. Eigentlich ist es eher ein Liegestuhl, ein Stressless-Sessel. Sie hat eine Tablette zur Beruhigung bekommen. Langsam setzt die Wirkung ein, sie spürt eine leichte Benommenheit. Der Chirurg und zwei Krankenschwestern bereiten die Operation vor. In blassgrüne Hosen und Hemden gekleidet, bewegen sie sich um sie herum, Masken vor Mund und Nase, gelbliche Gummihandschuhe an den Händen. Die Wände sind weiß, das grelle Licht der Deckenlampen brennt in den Augen. Auf einem Wagen liegen die Spritzen für die lokale Betäubung, irgendwo sind auch Messer.

Ein Radio läuft. Am liebsten würde sie darum bitten, es auszuschalten, aber sie hat keine Kraft, sie fühlt sich so matt. Können die sich wirklich auf sie und die auszuführende Feinarbeit konzentrieren, wenn das Radio an ist? Es kommt Musik. Ein Kinderchor singt das Lucia-Lied.

Schwer liegt die Finsternis auf unseren Gassen
Lang hat das Sonnenlicht uns schon verlassen.
Kerzenglanz strömt durchs Haus. Sie treibt das Dunkel aus:
Santa Lucia, Santa Lucia …

Ach, ist das heute? Natürlich, der Lucia-Tag. Und Monika sieht sich als Kind im Kindergarten. Sie wollen Lucia feiern, und es ist an der Zeit für die jährliche Auswahl. Wer darf diesmal die Lucia sein? Wer darf die Prozession anführen, mit einem Lichterkranz auf dem Kopf? Alle wollen Lucia sein, und *sie* ganz besonders. Sie will es am meisten, das weiß sie. Aber dann wird sie es doch nicht. Annette mit den blonden Locken wird ausgewählt. Goldlöckchen, sagen die Erwachsenen, sie ist ein Engel. Monika ist wütend, verzweifelt und eifersüchtig. Und dann tut sie etwas Fürchterliches. Als die kleine, in Weiß gekleidete Prozession durch die Flure des Kindergartens gezogen ist und mit Kerzen in den Händen und klaren, zarten Kinderstimmen das Lied gesungen hat, als sie sich vor den Eltern aufgestellt haben, um noch mehr über die arme Lucia zu singen, die auf dem Scheiterhaufen verbrannt wurde – da hält Monika wie zufällig ihre brennende Kerze an das Goldhaar vor sich. Es geht sofort in Flammen auf, phantastisch und gewaltig. Die Eltern und die Kindergartentanten schreien, die Kleinen heulen, und irgendjemand wirft eine Decke über Lucia-Annette. Ein anderer schüttet ihr einen Eimer Wasser über den Kopf. Und dann fällt Lucia. Mit stinkendem, abgebranntem Haar bleibt sie in einer schwarzen Pfütze auf dem Boden liegen. Die kleine Monika lacht. Sie lacht so sehr, dass sie einen Schluckauf bekommt. Jemand schüttelt sie, es ist ihr Vater, aber sie kann einfach nicht aufhören. Sie lacht, dass die Tränen nur so laufen.

Annette erscheint mehrere Wochen nicht im Kindergarten. Als sie wiederkommt, ist ihr Haar nachgewachsen, ein zarter goldener Flaum.

Monika liegt unter einer blassgrünen Plastikdecke. Um die Ohren hat man ihr die Haare abrasiert. Der Chirurg hat Nahaufnahmen von ihrem Gesicht angefertigt, von ihren Augen, dann bittet er sie, ganz still zu liegen, und malt mit einem Stift in ihrem Gesicht herum, während er hierhin und dorthin zeigt und mit den Krankenschwestern spricht, sodass der Mundschutz sich auf und ab bewegt.

Er sagt Dinge wie: Den oberen Schnitt setzten wir in die Umschlagfalte, hier.

Und: Dieses Hautoval hier, das entfernen wir.

Monika ist jetzt doch froh, dass das Radio läuft. Sie konzentriert sich auf die Stimme des Sprechers:

«Heute wird sowohl in der westlichen als auch in der östlichen Kirche der heiligen Lucia gedacht. Der Tag wird als Lichterfest im dunkelsten Monat des Jahres gefeiert. Dass man den Namen Lucia nach der lateinischen Übersetzung von lux mit Licht verbindet, mag vielleicht auch der Grund dafür sein, dass sie zur Schutzheiligen der Sehkraft geworden ist und man sie bei Augenkrankheiten um Hilfe anruft. Häufig jedoch gibt es für Legenden dramatischere Erklärungen. In der Kunst wird Lucia oft mit einem Teller dargestellt, auf dem zwei Augen liegen. Der Legende nach hat sich nämlich ein heidnischer Jüngling in die ungewöhnlich schönen Augen der Jungfrau verliebt, was sie dazu veranlasste, sie sich auszureißen und ihm zu übersenden …»

Der Chirurg nickt zum Radio, und eine Krankenschwester beeilt sich, es auszuschalten. Aber es ist zu spät. Monika hat die schreckliche Meldung gehört, die in diesem Augenblick so denkbar schlecht passte. Und jetzt sieht sie die Instrumente auf dem Tablett, das neben sie gerollt wurde. Eine Reihe kleiner Skalpelle mit scharfen, blitzenden Klingen. Der Chirurg und die Schwestern werfen sich rasche Blicke zu, dann beugen sie sich über sie und starren ihr ins Gesicht. Vielleicht wissen sie, was sie Annette-Lucia angetan hat. Vielleicht können sie tief in den dunklen Spiegel ihrer Augen schauen, in ihre verkommene, verdorbene Seele.

Sie umklammert die Armlehnen des Operationsstuhls, will raus, weg, will wieder ihre Kleider anziehen und schnell nach Hause. Sie öffnet den Mund, will etwas sagen, aber dann sieht sie, dass die Schwester schon mit der Spritze bereitsteht. Sie sieht die Nadel näher kommen, dicht an sich heran, an das linke Auge. Jetzt kann sie sich nicht mehr bewegen. Sie hat keine andere Wahl, als einfach nur dazuliegen. Sie will schreien, aber aus ihrer Kehle kommt kein Laut, und dann spürt sie den Stich. Dann noch einen, am rechten Auge, und dann kommt die andere Krankenschwester mit der Narkosemaske, legt sie ihr über den Mund, über die Nase. Sie atmet ein, atmet aus und schwebt langsam davon …

Sie schwebt zu einer Insel im blauen Mittelmeer, an einen steinigen Strand auf Sizilien, wo eine junge Frau vor ihr steht. Es ist Annette. Sie ist erwachsen, und sie ist Lucia. Ihre Augen liegen auf einem goldenen Teller, den sie in der Hand hält. Monika versucht zu schreien, doch sie kann nicht. Lucia sagt: «Ich bin blind, aber ich sehe dich trotzdem.»

«Was siehst du?», flüstert Monika.

Lucia streckt die Arme nach ihr aus, erreicht sie aber nicht. Monika kämpft sich fort, sie rudert mit den Armen, schwingt sich in die Luft und in den blauen Himmel. Bald schon liegt Sizilien mit all seinen Orangenbäumen, Olivenhainen und Dörfern weit, weit unter ihr. Sie fliegt. Sie wedelt mit den Armen. Es wird kälter, und der Himmel zieht sich mit blaugrauen Wolken zu. Es beginnt zu schneien. Wie die Schneekönigin in ihrem weißen Umhang saust sie durch das Schneegestöber nach Norden. Oder vielleicht hält man sie hier auch für einen Engel? Den Weihnachtsengel. Sie öffnet den Mund und lacht.

Jetzt nähert sie sich ihrem Zuhause, der riesigen Villa oben auf dem Hügel, dem Haus mit den Panoramafenstern, der Burg auf dem Berggipfel. Da, dort unten entdeckt sie Alva, die aus der Schule nach Hause kommt. Halbblinde Alva – und jetzt, ohne Sonnenbrille, sogar vollkommen blind. Geblendet vom Schneegestöber stakst sie durch den Garten und versucht, den Eingang zum Haus zu finden.

«Papa?», ruft sie. «Papa!»

Aber Papa hört sie nicht, er ist in Singapur. Monika landet sanft neben ihr im Schnee und betrachtet sie still. Alva dreht sich herum und blinzelt.

«Hallo? Ist da jemand?»

Monika antwortet nicht. Aus ihren eiskalten, seelenlosen Augen starrt sie das Mädchen einfach nur an. Die Kleine dreht sich um und läuft weg. Lautlos gleitet Monika hinter ihr her. Das Mädchen schreit, aber niemand hört sie in dem Schneesturm. Sie rennt in die falsche Richtung, auf den Pool zu, und dann stolpert sie und stürzt die zwei Meter hinunter. Sie ist verletzt, gefangen in einem steinernen Gefängnis ohne Türen, ohne Dach. Eine Maus in der Falle.

«Hilfe! Hilfe!»

Monika blickt sich um, da fällt ihr der große Glastisch ins Auge, der an der Hauswand steht. Sie greift danach, hebt ihn hoch, obwohl er doch so schwer ist, und trägt ihn zum Pool. Sie wirft ihn auf das kleine Mäuschen in der Tiefe und trifft genau. Der Kopf zerspringt wie eine Nuss. Eine Fontäne spritzt über den Rand des mit Schnee gefüllten Beckens. Rot wie Blut, weiß wie Schnee. Das hat man davon, wenn man Saft auf die Tischdecke verschüttet, denkt Monika und lächelt.

Doch ein Splitter des Glastisches scheint sie am Auge getroffen zu haben. Ein Splitter in jedem Auge, und die Welt ist verändert. Oder vielleicht war sie schon die ganze Zeit so? Der schneebedeckte Garten ist eng, dunkel und verwinkelt wie ein alter Friedhof. Das Haus ist zu einem unheimlichen, düsteren Krähenschloss geworden. Und als sie die Hände hebt, bemerkt sie, dass sie nicht mehr zu einem lebenden Menschen gehören. Es sind die Hände eines Skeletts, die blassen Knochenhände des Todes. Als sie aufwacht, ist der Traum vergessen. Allein das Gefühl, etwas verloren zu haben, ist geblieben. Ihr fehlt etwas, das sie haben sollte.

* * *

Es ist bereits dunkel, als sie die letzte Anhöhe hinauf zur Hütte fahren. Wobei «Hütte» ein ziemliches Understatement für ihre Winterresidenz ist. Es handelt sich vielmehr um ein ansehnliches Almhaus im Gebirge – in Geilos bester Lage, im mächtigen Havsdalen. Es hat sechs Schlafzimmer und ebenso viele Bäder, drei geräumige Wohnräume, von denen einer mit Kamin und Pool und Wellnessbereich ausgestattet ist. In der Küche findet sich alles, was man sich an Spezialzubehör nur wünschen kann. Dazu kommt eine Veranda von sechzig Quadratmetern – mit Whirlpool für acht Personen, und dann noch die Sauna, der Fitnessraum, der Weinkeller und die Garage mit Platz für vier Autos sowie ein Nebengebäude, das dem Personal als Unterkunft dient.

Im Range Rover sind nur sie und Alva. Das Mädchen sitzt hinten. Monika betrachtet sie im Spiegel. Alva hat Stöpsel in den Ohren und bewegt den Kopf zur Musik, als wäre sie Stevie Wonder in kreidebleich. Monika schaut ihr eigenes Spiegelbild an. Es ist der Tag vor Heiligabend. Die Operation liegt genau zehn Tage zurück, aber sie sieht noch immer scheußlich aus. Kräftige Veilchen um beide Augen, rote Linien, wo das Messer zugeschlagen hat und sie anschließend genäht wurde. Außerdem ist etwas Entsetzliches passiert. Der Arzt hatte sie gewarnt, dass so etwas eintreten *könnte*, abhängig davon, wie die Muskulatur unter dem Auge beim betreffenden Patienten beschaffen sei: Das Unterlid könne nach der Operation hängen und die rote Innenseite sich verziehen und nach außen stülpen, was dann einen weiteren Eingriff erforderlich mache. Sie hatte nicht geglaubt, dass ausgerechnet ihr so etwas widerfahren könnte, aber dann ist es doch passiert. Sie sieht absolut grauenvoll aus. Die ganze Sache wird viel länger dauern als geplant.

Das Mädchen auf dem Rücksitz singt mit seiner seltsam dünnen Stimme zur Musik. Alexander nennt sie «Goldkehlchen». Also wirklich! Es gäbe keinen unpassenderen Ausdruck für dieses magere Gejaule. Alvas Singsang ist eine Zumutung, tut ihr in den Ohren weh. Monika betrachtet ihre Hände, die auf dem Lenkrad liegen, die perfekten, blutrot lackierten Nägel. Einfach diese Kehle zudrücken, schießt es ihr durch den Kopf.

Nein, nicht so, selbstverständlich nicht. Sondern ganz natürlich und zufällig soll es geschehen. Wie es in den Bergen immer wieder vorkommt. Will sie das wirklich? Es ist *die* Gelegenheit. Und es ist nicht gesagt, dass sich so eine Chance noch einmal ergibt. Alexander und sie müssen von diesem degenerierten Gespenst befreit werden. Er soll wieder anfangen, *sie* anzusehen. Nur sie. Ich bin dein Trost und deine Stütze, du sollst niemand anderen haben. Sie wird ihre dunkle Seite walten lassen. Sie werden frei sein.

Der Weg zum Haus ist bis oben hin freigeräumt, wie es sich gehört. Die Einfahrt ist sauber und ordentlich. Der Pole hat seinen Job mit der Schneefräse ausnahmsweise mal anständig gemacht. Sie parkt. Nach der üblichen Fummelei schafft es das Mädchen, den Sicherheitsgurt zu lösen und den Türöffner zu finden. Tastend streckt sie die Füße aus dem Wagen und steigt vorsichtig aus.

Der Pole trägt das Gepäck ins Haus, und Monika nimmt die Einkaufstaschen mit Alexanders Weihnachtsgeschenken für sie und Alva. Sie hat versprochen, sie ihr zu geben. Sein Blick war besorgt, als er sie ihr überreichte. «Aber Alexander, warum machst du dir solche Sorgen? Natürlich wird sie ihre Weihnachtsgeschenke bekommen!» Sorgen sind eine Bürde; von den Sorgen wirst du erlöst.

Sie trägt die Geschenke über den Hof, folgt dem schmalen Rücken des weißen Lamms. Unter ihren Füßen knirscht der Schnee. Die Luft ist frisch und die frühe Nacht sternenklar. Wunderschön und eisig kalt. Kälter, als sie erwartet hatte, mindestens fünfzehn Grad unter null.

Katy steht in der Tür und empfängt sie. Sie winkt und lächelt. In Alvas Richtung, nicht in ihre.

«Gute Abend, Kleine!», sagt Katy in ihrem unbeholfenen Norwegisch. «Reinkommen, reinkommen. Warm drinnen.»

«Hallo, Katy», sagt Alva und tastet sich durch die Tür.

Als Monika an ihr vorbeigeht, senkt Katy den Blick, vermutlich anstandshalber, um so zu tun, als wüsste sie von nichts und hätte nicht bemerkt, was mit Monikas Gesicht passiert ist. Oder ist da noch etwas anderes? Ein kleiner Seitenblick? Misstrauen, ein Verdacht? Nein, sie kann nichts ahnen. Filipinos sind einfältig. Außerdem ist Monika die Chefin und kann sie zerquetschen wie eine Laus.

Aber so sollte sie jetzt nicht denken. Monika hat geplant, sich fröhlich zu geben und sich trotz ihres beklagenswerten Aussehens von ihrer besten Seite zu zeigen. Das fällt ihr nicht schwer, denn sie ist ja wirklich fröhlich. Sie ist froh, dass etwas passieren wird, dass sie einen Plan hat.

«Hey Katy!» Sie lächelt.

«Hello, Ma'am.»

«Alles in Ordnung hier?»

«Yes Ma'am. Alles in Ordnung.»

Im Kamin brennt ein Feuer, der Westflügel ist geheizt. Die Sauna ist angewärmt, die Böden sind frisch geschrubbt. Das Essen ist gleich fertig, es riecht gut. Im Wohnzimmer steht der Weihnachtsbaum, fertig geschmückt. Es ist eine Edeltanne von geradezu ordinärer Schönheit. Dieses Jahr nur in Weiß und Silber. Weiße Kerzen, Silberkugeln mit weißem Muster, weiße Kugeln mit Silbermuster. Das Mädchen bleibt davor stehen. Befühlt den Baum mit den Fingerspitzen. *Wag es nicht, du! Mach jetzt bloß nichts kaputt! Wehe!* Aber sie sagt nichts. Heute herrscht hier gute Stimmung. Weihnachtsstimmung. Frieden und Wohlgefallen.

Wenn man es doch nur machen könnte wie im Märchen. Einfach einen Diener mit ihr in den Wald schicken. Die beiden hinaus in die Wildnis schicken und sagen: «Jäger, bring mir ihr Herz, damit ich weiß, dass es vollbracht ist.» Dann könnte er die Sache erledigen, und ihr bliebe es erspart. Aber im Märchen hat der Jäger ja gepfuscht. Katy und der Pole würden ebenfalls pfuschen, denn die Loyalität der beiden hat ihre Grenzen. Und sie mögen sie nicht, das hat sie ja gemerkt. Sie würden petzen. Darum müssen sie zurückfahren. Darum dürfen hier im Haus nur sie und Alva sein. Sie beide ganz allein. Hilflos im gewaltigen, einsamen Wintergebirge.

Katy und der Pole steigen in den alten Volvo des Polen. Monika winkt, Katy winkt. Das Mädchen läuft ein Stück neben dem Auto mit, sie ruft. Am Fuß des Hügels bleibt sie stehen. In der Dunkelheit bildet ihr Atem eine weiße Wolke.

* * *

Das Mädchen ist früh aufgestanden. Sie schaut Fernsehen. Das heißt – sie hört. Denn vermutlich kann sie nicht sehen, was sich auf dem Schirm abspielt, obwohl er so riesig ist. Es ist das rituelle Morgenprogramm an Heiligabend. Erst kam «Weihnachtsmorgen», dann der Knabenchor, und jetzt läuft «Die Reise zum Weihnachtsstern», die Geschichte der armen Prinzessin, die den Weihnachtsstern finden muss.

Draußen scheint die Sonne von einem wolkenlosen Himmel. Es ist windstill. Zwölf Grad unter null. Perfekt.

«Bist du bereit?», ruft Monika zu Alva hinüber.

«Wozu denn?»

«Wir wollten doch einen Skiausflug machen.»

«Keine Lust.»

«Aber es ist einfach herrlich draußen. Wir können doch nicht den ganzen Tag hier drinnen hocken.»

«Ist es nicht total kalt?»

«Kalt?»

«Papa sagt, dass es zu kalt zum Skifahren ist, wenn es unter minus zehn geht.»

«Das sagt dein Vater nur, weil er eine Frostbeule ist. Wenn es windig wäre, dann würde ich vielleicht auch sagen, dass es ein bisschen zu kalt ist. Aber draußen weht kein Lüftchen.»

«Es soll aber windig werden. Das haben sie im Wetterbericht gesagt. Zunehmend stürmisch, haben sie gesagt. Bis zu Windstärke zehn in hohen Lagen und im Gebirge.»

«Aber nicht in diesem Gebirge.»

«In welchem denn dann?»

«Das weiß ich wirklich nicht.» Süße Stimme. Zucker, Zucker. «Hier ist jedenfalls herrliches Wetter», wiederholt sie. «Komm, beeil dich.»

Sie öffnet die Haustür und überquert den Hof. Es ist wirklich windstill. Vollkommen. Nicht ein Hauch. Aber es stimmt, was die Kleine sagt, für den Abend haben sie Sturm vorhergesagt. Aber bis dahin ist sie wieder zu Hause. Längst.

Sie geht in den Schuppen und sucht die Skier heraus. Sie wachst ihre eigenen gründlich mit Gleitwachs, Alvas nicht. Die Maus kann ruhig das alte Steigwachs von letztem Ostern draufbehalten. Ein bisschen mehr Widerstand schadet nicht.

Als sie zurückkommt, ist Alva immer noch dabei, sich in ihrem Zimmer fertig zu machen.

«Jetzt komm schon endlich!»

Das Licht ist heute besonders wichtig. Die Sonne auf dem weißen Schnee ist alles, was zählt. Sie darf den kurzen Tag nicht verstreichen lassen. Kann auch nicht warten, bis Sturm aufkommt.

Schließlich kommt das Mädchen die Treppe herunter. Sie trägt die weiße Skijacke und die weiße Skihose, die Tarnkleidung, die Monika ihr letzte Woche auf ihrer einzigen Tour in die Stadt gekauft hat, als die Fäden gezogen wurden und die notwendigen Einkäufe für die Weihnachtsferien erledigt werden mussten. Natürlich mit gut geschützten Augen. Mit ihrer großen Sonnenbrille sah sie aus wie eine Diva aus den fünfziger Jahren, ein Filmstar inkognito. Als sie im Sportgeschäft herumstöberte, spürte sie die Blicke der Männer.

Zwar trägt das Mädchen eine graue Mütze auf dem Kopf, aber sie wird nicht umhinkönnen, die weiße Kapuze darüberzuziehen. Die Kleider werden sie mit der Landschaft verschmelzen lassen. Niemand wird sie vor dem Frühjahr finden.

Natürlich trägt sie selbst auch Weiß. Sie ist nicht zu dick angezogen, sie will ja schnell fahren. Sie wird spurten. Denn sie wird ebenfalls verschwinden, allerdings auf andere Art. Sie trägt eine riesige Sonnenbrille, die sich eng ans Gesicht legt, damit die Narben nicht der UV-Strahlung ausgesetzt sind. Eigentlich sollte sie überhaupt nicht nach draußen, sondern sich im Dunkeln halten und abwarten, bis alles verheilt ist. Eigentlich sollte sie körperliche Aktivität meiden. Aber dann könnte sie diese Sache nicht erledigen. Und sie muss erledigt werden. Jetzt.

Alva hält einen Rucksack in der Hand.

«Was hast du dadrin?», fragt Monika.

«Ausflugszeugs», murmelt sie und setzt den Rucksack auf.

«Soso. Lass mal sehen.»

Die Motte windet sich los.

«Jetzt lass mich doch mal gucken!»

«Hör auf!», sagt das Mädchen und stößt sie zurück.

«Ist ja schon gut», sagt Monika und denkt an Zucker. Sie wird nicht darauf bestehen.

Sie darf nicht riskieren, dass das Mädchen sich weigert mitzukommen. Es muss *auf diese Art* passieren, Monika hat keinen Plan B. Sie nimmt ihren eigenen kleinen Rucksack, in dem sie eine Thermoskanne mit heißem Wasser hat. Keinen Grog oder Kakao. Sie *muss* ihr Gewicht halten. Außerdem hat sie noch eine Karte und einen Kompass dabei, obwohl das keineswegs nötig sein wird. So oft war sie auf dieser Route unterwegs, sie findet ohne Probleme hin und zurück.

* * *

Die Welt ist beißend kalt und blendend weiß. Eine Million Schneekristalle blitzen und schimmern wie Diamanten. Unvergleichlich schön. Frisch, rein und unbesudelt. Monika schreitet weit aus, der Schnee knirscht unter den Stöcken. Hier unten, zwischen den versprengten Hütten, werden sie sich in der Loipe halten. Aber bald werden sie die Baumgrenze erreicht haben, wo der mächtige Hallingskarvet sich vor ihnen erhebt. Auf der weiten, weißen Hochebene steht kein einziger Baum, alles sieht gleich aus. Außer dem einen oder anderen Ast, der im Schnee steckt, und einem verwitterten Schild an einer Loipenkreuzung gibt es keine Anhaltspunkte. Monika fährt zügig voraus, Alva schiebt sich hinterher. Monika dreht sich um, beobachtet sie. Sie hat sich die Mütze übers Gesicht gezogen.

«Warum hast du die Mütze im Gesicht?», fragt Monika.

«Es ist zu hell», sagt das Mädchen.

«Du hast doch eine Sonnenbrille auf.»

«Die reicht nicht. Mir tun die Augen weh.»

«Ah. Aber du kannst doch noch etwas sehen, oder?»

«Nein.»

«Gar nichts?»

Das ging ja schneller als erwartet.

Sie fahren noch ein Stück bis zu dem Punkt, wo die Loipen sich teilen. Monika biegt nach links ab und ruft dem Mädchen zu, ihr zu folgen. «Hier entlang!», ruft sie munter. Nach einem weiteren Kilometer kreuzen sich zwei Loipen. Hier fährt sie geradeaus weiter, wohl darauf bedacht, dass das Mädchen den Anschluss nicht verliert. Es geht weiter Richtung Prestholtskaret mit der prächtigen Aussicht – für den, der sehen kann. Der Berg mit dem steilen Überhang auf dem Grat, auf den sich nur wagt, wer sich hier gut auskennt. Denn dort kann man sich leicht zur Kante verirren, auf die losen Schneeverwehungen, die über die Schlucht dort unten ragen. Dann fällt man zweihundert Meter haltlos in die Tiefe. Sie fährt eine Weile, dann sieht sie sich um. Das Mädchen ist weit zurückgefallen, das Gesicht von der grauen Mütze verdeckt. Wie ein Sack über dem Kopf.

«Kommst du?», ruft sie.

«Wo sind wir? Wohin gehen wir?»

«Noch ein Stückchen.»

«Können wir bald mal eine Pause machen?»

«Noch nicht!»

Monika steigert das Tempo. Es sind noch ein paar Kilometer bis zum Grat. Das Mädchen kriecht langsam hinter ihr her. Und jetzt ist es so weit. Jetzt ist der Abstand groß genug. Monika setzt erst den linken Ski neben die Spur, dann den rechten. Lautlos verlässt sie die Loipe, geht eineinhalb Meter zur Seite. Sie wartet.

Staksend und schiebend kommt das Mädchen langsam näher. Einen Stockschwung nach dem anderen. Näher und näher. Dabei singt sie mit ihrer seltsamen, dünnen Stimme:

Mein Herz ist hier zu Hause, in Jesu Krippenstall.
Dort sammeln sich meine Gedanken in unendlicher Zahl.
Dort lebt auch meine Sehnsucht, dort ruht mein Glaube sacht.
Ich werde dich nie vergessen, gesegnete Weihnachtsnacht.

Ihr Kopf wippt im Takt, die Mütze vor dem Gesicht.

Blinde Kuh! Monika hat Lust zu schreien, nur um zu sehen, wie sie erschrickt. Aber sie gibt keinen Mucks von sich. Sie hält die Luft an, rührt keinen Muskel. Und das Schneemäuschen merkt nichts, sie zieht einfach singend an ihr vorüber. Geht vorbei. Zwei Meter, fünf Meter. Zehn Meter.

Wenn das Mädchen hinter der Hügelkuppe verschwunden ist, wird Monika umkehren. Sie wird sich umdrehen und so schnell davonflitzen wie ein Tier. Wie ein Geist. Zurück zum Haus. Allein! Als ob nichts geschehen wäre! Aber das Mädchen geht nicht so weit. Noch nicht. In zwanzig Metern Entfernung bleibt sie stehen.

«Hallo?» Sie wartet. «Hallo! Monika?», ruft sie.

Zum allerersten Mal ruft das Mädchen nach ihr. Aus ihrem Mund klingt der Name merkwürdig, als gehörte es sich nicht, dass sie ihn ausspricht. Und genauso ist es ja auch.

«Monika!»

Die Stimme klingt ängstlich. Und für den Bruchteil einer Sekunde ist Monika versucht zu antworten. Sie spürt einen Schmerz in der Brust, blitzartig und scharf. Fast hätte sie den Mund geöffnet und gerufen: «Ich bin hier, mein Schatz!»

Aber sie tut es nicht. Natürlich nicht.

«Hallo?»

Monika ist so still wie das Gebirge. Still wie die Hochebene, wie die Ewigkeit, die sich um sie herum erstreckt. Stumm wie die mächtigen Berggipfel im Nordwesten. Nicht ein Laut, nicht ein Atemzug. Oder? Doch, ein leichter Wind ist aufgekommen. Ein eisiger Windstoß trifft sie von hinten. Sie schaut zu der Gestalt hinauf, die noch immer dort oben steht. Die Gesichtslose dreht sich in ihre Richtung, als könnte sie sehen. Sieht sie etwas? Monika steht wie angewurzelt da, rührt keinen Finger. Sie denkt: Ich bin unsichtbar. Hier ist niemand.

Und schließlich dreht sich das Mädchen um. Der kleine weiße Mensch. Verwirrt. Verzweifelt. Monika schluckt.

«Jetzt geh schon», flüstert sie unhörbar. Geh. Über den Hügel. Weiter ins Gebirge, ins Unbekannte. Hinein in die Halle des Bergkönigs. Geh auf den Grat, aufs Schneebrett. Fall hinunter. Verschwinde.

Aber das Mädchen lässt sich Zeit. Mit unsicheren Bewegungen öffnet sie ihren Rucksack und zieht eine Thermoskanne hervor. Sie füllt ihre Tasse. Trinkt und wartet. Sie hat doch tatsächlich auch noch etwas zu essen dabei! Ist das Schokolade? Monika spürt den süßen Geschmack auf der Zunge, ihr knurrt der Magen, ein kleiner Snack wäre jetzt nicht schlecht. Aber sie hat keinen Proviant eingepackt. Sie hat nur Wasser. Bald muss sie etwas trinken. Vielleicht sättigt das Wasser aus der Thermoskanne ja auch ein bisschen. Es wird sie jedenfalls wärmen. Aber noch ist nicht der richtige Moment. Mit ihren scharfen Mauseohren kann das Mädchen die leiseste Bewegung hinter sich wahrnehmen. Das Rascheln von Monikas Rucksack zum Beispiel. Also bleibt sie steif und unbeweglich stehen und hält den Atem an. Allmählich beginnt sie zu frieren. Sie ist ja so schnell gelaufen, hat geschwitzt. Sie will schnell zurück, deshalb hat sie sich keine wollene Unterwäsche angezogen. Der Wind bläst durch den dünnen Skianzug. Aber sie muss einfach hier stehen bleiben, kann nicht weiterlaufen. Noch nicht.

Endlich packt das Mädchen seine Sachen zusammen und geht langsam weiter in Richtung Hügelkuppe. Und verschwindet schließlich. Monika atmet tief durch, wartet noch ein Weilchen, dann dreht sie sich um und fährt talwärts. Denselben Weg, den sie gekommen ist.

Obwohl es erst für den Abend vorhergesagt war, hat der Wind bereits zugenommen. Er beißt im Gesicht, als sie die steilen Hänge hinunterfährt. Als sie zum Himmel blickt, sieht sie große schwarz-graue Wolken, dunkle Ungetüme, die sich höllisch schnell zusammengebraut haben müssen. Monika verflucht die Meteorologen, die sich derart geirrt haben. Aber so ist es eben in den Bergen, das Wetter ändert sich schneller als anderswo. Das Gebirge macht, was es will. Als würde es die Dämonen herbeirufen.

Monika befühlt ihre Wunden. Die armen kleinen Wunden, die eigentlich in Ruhe verheilen und nicht der Sonne, dem Frost und dem Eiswind ausgesetzt sein sollten. Es spannt. Sie hält an und zieht die dünne Mütze runter, den Schal hoch. Aber der Wind geht geradewegs hindurch, geht durch Mark und Bein. Sie denkt an den dicken Wollpulli, der in der Kommode in ihrem Schlafzimmer liegt. An die Outdoorjacke mit Kapuze und Pelzbesatz, die an der Garderobe hängt. Warum hat sie die nicht angezogen? Weil sie rot ist. Darum. Rot ist in einer Schneelandschaft gut sichtbar. Wie ein Blutfleck auf einem Laken. Sie wollte sich tarnen – vor dem Mädchen. Wie das Mädchen vor denen getarnt sein soll, die sich auf die Suche nach ihr machen.

Als sie sich der Stelle nähert, wo sich die Loipen treffen, hat auch das Schneegestöber zugenommen. Wind und Schnee verschleiern alles, was um sie herum ist. Sie sieht das Schild nicht, falls es überhaupt da ist. Sie kann die sich kreuzenden Loipen nicht erkennen. Sie kann überhaupt nichts sehen. Aber sie hat ja die Karte und einen Kompass. Sie zieht die Handschuhe aus. Ihre Finger sind steif, aber sie schafft es, die Landkarte aus dem Rucksack zu holen. Zitternd entfaltet sie die Karte, versucht, sie ruhig zu halten. Aber der Wind lässt sie so flattern, dass es unmöglich ist, irgendetwas zu erkennen. Da kommt ein heftiger Windstoß und reißt ihr das große Blatt Papier aus den Fingern. Es erhebt sich in die Luft wie ein Vogel und schlägt mit den Flügeln. Dann fliegt es davon.

Aus ihrem Inneren steigt ein Schluchzer auf, Tränen sammeln sich in den müden Unterlidkanten, liegen dort wie Wasser in der Dachrinne. Bevor sie dann dort zu Eis gefrieren. Nein, nicht weinen! Sie tastet nach den Handschuhen, versucht, sie überzustreifen, aber sie kann die steifgefrorenen Finger nicht mehr bewegen. Sie geht weiter, schafft es jedoch kaum, mit ihren Eiszapfenfingern die Stöcke zu halten. Sie geht noch ein Stück, ehe sie kraftlos und vor Kälte erstarrt anhält. Der Wind bläst sie um. Sie sinkt in den Schnee und versucht, sich zusammenzukauern, um sich warm zu halten, während der Schnee ihr über den Rücken peitscht.

Du lieber Himmel, was habe ich getan.

Sie hält sich die starren Hände über die Augen, über die Wangen. Ihr Gesicht ist so unbeweglich wie eine Gipsmaske. Eine Totenmaske. Sie muss es schützen, warm halten. Und nach einer Weile spürt sie es: Ja, es wird wärmer! Tatsächlich wird ihr langsam wieder warm. Es ist unglaublich, aber in ihrem Körper breitet sich eine Hitze aus.

Sie glaubt, ein Knirschen gehört zu haben, und öffnet die Augen. Sie meint, etwas zu sehen. Aus dem Weiß löst sich ein Geist, eine Gestalt. Die Schneekönigin? Nein. Es ist der Tod. Er will sie mitnehmen. Ich will nicht, flüstert sie. Will nicht sterben. Und gleichzeitig ist er so schön, so gut, ein leuchtender Engel. Der Todesengel. Weiß wie ein Geist. So etwas Schönes hat sie noch nie gesehen.

«Bist du es?», flüstert sie.

«Komm jetzt, hoch mit dir. Komm», sagt der Engel und zieht an ihr, zerrt und zupft. «Komm. Nicht einschlafen. Stell dich hin. Auf die Füße mit dir. Hier entlang.»

Ich kenne diesen Wind, kenne seinen kalten Atem, das ist der Nordwind. Ich weiß, wann er fauchen, brausen, jammern, heulen will. Ich merke, wenn er seine Stimme hebt. Wenn der Schnee nicht mehr sanft herabfällt, sondern wütend angefegt kommt, um die Welt aus-

zulöschen. Ich weiß, wie er ist. Und wo. Ich war schon hier. Der Weg ist noch derselbe, auch wenn er nicht sichtbar ist. Ich spüre ihn tief in mir. In den Augäpfeln, diesen beiden umgekehrten Sonnen. Wenn das Licht sich draußen verdunkelt, kehrt im Inneren Ruhe ein.

Sie ist schwer, sie ist groß, sie hat Augen wie Steine, sie ist meine Stiefmutter. Ich habe gesehen, wie sie weint. Sie weinte, als ich kam, und hat mich umarmt, als ich mich über sie beugte. Sie wäre verschwunden, wäre weg gewesen, sie war schon ganz kalt. Aber mancher Dinge kann man sich nicht einfach entledigen. Irgendwann holt einen alles wieder ein. Man lebt, auch wenn man stirbt. Aber wenn man stirbt, obwohl man lebt, ist das fast noch schlimmer. Die Seele ist ewig. Hat Mama gesagt und ist gestorben. Wenn du nicht das Richtige tust, stirbst du innerlich. Ich habe sie eingeholt, habe sie auf die Beine bekommen. Eine Frau so steif wie eine Statue aus Stein oder Salz oder Eis. Jetzt hängt sie schwer auf meinem Rücken. Nach Hause, und dann wird sie aufgetaut.

Robert Kviby

Abends halb zehn
am Tag vor Weihnachten

Aus dem Schwedischen von
Lotta Rüegger und Holger Wolandt

1

19.30 Uhr

«Du bist wirklich ein erfreulicher Anblick», sagte er und betrachtete den Weihnachtsbaum, meinte aber sich selbst. Er war der Letzte, der in der Redaktion die Stellung hielt: Sverker Beckman, zweifacher Gewinner des Großen Journalistenpreises, immer noch in dem Ruf stehend, ein vielversprechendes junges Talent zu sein. Gerade unterhielt er sich mit dem Plastikweihnachtsbaum über einen scheinbar zufälligen Totschlag, für den es möglicherweise eine neue Erklärung gab. Eine Erklärung, die aus dem Totschlag einen vorsätzlichen Mord machen würde.

Er trank den letzten Schluck seiner vierten Tasse alkoholfreien Glöggs. Der viele Zucker gab ihm Energie. Der kleine CD-Player auf seinem Tisch spielte Arien von Maria Callas. Die CD war das diesjährige Weihnachtsgeschenk der Zeitung an die Angestellten, das beste seit langem.

Seine Familie war zu Hause. «Wie der Rest Schwedens», hatte ihn seine Lebensgefährtin und die Mutter seiner Kinder eine Stunde zuvor am Telefon erinnert. Draußen fiel Schnee, und er wusste, dass sie gerade den Weihnachtsbaum schmückten. Die Nachbarn würden bald mit einer Flasche Wein in der Hand vor der Tür stehen, und das Herz würde ihr mit jeder Stunde schwerer werden vor Enttäuschung, weil sie – wieder mal – allein mit den Nachbarn auf dem Sofa hockte. Auch das war schon Tradition. Trotzdem konnte er sich noch nicht überwinden, die Redaktion zu verlassen und den kurzen Weg nach Hause zu gehen. Er hatte ihr versprochen, spätestens um halb zehn einen Schlussstrich zu ziehen und sich auf den Heimweg zu machen.

Vor ihm auf dem Schreibtisch lagen sie, die Unterlagen. Darin fand sich wie immer die Lösung, die Antwort, der Grund für seine Berufswahl: die Wahrheit. Er hatte das Material in neun ordentliche Stapel sortiert. Das war seine Methode. Er nahm sich die entsetzliche, unsortierte Wirklichkeit vor, organisierte sie, und sofort war ihm wohler. Die Chance, die kleine Abweichung zu finden, die zur Lösung führte, war gestiegen. Darin lag seine größte Stärke: Muster wiederzuerkennen. Er ging alles immer wieder durch, schließlich fand er irgendwo eine kleine Abweichung, und die führte ihn dann weiter. Auf diesem Gebiet war er ein Genie. Auf anderen dagegen nicht so sehr. Und heute Abend würde er dieses Genie walten lassen müssen, um seine Schwachpunkte wieder wettzumachen. Morgens im Flur hatte sie noch gesagt: «Setz diese Begabung, von der du immer redest, doch mal dafür ein, heute Abend rechtzeitig nach Hause zu kommen. Schließlich ist morgen Weihnachten.» Sie liebte ihn. Aber was er tat, hasste sie manchmal.

Das Puzzle auf dem Schreibtisch war fast komplett, und noch vor halb zehn würde er die letzten Teile einfügen.

Der Vorfall war ihm im Herbst, ein paar Wochen nachdem er sich ereignet hatte, zu Ohren gekommen. Beckman hatte sich die Sache angesehen und sofort gespürt, dass irgendwas nicht stimmte. Irgendwas deutete darauf hin, dass jemand etwas zu verbergen hatte – und es für ihn folglich etwas zu enthüllen gab.

Die Umstände: Einbrecher dringen an einem späten Montagabend in ein Reihenhaus in einem Vorort ein. Neunter September. Der Mann und die Frau sind zu Hause. Er ist Polizeibeamter der alten Schule, und es wird viel über ihn gemunkelt. Kaputte Ehen und kaputte Nasen. Er überrascht die Eindringlinge im Erdgeschoss. Möglicherweise unterschätzt er sie, er geht davon aus, die Lage im Griff zu haben. Ein Fehler. Er wird erschossen und ist vermutlich tot, noch ehe sein Kopf auf dem Fußboden auftrifft. Doch alles, was bei dem Raubüberfall gestohlen wird, ist ein Gemälde.

Einer der Nachbarn hatte eine Überwachungskamera auf seiner Garage montiert, die das Nummernschild eines Fahrzeugs aufzeichnet. Das Auto trifft kurz vor dem Zeitpunkt ein, den die Frau des ermordeten Polizisten angegeben hatte und der auch mit dem ihres Notrufs übereinstimmte. Kurz darauf verschwindet das Fahrzeug wieder.

Das Bild der Überwachungskamera lag vor Sverker Beckman auf dem Schreibtisch. Ein Auto. Wie sich gezeigt hatte, ein Mietwagen von einer der kleinen Autovermietungen in der Innenstadt. Ein Mann hatte ihn unter falschem Namen gebucht. Wahrscheinlich hatte er eine Summe extra gezahlt, um sich nicht ausweisen zu müssen, und außerdem eine sehr hohe Kaution hinterlegt. Der Vermieter hatte eine gute Personenbeschreibung geliefert. Puzzleteil Nummer eins.

Die Polizei hatte dem Fall nicht sonderlich viel Aufmerksamkeit gewidmet und wie einen gewöhnlichen Totschlag behandelt. Das wunderte ihn, zumal es einen ihrer eigenen Leute erwischt hatte, und er vermutete, dass der Beamte bei seinen Kollegen nicht sonderlich beliebt gewesen war. Ein Polizist, den Beckman zufällig kannte, war mit den weiteren Nachforschungen betraut worden. Sein Resümee klang ausgesprochen desillusioniert: «Hör mal zu, diese blöden Phantombilder haben noch nie funktioniert. Es ist wirklich übel, wenn ein Kollege draufgeht, aber diese Burschen schnappen wir erst, wenn einer von ihnen sich bei einem weiteren Einbruch erwischen lässt und seinen schießwütigen Kumpan verpfeift.»

Sverker Beckman bezweifelte dies.

Der müde Polizist saß zu Hause und betrank sich mit Glögg.

Bald würde Beckman das letzte Puzzleteil einfügen und einen Fall lösen, bei dem der Schein trog.

2

Die Frau des Ermordeten hieß Minna. Ihrer Zeugenaussage hatte Sverker Beckman entnommen, dass ein oder zwei Männer ihr Haus betreten hatten. Stimmen waren zu hören gewesen, aggressiv und gestresst. Ihr Mann hatte die Eindringlinge im Erdgeschoss überrascht. Ein Schuss war abgefeuert worden. Als sie sich endlich nach unten wagte, hatte sie ihren Mann tot vorgefunden.

Sverker Beckman wusste, dass Minna sich gerade auf der Entbindungsstation im Krankenhaus Danderyd befand und schon bald ein Kind gebären würde. Ganz allein mit ihren Gedanken. Wenn sie die Wahrheit gesagt hatte, dachte sie an das Kind und die Zukunft. Doch hatte sie auch nur die kleinste Lüge ausgesprochen, so würde dieser Umstand sie beschäftigen. Die Lüge würde das ganze Zimmer erfüllen und sich in ihren Augen widerspiegeln. Gern wäre er hingefahren, aber er hatte bewusst darauf verzichtet. Am Schreibtisch konnte er mehr erreichen.

3

20.00 Uhr
Seine erste Begegnung mit Minna hatte ihn davon überzeugt, dass sie log.

Er besuchte Minna Klasson in dem Reihenhaus, in dem ihr Mann Harry gestorben war. Sie öffnete ihm die Tür in einem nachthemdartigen Kleid. Ihrem Gesicht nach zu urteilen, war sie schmal, aber das Gewand ließ ihre Figur üppig erscheinen.

Sie wechselten ein paar Höflichkeitsfloskeln, und er dankte ihr, dass sie sich die Zeit nahm, ihn zu treffen.

«Es wurde also etwas gestohlen?»

«Ein Gemälde. Nicht wertvoll, aber vielleicht sah es ja kostbar aus. Ich kenne mich mit diesen Dingen nicht aus.»

Er sah sich im Zimmer um und deutete auf die leere Wand neben dem offenen Kamin. Minna nickte.

Das Gemälde, das nicht mehr in ihrem Haus hing, war die einzige Beute der oder des Einbrechers. Auf Kosten eines Mords. «Finden Sie es nicht auch seltsam, dass jemand einen Einbruch verübt, nur um ein Gemälde zu stehlen, das nicht sonderlich viel wert ist? Und dann noch einen Menschen ermordet, um zu entkommen?»

«Ich weiß nicht.» Sie seufzte und strich mit den Händen über ihr Kleid. Es knisterte. «Die Welt ist nicht mehr, was sie einmal war.»

«Können Sie mir etwas über das Gemälde erzählen?»

«Ich habe alles zu Protokoll gegeben, fragen Sie die Polizei.»

«Ich möchte Ihnen nur helfen.»

«Und ich sage Ihnen, dass ich Ihre Hilfe nicht brauche.»

4

Stapel Nummer zwei des von ihm zusammengetragenen Materials verriet, dass sich Minna und Harry kurze Zeit nach seinem 18 Monate währenden Auslandseinsatz in einer Karaokebar in der Innenstadt kennengelernt hatten. Offenbar verkehrten dort überwiegend Polizisten und Krankenschwestern, jemand hatte einmal flapsig den Ausdruck «Blaulichtparty» dafür geprägt. Die beiden hatten ihre Träume in einer Karaokebar gesucht und gefunden.

Schon bald hatten sie zwei Kinder bekommen. Erst einen Jungen und dann ein Mädchen.

20.30 Uhr

Er nahm eine halbvolle Schachtel Zigaretten aus der Schreibtischschublade. Eigentlich rauchte er nicht. Nur wenn er es absolut nötig hatte. Um eine Aufgabe zu verrichten, der er mit gutem Gewissen fünf Minuten Lebenszeit opferte. Das verkündete ihm schon sein Fünfjähriger: Eine Zigarette verkürze das Leben um fünf Minuten. Was man im Kindergarten heutzutage alles lernt, dachte er. Und was man alles der Wahrheit opfert, dachte er dann, als er den ersten tiefen Zug tat.

Er fasste in die Tasche seines Jacketts, um sich zu vergewissern, dass er noch Kaugummis hatte. Dann zog er Stapel Nummer drei zu sich heran.

Kurz vor der Begegnung mit dem Nachbarn hatte er erwogen, die Sache nicht weiterzuverfolgen. Er hatte zwar nicht vorgehabt, aufzugeben, wollte aber die Angelegenheit erst einmal ruhenlassen, wie wenn man ein Buch beiseitelegt. Oft weiß man insgeheim, dass man es nicht mehr zur Hand nehmen wird. Trotzdem lässt man es sichtbar herumliegen. In diesem Fall hatte er sich tatsächlich noch einmal aufgerafft, hatte das Gefühl ignoriert, den Mord im Reihenhaus dauerhaft auf den Nachttisch gelegt zu haben, und war stattdessen losgefahren, um sich mit dem Nachbarn zu unterhalten.

«Doch, den habe ich schon mal gesehen», sagte der Mann und gab ihm das nach der Beschreibung des Autovermieters angefertigte Phantombild zurück. Jenes Bild, von dem der müde Polizist, der inzwischen zu viel Glögg getrunken hatte, nichts hatte wissen wollen. «Aber wenn Sie glauben, dass das der Einbrecher ist, muss ich Sie enttäuschen.»

«Diese Person wurde hier im Viertel gesehen», sagte Sverker Beckman, «und Sie wissen ja, wie das ist, jede Spur ist wichtig.»

«Mag sein, aber das ist jedenfalls ein Freund der Familie, glaube ich.»

«Wieso glauben Sie das?»

«Er geht bei ihnen ein und aus. Das ist ja wohl kaum die Arbeitsweise eines Einbrechers.»

«Wann haben Sie ihn das letzte Mal gesehen?»

«Er war gestern hier. Er kommt ab und zu.»

«Wissen Sie etwas über ihn?»

Der Nachbar schüttelte den Kopf. «Ich vermute, ein Freund von Harry. Vielleicht vom Militär. Er war ja früher beim Militär, und dieser Bursche sieht irgendwie aus wie ein Soldat.» Er hielt inne und überlegte. «Allerdings aus einem anderen Land», meinte er dann. «Aber Sie können doch einfach Minna nach ihm fragen?»

«Natürlich», erwiderte Sverker Beckman. «Ich hatte nur noch nicht die Gelegenheit. Ich will sie nicht über Gebühr strapazieren. Sie hat schon genug durchgemacht, und ich merke, dass jede meiner Fragen die Wunden wieder aufreißt.»

«Das kann ich mir denken», erwiderte der Nachbar. «Was für eine Geschichte. Und alles nur wegen eines lausigen Bildes.»

«Sie meinen das Gemälde?»

«Das ‹Gemälde›, tja … Das klingt ein bisschen übertrieben. Es war zwar ein Ölbild, aber hier in der Straße haben es alle immer nur ‹Das große Familienporträt› genannt.»

Beckman sah den Nachbarn fragend an, und dieser fuhr fort: «Es war nach Vorlage eines Familienfotos angefertigt worden. Die Bilderbuchfamilie sozusagen, ziemlich kitschig, wenn Sie mich fragen. Das Teil sah so aus wie eines dieser Bilder aus den Broschüren der Zeugen Jehovas, wenn Sie sich darunter was vorstellen können. Ich habe ja nichts gegen diese Leute, aber ihre Bilder sind doch ein bisschen gruselig.»

«Ich verstehe, was Sie meinen. Aber warum entwendet jemand so ein Gemälde?»

«Ist mir völlig schleierhaft», erwiderte der Nachbar und schaute auf die Uhr.

«Eine letzte Frage: Haben Sie immer noch die Überwachungskamera an Ihrer Garage?»

«Ja. Ich habe eine Genehmigung dafür», erwiderte der Nachbar lächelnd. «Wieso?»

«Der Besuch dieses geheimnisvollen Mannes von gestern müsste also aufgezeichnet sein?»

«Vermutlich? Was genau wollen Sie wissen?»

«Was für ein Auto er fährt und das Kennzeichen.»

«Das Kennzeichen ist nicht zu entziffern. Dafür ist die Auflösung zu schlecht. Aber Marke und Baujahr des Autos kann ich Ihnen auch so sagen.»

6

Seine zweite Begegnung mit Minna fand statt, als sie gerade vor ihrem Haus geparkt hatte. Kaum war sie ausgestiegen, da hielt er ihr bereits das Phantombild unter die Nase.

«Es gibt jemanden, über den ich gerne mehr gewusst hätte», sagte er.

Sie nahm das Bild entgegen, sagte aber nichts.

Er sah, dass sie den Mann auf dem Bild erkannte. «Wer ist das?», fragte er.

«Wieso glauben Sie, dass ich das weiß?»

«Weil Ihre Nachbarn sagen, dass die Person auf dem Bild Sie ab und zu besucht.»

«Wer mich besucht, geht Sie nichts an.» Sie gab ihm das Bild zurück.

«Können Sie mir nicht helfen, mit ihm Kontakt aufzunehmen?»

Sie öffnete den Kofferraum, nahm einige Einkaufstüten heraus und ging auf die Haustür zu. «Erstens geht es Sie gar nichts an, wer mich besucht und warum, und zweitens sieht keiner meiner Bekannten diesem Mann ähnlich. Und drittens will ich keine weiteren Fragen beantworten.»

Er musste nur zwei Stunden warten, da stieg Minna wieder in ihr Auto und fuhr in Richtung Süden. Sie traf den Mann auf einem Parkplatz in Kungens Kurva. Anschließend folgte Sverker dem Mann zu einem Wohnviertel in der Nähe. Laut Nummernschild gehörte der Wagen einem Julius Koroma. Er war mit einer Frau namens Inatorma verheiratet. Beide waren in dem Haus gemeldet, in das Julius verschwunden war.

Am Tag darauf wartete Beckman, bis der Wagen zurückkehrte. Es war die Frau. Inatorma. Sie hatte eingekauft, und auf der Beifahrerseite war diesmal ein Kindersitz befestigt, der am Tag zuvor noch nicht dort gewesen war. Er nickte ihr zu.

8

21.00 Uhr
Sverker Beckman genehmigte sich eine weitere Zigarette und wählte eine Telefonnummer, die auf dem obersten Blatt des fünften Stapels stand.

«Entschuldigen Sie, dass ich jetzt noch störe, am Tag vor Heiligabend.»

Sie hatten sich einige Tage zuvor unterhalten, und der andere hatte ihm ausdrücklich gesagt, er dürfe sich jederzeit noch einmal melden. Wahrscheinlich hatte er jedoch nicht diesen Zeitpunkt gemeint.

«Kein Problem, Weihnachten fängt schließlich erst morgen an.» Der andere lachte.

Sverker dachte: Meine Frau ist da anderer Meinung.

«Womit kann ich Ihnen helfen? Ich vermute, es hat etwas mit unserem letzten Gespräch zu tun.»

Er und seine Frau waren mit dem Paar befreundet gewesen, mit Ina und Julle, wie er sie nannte: dem Mann, der Minna besuchte, und der Frau mit dem Kindersitz.

«Ich wollte mich nur erkundigen, ob Ihnen seit unserer Unterhaltung noch irgendwas eingefallen ist.»

«Es tut mir leid, wenn ich Sie enttäuschen muss. Aber wie ich bereits letztes Mal sagte: Wir haben uns oft getroffen, als sie neu in Schweden waren. Aber dann sind sie weggezogen, und der Kontakt ist abgerissen. Das war vor einem Jahr.»

«Und nie wieder was gehört?»

«Nie wieder», bestätigte er. Dann fuhr er fort: «Ehrlich gesagt habe ich, nachdem Sie mich kontaktiert hatten, sogar die Nummer angerufen, die die beiden uns bei unserem letzten Treffen hinterlassen hatten.»

Sverker richtete sich auf. «Und?»

«Nichts, ‹kein Anschluss unter dieser Nummer›.» Er seufzte. «Es ist immer traurig, wenn Menschen, die einem nahezustehen schienen, plötzlich verschwinden. Wenn sie einen offensichtlich nicht mehr in ihrem Leben haben wollen. Ist Ihnen das schon mal passiert?»

«Nein, das kann ich nicht behaupten.»

«Seien Sie froh.»

«Die beiden hatten sicher ihre Gründe.»

«Ja, das bezweifle ich gar nicht. Ich weiß, dass das Leben für sie die Hölle war. Lange Zeit.»

«Hoffentlich hilft es ihnen weiter, dass sie jetzt eine Familie gegründet haben.»

«Wie meinen Sie das?»

«Das Kind. Es müsste doch inzwischen zur Welt gekommen sein?»

Der andere schwieg. «Es tut mir leid, aber das müssen Sie missverstanden haben. Ina kann keine Kinder bekommen.»

Er legte die wenigen Papiere des Stapels Nummer acht vor sich hin. Das Material über Inatorma und Julius.

Inatorma arbeitete bei einer mittelgroßen Putzfirma in Sickla. Eine von denen, die in den letzten Jahren entstanden waren, seit man Haushaltshilfen von der Steuer absetzen konnte.

Julius hatte keine Anstellung gefunden, seit das Paar 2003 aus Sierra Leone nach Schweden gekommen war.

Sverker Beckman streckte die Hand nach dem neunten und letzten Stapel aus, hielt aber mitten in der Bewegung inne.

10

21.15 Uhr
Beckman schaute auf die Uhr. Teils hatte er sein Versprechen eingehalten: Er hatte die Redaktion vor halb zehn verlassen. Teils hatte er es auch gebrochen: Er war nicht auf dem Weg nach Hause. Sondern in einem Taxi auf dem Weg zum Krankenhaus Danderyd.

11

Harry Klasson hatte sich zu Beginn des neuen Jahrtausends ein Jahr lang von der Stockholmer Polizei beurlauben lassen, um für ein privates Militärunternehmen in Sierra Leone zu arbeiten. Kollegen, die ebenfalls dort gewesen waren, hatten ausgesagt, die Tätigkeit sei vielfältig gewesen. Bei seinem Eintreffen hatte sich das Land seit fast zehn Jahren im Krieg befunden, und das Meiste war erlaubt.

Harry hatte zusammen mit Kollegen eine Frau zum Verhör abgeholt. Ihr Mann hatte mit der Rebellenarmee zusammengearbeitet, die den Waffenstillstand nicht einhielt. Sie war in Freetown gefangen gehalten worden. Die Soldaten taten, was sie für erforderlich hielten, um sie zur Preisgabe des Verstecks ihres Mannes zu zwingen. Sie wurde über hundert Mal vergewaltigt, ohne etwas anderes als Schmerz preiszugeben.

Ende 2003 kamen Inatorma und Julius Koroma nach Schweden. Nach einem Jahr fand sie eine Arbeit als Putzfrau. Eines Tages putzte sie in einem Reihenhaus mit einem Ölbild im Wohnzimmer, das die Bewohner des Hauses zeigte. Sie sah den Mann, der sie während des Albtraums in Freetown festgehalten hatte.

12

21.30 Uhr

Als er das Zimmer betrat, lag Minna im Bett. Ihre Augen waren gerötet. Sie hatte geweint. Auf ihrer Brust lag das Neugeborene. Neben dem Bett saßen Inatorma und Julius Koroma. Alle drei sahen ihn an, und er erwiderte ihre Blicke. Er sah, dass sie verstanden. Dass er Bescheid wusste. Dass Inatorma und Julius Koroma Minna vor eine Entscheidung gestellt hatten. Sie hatte wählen müssen: Harrys Leben und das Kind waren der Preis dafür gewesen, dass sie und die beiden älteren Kinder am Leben geblieben waren.

In gewisser Weise konnte Sverker Beckman sie verstehen. Aber das spielte keine Rolle.

Er schloss die Tür und zog sein Telefon aus der Tasche. Sie alle waren schuldig. Doch das Kind war unschuldig.

Er seufzte und wählte die Nummer eines vernünftigen Polizisten, den er gut kannte. Um halb zehn am Abend vor Weihnachten.

MICHAEL HJORTH
UND HANS ROSENFELDT

Im Schrank

Aus dem Schwedischen von
Ursel Allenstein

Im Schrank war es kalt. Viel kälter als erwartet. Es zog aus irgendeiner Ecke, und die Tatsache, dass er nackt war, machte die Situation nicht gerade angenehmer. Sebastian sah sich um.

Ein Kleiderschrank.

Wie erniedrigend.

Es war zwar eines dieser etwas größeren, begehbaren Modelle, aber dennoch …

Er streckte sich vorsichtig und zog das Kleidungsstück vom Bügel, das am nächsten hing. Irgendeine Strickjacke, die ihm viel zu klein war. Es war ihr Schrank. Sebastian legte sich die Jacke über die Oberschenkel. Viel half es nicht, aber immerhin fühlte er sich weniger nackt.

Er hörte die beiden draußen reden. Vermutlich saßen sie in der Küche, das Klirren der Kaffeetassen ließ darauf schließen. Am vorausgegangenen Abend hatte Sebastian sich knutschend und ohne Umwege ins Schlafzimmer vorgearbeitet, weshalb er keine Ahnung hatte, wie der Rest der Wohnung aussah. Die Frau lachte gelöst, es klang wie ein ganz normaler Vormittag im Leben eines verheirateten Paares. Nichts deutete darauf hin, dass sie erst vor wenigen Minuten einen nackten Liebhaber in ihrem Schlafzimmerschrank versteckt hatte.

«Musst du heute gar nicht zur Arbeit?», fragte sie ihren Mann.

Sebastian spürte, wie sein linkes Bein allmählich einschlief, und er wechselte vorsichtig die Sitzposition. Dann rückte er näher an die Schiebetür und öffnete sie behutsam einen kleinen Spaltbreit, damit er besser lauschen konnte.

«Nein, brauche ich nicht», antwortete der Mann, der laut dem Polizeibericht, den Sebastian gelesen hatte, Ove Wiktorsson hieß, 54 Jahre alt war und als Wirtschaftsprüfer bei der Kommune beschäftigt. «Die Stockholmer haben die Besprechung abgesagt. Deshalb konnte ich ja auch schon heute früh wieder zurückfliegen. Hat die Polizei sich noch einmal gemeldet?»

«Ja, gestern waren welche da und haben nach dir gefragt.»

«Aha. Kannst du dich an ihre Namen erinnern?»

«Nein, tut mir leid.»

Sie war eine gute Lügnerin, diese Helen oder Helena, Sebastian konnte sich nicht erinnern, ob ihr Name auf a endete oder nicht. Die Schreibweise ihres Vornamens war für ihn zweitrangig gewesen, als er, einige Stunden nachdem Ursula und er die Wohnung verlassen hatten, zurückgekehrt war. Bei ihrer ersten Begegnung hatte Helen/Helena neugierig mit ihm geschäkert, als wäre es ihr nicht recht gewesen, dass es nur um ihren Mann ging. Und Sebastian Bergman hatte ihr natürlich seine volle Aufmerksamkeit geschenkt.

«Dann könnten wir ja was unternehmen», fuhr sie dort draußen fort. «Wie wäre es mit einem Spaziergang?»

Sebastian konnte förmlich hören, wie ihr Mann den Kopf schüttelte. «Vielleicht heute Nachmittag. Ich muss noch ein bisschen was arbeiten. Aber geh du doch ruhig, dann können wir anschließend zusammen Mittag essen.»

Der Stuhl scharrte über den Boden, als Ove aufstand und in den Flur ging. Für eine Sekunde konnte Sebastian ihn durch den schmalen Spalt hindurch erspähen. Er sah durchschnittlich, aber nett aus. Auf jeden Fall sportlicher als Sebastian, sein Äußeres konnte sie also nicht in Versuchung geführt haben.

«Nein, eigentlich muss ich auch noch ziemlich viel erledigen», antwortete die Frau mit oder ohne a am Ende des Namens.

Sebastian seufzte leise und schloss die Augen. Das konnte ein langer Vormittag werden. Es war nicht das erste Mal, dass er von einem Ehemann überrascht wurde. Allerdings war er bislang gar nicht erst auf den Gedanken gekommen, sich zu verstecken. Er hatte sich lediglich angezogen, versucht, sich tätlichen Angriffen zu entziehen, und die Wohnung und das aufgebrachte Geschrei hinter sich gelassen. Die Konsequenzen hatte stets die Frau tragen müssen. Schließlich war sie ja untreu gewesen, nicht er. Aber diesmal war es anders. Diesmal konnte die Nummer auch für ihn Folgen haben.

Er hatte mit der Frau des Hauptzeugen geschlafen.

Während einer laufenden Ermittlung.

Nicht genug damit, dass die Zeugenaussage des Mannes dadurch womöglich unbrauchbar wurde. Torkel Höglund würde ihn diesmal definitiv aus der Reichsmordkommission feuern. Noch eine Chance würde er nicht bekommen. Nicht diesmal. Es gab schließlich Grenzen dafür, was man sich leisten konnte. Und so hockte er jetzt also in einem Kleiderschrank in der Ljunggatan 32 in Hässleholm und wartete. Er hoffte, dass der ahnungslose Ehemann plötzlich auf die Idee käme, eine Dusche zu nehmen, ein Nickerchen zu machen, auf den Balkon zu gehen oder irgendetwas anderes zu tun, was Sebastian fünf Minuten Zeit gab. Länger würde er nicht brauchen, um sich hinauszuschleichen und die potenzielle Katastrophe hinter sich zu lassen.

Ursula, die noch immer allein am Frühstückstisch im Stadshotellet saß, wurde allmählich ungeduldig. Torkel hatte ihr um 5.35 Uhr eine SMS geschickt:

Bin auf dem Weg nach Trelleborg.

Mit ihm hatte sie also auch nicht gerechnet. Aber Sebastian und sie hatten ein Treffen für 8 Uhr vereinbart, um die erste Vernehmung vorzubereiten. Jetzt war es schon Viertel nach, und noch immer keine Spur von ihm. Sie seufzte. Dabei war es sogar Sebastians Idee gewesen, zuerst Lena Hansson zu befragen, die Frau des Ermordeten. Er war der Meinung, sie sollten ihr die Bilder von der Überwachungskamera zeigen, die sie gestern erhalten hatten. Das war typisch Sebastian Bergman. Völlig schizophren. Zu Beginn war er vollkommen desinteressiert an dem Fall. Beschwerte sich. Fühlte sich unterfordert. Dann plötzlich machte er eine Kehrtwende und wollte jeder Idee nachgehen, die ihm kam. Versuchte, Motive und Möglichkeiten fernab des Wahrscheinlichen zu erkennen.

Nur weil es wahrscheinlich ist, muss es noch lange nicht wahr sein, pflegte er zu sagen.

Ursula glaubte, dass er sich im Grunde genommen nur langweilte und zeigen wollte, wie gut er war. Seine Notwendigkeit unter Beweis stellen, obwohl er eigentlich keine Funktion erfüllte. Was das anging, konnte Ursula ihn beinahe verstehen. Für Torkel hätte eigentlich kein Anlass bestanden, einen Kriminalpsychologen einzuschalten. Seine offizielle Begründung war Personalmangel – Billy hatte er an die Polizei in Norrbotten ausgeliehen, und Vanja feierte ihre Überstunden ab und war mit ihrer Familie im Skiurlaub –, aber Ursula war sich ziemlich sicher, dass Torkel eigentlich ein Zeichen hatte setzen wollen. Wenn Sebastian ein ständiges Mitglied des Teams sein wollte, musste er auch zur Verfügung stehen. Selbst wenn alles an diesen Ermittlungen für ihn in die falsche Richtung zeigte.

Nämlich in Richtung Osten, auf eine Bande auf Raubzug.

Sebastian hasste Fälle, in denen es um osteuropäische Diebesbanden ging. Ursula konnte das nachvollziehen. Natürlich konnte es in diesen Gruppen ebenfalls interessante Charaktere geben, die zu Gewalt und Brutalität fähig waren, aber das eigentliche Motiv war immer Geld. Und was noch viel schlimmer war: Sie redeten grundsätzlich nicht mit der Polizei und erst recht nicht mit einem Kriminalpsychologen. Um sie zu überführen, war ganz klassische polizeiliche Ermittlungsarbeit erforderlich. Und deshalb tat Sebastian natürlich alles dafür, etwas zu finden, was in eine andere Richtung wies. Das Wahrscheinliche war ihm zu langweilig.

Es hatte am vergangenen Freitag begonnen. Tord Hansson, ein 52-jähriger Antiquitätenhändler, war gefesselt und erschlagen in seinem Laden in der Storgatan im südschwedischen Nest Hässleholm aufgefunden worden. Ziemlich bald bemerkte Roland Tapper, der zuständige Kommissar, dass die Vorgehensweise an einen Raub in Malmö vor einigen Monaten sowie an einen Einbruch bei einem anderen Antiquitätenhändler in Varberg in der vergangenen Woche erinnerte. Beide Male waren die Überfallenen gefesselt und körperlich misshandelt worden, aber diesmal waren die Verletzungen so schwer gewesen, dass das Opfer daran gestorben war. Tapper hatte die Verstärkung der Reichsmordkommission angefordert. Nicht immer meldete sich die Polizei vor Ort so schnell, aber Ursula hielt Tapper für einen sehr kompetenten Kollegen, insbesondere nachdem sie gesehen hatte, wie sorgfältig er die Zeugenaussagen aufgenommen hatte.

Tord Hansson war mit schwarzen Kabelbindern hinter dem Ladentresen gefesselt und anschließend mit wiederholten Schlägen auf den Kopf getötet worden. Im Obduktionsbericht war von mindestens zweiundzwanzig Verletzungen infolge stumpfer Gewalt die Rede. Noch hatte man am Tatort keinen Gegenstand gefunden, der mit den festgestellten Quetschungen übereinstimmte, und neigte daher zu der Annahme, dass der Täter die Mordwaffe mitgenommen hatte.

Die von Telia angeforderte Verbindungsliste zeigte, dass Tord sein letztes Telefongespräch um 15.36 Uhr geführt hatte, mit seiner Frau. Er hatte ihr erzählt, dass er länger arbeiten würde, um einige Stücke aus einer Haushaltsauflösung wegen Todesfall abzuholen. Und dass er hoffe, gegen acht wieder zu Hause zu sein. Ein Zeuge, Ove Wiktorsson, hatte um Punkt 16.45 Uhr vor der Tür geparkt. Das wusste er dank des Parkscheins, den er gewissenhaft gelöst hatte, obwohl das Parken ab 17 Uhr kostenlos war. Ove Wiktorsson war sich sicher, dass vor ihm ein heller Wagen mit polnischem Kennzeichen gehalten hatte. Als Ove nach einer Stunde und fünfundvierzig Minuten wieder zurückgekommen war, hatte er bemerkt, dass die Tür des Antiquitätengeschäfts lediglich angelehnt war. Das fand er seiner eigenen Aussage nach merkwürdig, da es im Laden dunkel war und alle anderen Geschäfte bereits geschlossen hatten. Er spähte hinein und sah trotz des spärlichen Lichts Porzellan, Glasvasen und andere Gegenstände zerschlagen und verstreut auf dem Boden liegen. Die Leiche sah er jedoch nicht, weil er draußen stehen blieb und die Polizei alarmierte. In diesem Moment fiel ihm auch auf, dass das polnische Auto weg war.

Ove hatte den Wagen später als Nissan Primastar identifiziert, aber es gab mehrere Autobauer, die Karosserien diesen Typs herstellten, sodass die Fahndung der Reichsmordkommission auch ähnliche Modelle von Toyota, Citroën und Opel miteinbezog. Als Erste war Polizeimeisterin Ingrid Bondesson vor Ort gewesen. Nach ihrem Protokoll kam sie um 18.45 Uhr an, nachdem sie den Ruf über den Polizeifunk gehört hatte. Bondesson war auch diejenige, die in den Laden gegangen war und den Toten gefunden hatte. Offenbar war sie nach dem Suizid ihrer Tochter erst seit kurzem wieder im Dienst und hatte beim Anblick der Leiche einen schweren Schock erlitten. Jetzt war sie erneut krankgeschrieben.

Die technische Beweislage war dünn. In der Hauptsache handelte es sich um den Film aus der Überwachungskamera, die Tord und seine Frau einige Wochen vorher im Laden installiert hatten. Um 16.45 Uhr war die Kamera von den beiden maskierten Tätern überklebt worden. Insgesamt waren die beiden Männer, die sich durch den Hintereingang Zutritt verschafft hatten – auf dem Video konnte man deutlich erkennen, wie sie vom Lager aus hereinstürmten –, exakt 2 Minuten und 4 Sekunden zu sehen, ehe sie die Kamera unschädlich machten. Die Männer trugen dunkle Trainingsoveralls, Handschuhe und Strumpfmasken. Sie agierten professionell, bewegten sich schnell und routiniert, und nur ein einziges Mal schienen sie zu zögern.

Eine Minute und 15 Sekunden nachdem sie das Ladenlokal gestürmt hatten, zeigte die Aufnahme Folgendes:

Tord wird von dem kleineren Mann auf den Boden gezwungen. Der hält ihm ein Messer an den Hals, um ihn zum Schweigen zu bringen. Alles scheint so abzulaufen, wie die Männer es geplant haben, aber plötzlich wirken sie verunsichert. Sie sehen sich suchend um. Ihre Körpersprache wirkt abwartend. Sie scheinen einige Worte zu wechseln, aber die Kamera hat kein Mikrophon. Nach kurzem Zögern dreht sich der Mann, der nicht mit Tord beschäftigt ist, in Richtung Kamera. Offenbar entdeckt er sie erst jetzt und springt herbei, zieht einen kleineren Tisch heran und klettert hinauf, damit er sie erreicht. Dann klebt er schwarzes Isolierband über die Kameralinse.

Nachdem sie die Sequenz genauer studiert hatte, ging Ursula von der Theorie aus, dass die Männer diesen Ort offenbar schon einmal besucht hatten, denn ihr Bewegungsmuster in der ersten Minute deutete darauf hin.

Sebastian fand das alles natürlich äußerst merkwürdig.

«Es ist, als wüssten sie es und wüssten es doch nicht. Als wären sie gut vorbereitet und hätten trotzdem ein so wichtiges Detail übersehen», hatte er gesagt.

Ursula erklärte, das hätte vermutlich damit zu tun, dass sie dort gewesen wären, *bevor* die Kamera eingebaut worden war.

«In diesem Fall hätten sie sie aber zu schnell entdeckt», hatte er entgegnet. «Da stimmt etwas nicht.»

Damit hatte er nicht unrecht. Die beiden Männer zeigten eine kurze, schwer erklärbare Unsicherheit in einem Verlauf, der ansonsten äußerst gut geplant schien. Konnte es sein, dass Tord etwas über die Kamera gesagt hatte, als er auf dem Boden lag? Drohte er ihnen damit, dass sie gefilmt wurden? Ursula hatte sich Bild für Bild vorgearbeitet, um zu sehen, ob Tord etwas zu dem Mann sagte, aber der Film war zu körnig, um eine Antwort auf diese Frage zu finden. Es war jedoch nicht ausgeschlossen. Und wenn er es gesagt hatte, war er dann deshalb erschlagen worden? Wer wusste von der Kamera? Hatte man sie an einem anderen Ort installiert als früher? Sie mussten mit Lena sprechen, der Frau des Opfers und Mitinhaberin des Ladens. Ursula blickte erneut auf die Uhr. Beschloss, mehr über Lena Hansson zu lesen, bis Sebastian kam. Wenn er schon keinen Wert darauf legte, vorbereitet zu sein – sie wäre es auf jeden Fall.

Ove Wiktorsson kam in Sebastians Blickfeld, als er am Schlafzimmer vorbeiging, in einige Papiere vertieft, die er wahrscheinlich gerade aus seinem Koffer im Flur geholt hatte. Sebastian hörte, wie der Mann irgendwo am anderen Ende der Wohnung Platz nahm. Es wurde still. Sebastian schob die Tür auf, so leise es ging. Horchte nach Geräuschen. Immer noch keine. Jetzt musste er es wagen.

Es war nicht weit bis zu seinen Klamotten, die die Frau in Panik unter das Bett geschoben hatte, als sie die Wohnungstür hörte. Er konnte den schwarzen Pullover aus Lammwolle sehen, die Hose, die darunter hervorlugte. Eine Socke schien sich verselbständigt zu haben und lag gefährlich nah an der Bettkante. Die andere Socke und seine Unterhose glänzten dagegen durch Abwesenheit.

Auch wenn es nicht möglich war, den ganzen Weg bis zur Tür zu gelangen, ohne entdeckt zu werden, so wäre er doch immerhin bald angezogen. Die Nacktheit machte alles nur noch schlimmer. Auf allen vieren krabbelte er aus seinem Versteck. Es tat gut, sich zu bewegen, und war zugleich schmerzhaft. Sein rechtes Bein war von der Pobacke abwärts eingeschlafen, und es kribbelte im Oberschenkel, als er über den Dielenboden kroch. Die Kleider lagen ein ganzes Stück unter dem niedrigen Bett, und er passte nicht darunter. Er presste seine Wange gegen die Bettkante, streckte den Arm, so weit er konnte, und tastete umher. Seine Finger hatten gerade den Wollpullover zu fassen bekommen, als er draußen im Flur Schritte hörte. Blitzschnell versuchte er, im Rückwärtsgang wieder zum Schrank zu gelangen, aber die Person im Flur war bedeutend schneller.

Und das Letzte, was sie sehen wollte, war ein nackter Mann mit einem schwarzen Wollpullover in der Hand auf dem Dielenboden. Hektisch versuchte sie, ihn wieder in den Schrank zurückzuscheuchen. Aus ihren Augen leuchtete pure Irritation.

Husch, husch! Hinein mit dir! Versteck dich!, schien sie ihm sagen zu wollen.

Sebastian merkte, wie er allmählich sauer wurde. Er wollte einfach nur aufstehen, sich auf seine zwei Beine stellen und wieder Mensch werden.

Im nächsten Moment ertönte Oves Stimme: «Hast du mein Ladegerät gesehen?»

Die Frau drehte sich hastig in die Richtung um, aus der die Stimme kam.

«Nein. Wo hattest du es denn zuletzt abgelegt?», zwitscherte sie, während sie Sebastian gleichzeitig mit immer wilderen Gebärden anzutreiben versuchte.

«Im Schlafzimmer. Ich werde es gleich mal suchen. Das Handy sollte wohl besser aufgeladen sein, falls die Polizei noch mal anruft.»

Sie hörten beide gleichzeitig, wie Ove sich dem Schlafzimmer näherte.

Sebastian robbte blitzschnell in den Schrank zurück und schob lautlos die Tür hinter sich zu. Helen oder vielleicht auch Helena stürmte in das Zimmer und begann zu suchen.

«Ich mach das schon! Bleib du nur sitzen!» Immer noch in diesem übertriebenen Singsang.

Durch den kleinen Schlitz in der Schranktür sah Sebastian, wie sie zur Steckdose neben dem ungemachten Bett sprang und den kleinen weißen Stecker herauszog. Sie kam ihrem Mann in der Türöffnung entgegen und hielt ihm zufrieden das Ladegerät hin. «Hier ist es!»

Er nahm es entgegen und lächelte sanft. «Ich weiß, du findest das albern. Aber es ist so spannend! Gruselig, aber auch spannend, und endlich stehe ich ausnahmsweise auch mal ein bisschen im Mittelpunkt.»

Plötzlich drang ein Geräusch unter dem Bett hervor. Ein regelmäßiges, rhythmisches Brummen. Sebastian verstand sofort, was es war. Ein Handy mit Vibrationsalarm.

Sein Handy.

In seiner Hosentasche.

Unter ihrem Bett.

Sebastian bildete sich ein, die Panik der Frau an der Tür förmlich spüren zu können. Das Telefon brummte weiter. Sie war wie gelähmt. Dann sah sie nervös zum Schrank hinüber.

Einmal. Zweimal.

Sieh mich nicht an, dachte Sebastian. Du darfst doch nicht wissen, dass ich hier bin.

Aber sie hatte sich offenbar nicht unter Kontrolle. Ihr Blick wanderte immer wieder zu dem kleinen Spalt in der Tür zurück, als könnte der Mann dort drinnen das Geräusch zum Verstummen bringen.

«Das muss dein Handy sein», sagte Ove lächelnd. «Willst du nicht drangehen?»

«Doch, doch. Ich wusste nur nicht, dass es hier ist. Es muss irgendwie hinter das Bett gefallen sein», presste sie hervor. Ove nickte und schlenderte davon. Sie starrte ihrem ahnungslosen Gatten hinterher. Sebastian versuchte zu begreifen, was gerade passiert war.

Konnte es wirklich so einfach sein? Waren sie tatsächlich noch einmal davongekommen?

Unter allen wahrscheinlichen Szenarien, die in Sebastians Kopf aufgetaucht waren, war dieses gar nicht erst dabei gewesen. Es wirkte in keiner Weise realistisch. Aber genau das war passiert. *Es war wahr.*

Mit schnellen Schritten kam die Frau ins Schlafzimmer, beugte sich unter das Bett und zog hastig Sebastians Sachen hervor. Sie stand auf, öffnete die Schranktür und warf sie hinein oder besser gesagt direkt auf ihn.

Dann beugte sie sich vor und flüsterte: «Wehe, du zerstörst mein Leben. Du rührst dich nicht von der Stelle, ehe ich ihn irgendwie aus der Wohnung bekommen habe!»

Dann drehte sie sich um und verließ den Raum.

Sebastian sah ihr einen Moment nach, ehe er sich ein wenig mühsam anzog. Die eine Socke fehlte noch immer.

Nachdem er ansonsten fertig bekleidet war, nahm er sein Handy aus der Hosentasche und stellte den Vibrationsalarm aus.

Ein entgangener Anruf.

Ursula.

Ach ja, sie hatten sich doch heute früh treffen wollen, um die Frau des Ermordeten zu der Überwachungskamera und ihrer Position zu befragen.

Die Kamera.

Nicht realistisch.

Aber es war wahr.

Plötzlich begriff Sebastian, dass Ursula und er denselben Fehler begangen hatten, der auch ihm selbst gerade unterlaufen war. Sie hatten die Situation nicht aus der richtigen Perspektive betrachtet, sondern in ihrer eigenen verharrt. Genau wie Ove nicht auf die Idee kam, dass das vibrierende Telefon jemand anderem gehörte als seiner Frau, hatten die Täter sich nicht vorstellen können, dass es in dem Laden eine Kamera gab.

Er erinnerte sich an die Videosequenz, in der die plötzliche Unsicherheit deutlich wurde. Die Männer dort drinnen hatten beide einen kurzen Blick ins Lager geworfen. Zwei oder drei Mal.

Genau wie Oves Frau gerade den Schrank angestarrt hatte.

Irgendjemand hatte ihnen erklärt, wo die Kamera war.

Jemand, der im Lager stand, außerhalb des gefilmten Bereichs.

Ursula fühlte sich gut vorbereitet und hatte nicht vor, noch länger auf Sebastian zu warten. Sie sah zu der blonden Frau hinüber, die ein Stück entfernt stand und wartete. Wenn er nicht an dieser Befragung teilnehmen wollte, musste er das selbst wissen. Schließlich war es zu seinem eigenen Nachteil. Ihr Telefon piepste. Eine SMS.

Kannst du jemanden in die Ljunggatan 32 schicken, um Ove Wiktorsson zur Befragung abzuholen? Seb

Irritiert tippte Ursula eine schnelle Antwort.

Warum das denn? Er sollte doch erst am Nachmittag wiederkommen.

Sebastian antwortete genauso schnell.

Er kam früher als gedacht.

Ursula starrte auf die fünf Worte. Das konnte doch nicht wahr sein! Oder? Bei normalen Menschen wäre ihr dieser Gedanke gar nicht erst gekommen. Aber wenn es um Sebastian ging, hatte sie gelernt, immer vom Extremen und Undenkbaren auszugehen. Sie erinnerte sich daran, wie offen die Frau gestern mit Sebastian geflirtet hatte, als sie Ove sprechen wollten. Es musste so sein. Woher sollte Sebastian sonst wissen, dass Ove früher nach Hause gekommen war?

Sie sah erneut zu der blonden Frau am Ende des Korridors hinüber. Es gab so vieles, was Ursula Lena Hansson fragen wollte. Und jetzt war Sebastian dabei, ihre soeben gewonnene Konzentration zu zerstören.

Lena Hanssons Geburtsurkunde hatte ein Detail enthalten, das die Begegnung mit ihr bedeutend interessanter machte. Sie war als Lena Kraweski in Polen geboren worden. Im Alter von sechzehn Jahren war sie von dort weggezogen. Vielleicht war das auch reiner Zufall, aber in der jetzigen Lage war es eine Spur, die sie unmöglich außer Acht lassen konnten. Ein Auto mit polnischem Kennzeichen vor dem Laden ... Vielleicht hatte Lena noch mehr Verbindungen in ihr Heimatland. Sie war von einer trauernden Ehefrau zur Verdächtigen geworden.

Ursulas Handy piepste noch einmal.

Bitte ...

Ursula seufzte. Warum konnte Sebastian nicht so sein wie andere Kollegen? Sie antwortete erneut, ehe sie auf die wartende Lena zuging.

Eine kurze Nachricht.

Sehr kurz.

NEIN!

Torkel stand neben dem beigefarbenen Kleintransporter und warf einen Blick in den Laderaum, der mit Sachen voll beladen war. Vermutlich wertvollen Antiquitäten. Er kannte sich auf diesem Gebiet nicht aus, gründete seine Annahme jedoch auf zwei Feststellungen:

1. Das Zeug sah alt aus.

2. Es handelte sich um Diebesgut.

Die Möbel wurden hin und wieder von Fotoblitzen erleuchtet. Die beiden Männer mit den weißen Overalls und den Einweghandschuhen, die das Auto untersuchten, machten ein Foto, verschoben einige Möbelstücke, räumten ein neues frei, machten ein weiteres Foto.

Torkels Telefon klingelte. Ursula.

Er meldete sich und entfernte sich langsam von dem Auto.

«Lena Hansson wurde in Polen geboren», sagte Ursula sofort.

«Aha.»

Torkel beobachtete eine riesige Sturmmöwe, die sich auf dem Dach des Zollhauses niederließ. Sie schien das Geschehen an dem Auto mit großem Interesse zu verfolgen. Vielleicht hoffte sie darauf, dass die weiß gekleideten Männer gleich einen Proviantkorb hervorholen würden und etwas für sie abfiele. Torkel konnte Sturmmöwen nicht leiden. Es hatte irgendetwas mit ihrer Größe und ihren toten Augen zu tun. Sie schienen zu allem fähig. Die Hooligans der Vogelwelt.

«Lena ist hierhergezogen, als sie sechzehn war», fuhr Ursula fort, «aber ihr jüngerer Bruder wohnt noch in Polen.»

«Aha.»

«Er wurde vor vier Monaten aus dem Gefängnis entlassen. Dort saß er wegen bewaffneten Raubs und Körperverletzung.»

«Heißt er zufällig Woytec Kraweski?», fragte Torkel, den Blick noch immer auf die Riesenmöwe gerichtet.

Schweigen im Hörer. Torkel konnte sich genau vorstellen, wie Ursula selbst darauf zu kommen versuchte, woher er diese Information hatte. Aber schließlich musste sie doch aufgeben und ihn fragen: «Woher wusstest du das?»

«Der Zoll hat ihn und seinen Bruder heute früh um fünf geschnappt, als sie die erste Fähre nach Danzig nehmen wollten. Deshalb bin ich hier.»

Inzwischen hatte die Möwe wohl eingesehen, dass die Männer im Overall nicht vorhatten, auf dem Parkplatz der Zollverwaltung ein zweites Frühstück einzunehmen, und hob mit langsamen Flügelschlägen vom Dach ab. Torkel folgte ihr mit dem Blick, bis sie außer Sichtweite war. Man konnte nie wissen; womöglich käme sie auf die Idee, ihren Frust über die entgangene Mahlzeit an einem unschuldigen Kriminalkommissar auszulassen.

«Ihr habt die gestohlenen Sachen gefunden?»

Schwang da ein Hauch von Enttäuschung in Ursulas Stimme mit? Das wäre merkwürdig. Es sah ihr eigentlich nicht ähnlich, zu schmollen, weil sie nicht diejenige war, die die entscheidenden Anhaltspunkte beisteuerte oder die endgültigen Schlüsse zog. Sie wusste genau, dass sie in diesem Team unersetzlich war. Torkel sah wieder zu dem vollbeladenen Auto hinüber.

«Scheint so, ja.»

«Auch die Mordwaffe?»

«Schwer zu sagen. Ich sorge dafür, dass dir alle Fotos, die wir hier machen, zugeschickt werden. Dann kannst du sie durchsehen und sagen, was du dazu meinst.»

«Klar. Gut.»

Eine kurze Pause entstand. Torkel überlegte eine Sekunde, ob er das Telefonat beenden sollte, bis er darauf kam, was die Ursache für Ursulas Gereiztheit sein musste.

Sebastian Bergman.

Torkel hatte ihn nur deshalb mit nach Hässleholm genommen, weil er die Gelegenheit dazu gehabt hatte. Nicht weil Sebastian wirklich gebraucht wurde. Es war klar, dass Sebastian Bergman seine Wut darüber früher oder später an demjenigen ausließ, der gerade in der Nähe war. In diesem Fall Ursula.

«Ist Sebastian schon aufgestanden?», fragte Torkel mit einer möglichst neutralen Stimme. Obwohl er keine Ahnung hatte, was sein Mitarbeiter diesmal angestellt hatte, verschlechterte sich seine Laune bereits.

«Ja, ich glaube schon.»

«Aber er ist nicht bei dir?»

«Nein.»

«Was macht er denn dann?»

Wieder entstand ein kurzes Schweigen, aber diesmal hätte Torkel schwören können, dass in Ursulas Stimme ein Lachen mitschwang, als sie schließlich antwortete.

«Er leidet, hoffe ich.»

Und mit diesen Worten legte Ursula auf und hinterließ Torkel sprachlos.

Sebastian litt wirklich dort, wo er saß. Nicht nur, weil es unmöglich war, auf dem zugigen Fußboden eine bequeme Sitzhaltung einzunehmen. Ove Wiktorsson schien zu allem Überfluss auch noch ein Mann mit ernsthaften Konzentrationsschwierigkeiten zu sein. Immer wenn es draußen eine Weile lang still war und Sebastian überlegte, ob er aus dem Schrank schlüpfen und zur Schlafzimmertür schleichen sollte, um sich einen Eindruck vom Grundriss der Wohnung zu verschaffen, kam Ove vorbeigelaufen. Mal ging er zur Toilette, mal in die Küche, um sich ein Glas Wasser zu holen, mal zum Fenster, um einen Blick auf das Vogelhäuschen zu werfen. Oder er drehte einfach nur eine Runde durch die Wohnung. Helen/Helena hatte noch zweimal angeregt, einen Spaziergang zu machen, und Ove hatte es zweimal abgelehnt. Sebastian konnte beileibe nicht verstehen, warum. Dieser Kerl schien doch einen unstillbaren Bewegungsdrang zu haben. Wie überstand er bloß einen normalen Arbeitstag? War Wirtschaftsprüfer etwa keine sitzende Tätigkeit?

Vor zehn Minuten hatte Ove dann unbedingt etwas im Videotext nachsehen müssen, aber anschließend war es wieder ruhig gewesen. Sebastian wollte gerade einen neuen Versuch wagen, den Schrank zu verlassen, als es an der Tür klingelte. Er sank wieder auf den Boden und stieß einen stummen Fluch aus, während er hörte, wie Ove sich bereit erklärte, an die Tür zu gehen. Kurz darauf wurde der Schlüssel umgedreht und der Türgriff heruntergedrückt, und Ove sagte in einem so fragenden Ton «Hallo?», dass die Begrüßung automatisch auch die Frage «Wer sind Sie?» implizierte.

«Hallo, mein Name ist Ingrid Bondesson, ich komme von der Polizei in Hässleholm», begann der Gast, und Sebastian sah in

Gedanken vor sich, wie sie ihm die Hand hinstreckte. Er lehnte sich lächelnd zurück. Vergaß auf der Stelle sein taubes Bein und seinen steifen Rücken. Ursula hatte ihm also doch geholfen. Ihre abschlägige Antwort in Versalien war nur ein Warnschuss gewesen.

Eine Machtdemonstration.

Ein Ausdruck von Missbilligung.

Egal. Jetzt, wo es wirklich drauf ankam, war auf sie Verlass. Ingrid Bondesson von der Polizei Hässleholm war da, und schon in Kürze wäre Ove Wiktorsson endlich aus der Wohnung verschwunden. Mühsam richtete Sebastian sich auf und ging in die Hocke, bereit, die Schiebetür aufzureißen und hinauszuspringen, sobald die Gelegenheit kam. Er hatte sich so sehr darauf eingestellt, dass seine Gefangenschaft bald ein Ende hätte, dass er zunächst gar nicht verarbeiten konnte, was er Ingrid Bondesson draußen im Flur sagen hörte: «Kann ich reinkommen und Ihnen ein paar Fragen stellen? Es geht um den Raubmord im Antiquitätenladen letzte Woche.»

Sebastian erstarrte. Hereinkommen und Fragen stellen? Was zum Henker machte die da? Ove sollte weg! Er sollte auf dem Präsidium verhört werden. Wie konnte man einen so einfachen Auftrag nur missverstehen?

Die einfache Antwort lautete: Man konnte ihn nicht missverstehen.

Sebastian sank erneut auf den Boden. Ursula hatte alles begriffen. Ihre SMS war tatsächlich ein Ausdruck von Missbilligung gewesen. Aber erst jetzt demonstrierte sie wirklich ihre Macht. Ingrid Bondesson war sich dessen gar nicht bewusst, aber sie war eine deutliche Botschaft von Ursula an Sebastian: «Ich weiß, was du getan hast, und ich kann das nicht gutheißen!»

Draußen in der Küche begann Ingrid Bondesson inzwischen, Fragen zu stellen, die Ove ausführlich beantwortete. Aber Sebastian hörte nur mit halbem Ohr hin. Ursula wusste genau, was los war. Und wenn sie es Torkel erzählte, täte Sebastian besser daran, nie wieder aus dem Schrank hervorzukommen.

Die Bilder aus Trelleborg waren da. Als Ursula sie zum ersten Mal durchblätterte, fiel ihr unter dem Diebesgut unmittelbar nichts auf, was als potenzielle Mordwaffe in Frage kam. Zwar waren einige schwere Gegenstände darunter, aber die meisten hatten scharfe, flache Kanten, und im Obduktionsbericht war von stumpfer Gewalt die Rede gewesen. Außerdem hätten deutliche Reste von Blut und Haaren darauf sichtbar sein müssen. Ursula konnte sich nur schwer vorstellen, dass die Täter sich die Zeit genommen hatten, die Waffe zu reinigen. Denn dann hätten sie damit gerechnet, gefasst zu werden, und Ursulas Erfahrung nach war dieser Gedanke den zumeist selbstsicheren, jungen, männlichen Bandenmitgliedern in der Regel völlig fremd.

Sie sah die Bilder erneut durch. Und noch einmal. Hielt inne. Grübelte und betrachtete das Material erneut.

Das, was man nicht sah, war mitunter genauso interessant wie das, was man direkt vor Augen hatte.

Sie stand vom Computer auf und ging direkt zu dem Tisch unter dem Whiteboard, wo ihre Ermittlungsergebnisse übersichtlich präsentiert waren, mit einer Zeittafel und Pfeilen zwischen den einzelnen Bildern und Stichpunkten. Schnell fand sie auf dem Tisch den richtigen Ordner, schlug ihn auf und blätterte darin, während sie sich wieder zum Computer begab. Sie setzte sich davor und nahm eine Liste aus dem Ordner. Es waren Lena Hanssons Angaben darüber, welche Stücke bei dem Einbruch aus dem Laden verschwunden waren. Es seien knapp dreißig Stück gewesen, hatte Lena gesagt, aber vielleicht habe sie ja auch etwas übersehen. Schließlich habe ihr Mann Überstunden gemacht, um die Neuerwerbungen aus einer Wohnungsauflösung auszupacken, als er überfallen worden sei. Was davon möglicherweise gestohlen worden sei, wisse sie natürlich nicht, hatte sie erklärt.

Ursula fuhr mit dem Finger die Liste hinab. Stoppte bei «Teppich, Kashmar, 398 × 290 cm. Mittiges Emblem auf blauem Hintergrund. Durchgehendes, stilisiertes Muster von Blumen und Blattwerk».

Ursula prüfte sicherheitshalber noch einmal die Bilder, die man ihr geschickt hatte, obwohl sie es bereits wusste: In dem Auto hatte es keinen Teppich gegeben.

Sie ging die Liste weiter durch.

Stutzte erneut. «Tischpenduluhr, erste Hälfte des 19. Jahrhunderts. Vergoldet, gerade Form. Aufgesetzte Öllampe und weitere Details. 31 × 12 × 41 cm.»

Zwar hatte sie auf den Fotos einige Uhren gesehen, aber keine vergoldete in dieser Größe. Natürlich konnten die Diebe einen Teil der Ware bereits in Schweden verkauft haben, aber das schien eher unwahrscheinlich. Und jetzt hatte Ursula vor, dem Wahrscheinlichen nachzugehen. Sie blätterte weiter in dem Ordner, bis sie schließlich fand, was sie suchte. Nahm ihr Telefon und wählte eine Nummer. Als sie eine knappe Viertelstunde später auflegte, war sie im Bilde.

«Ich habe mit Ihrer Versicherungsgesellschaft telefoniert», sagte Ursula zu Lena Hansson, die ihr nun erneut in dem kleinen Raum auf der Polizeistation von Hässleholm gegenübersaß. Sie wartete auf eine Reaktion, doch es kam keine. Also fuhr sie fort: «Vor mehr als einem Monat haben Sie den Versicherungswert um rund 150 000 Kronen erhöht, weil sie einige wertvolle Antiquitäten ins Sortiment genommen hatten.»

Sie hielt inne, um Lena die Möglichkeit zu geben, diese Behauptung zu kommentieren. Aber die Frau auf der anderen Seite des Tischs schwieg noch immer. Ursula betrachtete sie. Nichts in Lenas Gesicht verriet, dass die soeben gehörten Informationen irgendeine Bedeutung für sie besaßen. Es war an der Zeit, den Druck zu erhöhen.

Ursula schob ihr eine Liste über den Tisch.

Eine kurze Liste.

Nur fünf Punkte.

Fünf Gegenstände.

Lena warf einen kurzen Blick darauf und sah dann wieder Ursula an, mit einem Blick, der zwischen Verständnislosigkeit und Desinteresse schwankte.

«Diese fünf Gegenstände haben Sie nach dem Einbruch als gestohlen gemeldet», sagte Ursula und tippte mit dem Zeigefinger auf das Papier. «Aber sie befanden sich nicht unter dem Diebesgut, das wir in dem Wagen der Täter gefunden haben.»

Zum ersten Mal reagierte Lena merkbar. Sie zuckte zusammen, holte Luft, als wollte sie etwas sagen, hielt dann aber inne. Kontrolliert ließ sie die Luft durch die Nasenlöcher entweichen und nahm wieder ihre ursprüngliche Sitzhaltung ein. Mit dem einzigen Unterschied, dass sie ihr Gegenüber nicht länger ansah.

Ursula fiel plötzlich ein, dass Lena gar nichts von dem Auto wissen konnte.

«Ach ja», erklärte sie mit einer möglichst neutralen und informativen Stimme. «Wir haben das Auto gefunden und zwei Männer verhaftet, die verdächtig sind, den Einbruch begangen und Ihren Mann ermordet zu haben.»

Dann schwieg sie. War es reine Einbildung, oder wirkte Lena jetzt angespannt – als stellte sie sich auf schlechte Nachrichten ein? Ursula wollte sie nicht enttäuschen.

«Der eine ist Ihr Bruder, der andere Ihr Cousin.»

Lena sank auf dem Stuhl zusammen. Es war, als würde alle Kraft aus ihr entweichen. Ihre bisherige Hoffnung, die zwar immer kleiner geworden war, je mehr Ursula erzählt hatte, die sie jedoch immer noch aufrecht erhalten hatte, war nun vollkommen verschwunden. Sie war noch immer stumm. Aber jetzt brauchte sie auch nichts mehr zu sagen. Ihre Körperhaltung verriet, dass alles verloren war.

Ursula lehnte sich zurück.

«Ich werde Ihnen jetzt einmal sagen, was ich glaube. Sie können mich ja korrigieren, wenn ich falschliege», fuhr sie mit einer gewissen Härte in der Stimme fort. «Ihr Mann und Sie hatten vor, die Versicherung zu betrügen. Sie geben an, dass Sie einige wertvolle Gegenstände hinzubekommen hätten, erhöhen den Versicherungswert, und als Ihr Bruder aus dem Gefängnis entlassen wird, überreden Sie ihn dazu, einen Einbruch zu fingieren, damit Ihnen die Summe ausbezahlt wird.»

Ursula machte eine Pause, um Lena die Gelegenheit zu geben, sich zu äußern. Sich zu erklären und zu verteidigen. Aber die blonde Frau hatte anscheinend beschlossen, so wenig wie irgend möglich zu sagen. Ursula nahm einen Schluck Wasser und stand auf.

«Damit das alles nur einen Monat nach dieser Erhöhung nicht zu verdächtig erscheint, begehen Ihr Bruder und Ihr Cousin zuerst zwei andere Einbrüche, einen in Malmö und einen in Varberg. Es soll den Eindruck erwecken, dass sie auf Einbruchstour sind und Tords Laden die dritte Station ist.»

Ursula ging um den Tisch und stellte sich hinter Lena. Sie betrachtete die zusammengesunkene Frau, die völlig reglos dasaß, den Kopf gesenkt, den Blick auf die Tischplatte geheftet.

«Aber irgendwas läuft schief, als Ihr Mann auf dem Boden liegt. Irgendetwas führt dazu, dass einer von Ihnen zweiundzwanzig Mal auf ihn einschlägt, mit einem stumpfen Gegenstand, den Sie anschließend mitnehmen.»

Ursula stützte sich mit einer Hand auf den Tisch neben Lena und beugte sich vor. Sie kam näher und senkte die Stimme.

«Das ist das Einzige, was wir nicht wissen, Frau Hansson. Warum Sie ihn umgebracht haben. Helfen Sie uns.»

Jetzt bewegte Lena sich. Sie schüttelte den Kopf. Langsam, fast unmerklich. Dann drehte sie sich zu Ursula um, und Ursula registrierte zwei Dinge: Lenas Atem roch nach Rauch. Und ihr liefen die Tränen die Wangen hinab. Ursula hatte nicht einmal gehört, dass sie zu weinen begonnen hatte. Aber jetzt hörte sie Lenas Stimme, die ungewohnt fest und bestimmt klang.

«Als wir gegangen sind, hat er gelebt.»

Sie sagte es zweimal, als ob die Wiederholung ihr helfen würde.

Sebastian sah einen eingehenden Anruf auf dem Display seines stummgeschalteten Handys und nahm ab. Er kam nicht einmal dazu, etwas zu flüstern, ehe Ursula einen zufriedenen Monolog einleitete. Lena Hansson habe gestanden. Zwar nicht den Mord, aber einen Versicherungsbetrug. Sie sei während des Einbruchs mit ihrem Bruder und dem Cousin im Laden gewesen. Habe behauptet, dass Tord noch am Leben gewesen sei, als sie den Laden verlassen hatten. Aber es sei wohl nur eine Frage der Zeit, bis sie auch den Mord gestehen würde, glaubte Ursula. Solange sie nur die Mordwaffe fanden. Ursula war gerade mit einem Durchsuchungsbeschluss auf dem Weg zum Haus der Hanssons.

«Ich habe schon verstanden, dass du keine Lust hattest, hierherzukommen. Aber eigentlich haben wir dich ja auch nicht gebraucht», schloss sie ihren Bericht nicht ohne Schadenfreude in der Stimme.

«Das muss ein erhebendes Gefühl für dich sein», flüsterte er trocken.

«Ja, in der Tat. Wo steckst du eigentlich? Unter einem Bett? Hinter einem Sofa? In einem Kleiderschrank?»

Sebastian hörte, wie sie ein Lachen unterdrücken musste.

«Hast du es Torkel erzählt?», erkundigte er sich und kniff die Augen zusammen, während er auf die Antwort wartete.

«Nein. Findest du, ich sollte das tun?»

«Ich finde, du hast mich schon genug gequält», antwortete Sebastian. «Diese Bondesson vorbeizuschicken, um Ove in der Küche zu verhören, war ein deutliches Zeichen. Ich habe kapiert, was du denkst. Die Botschaft ist angekommen. Kannst du mich jetzt endlich befreien?»

«Ich habe niemanden geschickt, und Bondesson schon gar nicht, die ist krankgeschrieben», erwiderte Ursula. «Und weißt du, was, ich habe auch nicht vor, jemanden zu schicken. Wie man sich bettet …»

Sprach sie und legte auf. Sebastian starrte auf sein Handy. Als hoffte er, dass ihm das leblose Ding eine Antwort auf seine Frage geben würde. Etwas, das erklärte, was er da gerade gehört hatte.

Warum sollte eine krankgeschriebene Polizistin einen Hauptzeugen befragen, wenn sie nicht von Ursula geschickt worden war? Dass der hiesige Kommissar – den selbst Sebastian für kompetent hielt – sie geschickt hatte, schien unwahrscheinlich.

Sebastian rief sich noch einmal Bondessons Befragung des Hauptzeugen in Erinnerung. Er hatte nicht genau zugehört, was dort draußen in der Küche gesprochen worden war. Aber je mehr er darüber nachdachte, desto unausgewogener kam ihm die Vernehmung vor. Einseitig. Bondesson hatte sich bei einigen Aspekten zu sehr aufgehalten und andere vollkommen ignoriert. Sie suchte eigentlich keine Antworten, sondern nur eine Bestätigung.

Er erkannte das Muster.

So verhörte man einen Zeugen, wenn man mehr wusste als er.

Sebastian wurde aus seinen Gedanken gerissen, als er draußen im Flur jemanden hörte. Er lugte durch den Spalt hinaus und sah Helen/Helena vorbeigehen. Sie wirkte gestresst. Genau genommen war sie ebenfalls eingesperrt. Sie hatte mehr Auslauf, aber das war auch der einzige Unterschied.

Sebastian beschloss, die Gelegenheit zu nutzen, denn er konnte wohl kaum zu einem noch größeren Problem werden, als er ohnehin schon darstellte. Also schob er die Tür auf und zischte ihr so leise wie möglich zu. «Pst! Pssst!»

Von Panik ergriffen starrte sie erst ihn an, dann in den Flur in

Richtung ihres Mannes, dann wieder zu Sebastian, der sich bemühte, so freundlich und normal zu wirken wie möglich, als er den Kopf aus dem Schrank steckte.

«Hast du einen Laptop, den ich mal kurz benutzen kann?»

Sie sah ihn mit einem Blick an, aus dem die blanke Angst sprach. Machte ein paar schnelle Schritte ins Schlafzimmer.

«Bitte, halt doch den Mund …!»

«Einen Computer, du weißt schon», beharrte er flüsternd. «Ich muss was im Internet recherchieren.»

Erst glaubte er, sie würde gleich auf ihn losgehen. Vermutlich tat sie es nur deshalb nicht, weil sie fürchtete, dass es zu viel Lärm machen würde. Stattdessen blieb sie kurz stehen und seufzte, ehe sie nach draußen verschwand.

Eine halbe Minute später kam sie mit einem kleinen Powerbook zurück und streckte es ihm mit einer Miene hin, die unmissverständlich sagte, dass er im Gegenzug ab sofort mucksmäuschenstill sein musste. Doch schon im nächsten Moment brach er dieses implizite Versprechen.

«Kannst du ihn auch für mich einschalten? Falls es ein Passwort oder so was gibt … Ich kenne mich mit Computern überhaupt nicht gut aus.»

Mit Händen, die vor Zorn zitterten, öffnete sie den Laptop und drückte auf eine Taste. Er surrte leise, und der Bildschirm leuchtete sofort auf.

Sebastian nahm den Rechner und versuchte sich an einem dankbaren Nicken, das jedoch unerwidert blieb.

«Du, noch was, meine Schuhe, wo hast du die eigentlich gelassen?»

Doch Helen/Helena verließ einfach das Zimmer und schloss die Tür hinter sich. Jetzt konnte er nicht einmal mehr hören, was draußen vor sich ging. Sebastian schob die Tür ganz zu. Durch das Licht des Monitors war es hier drinnen geradezu gemütlich, und die zwei geschlossenen Türen zwischen ihm und Ove gestatteten

Sebastian, sich ein wenig zu entspannen. Er machte es sich, so gut es ging, bequem. Begann mit dem Personalregister der Reichspolizei. Zehn Minuten und einige Recherchen später starrte er auf die Informationen, die er entdeckt hatte.

Sie waren ausgesprochen interessant.

Ursula war gut.

Aber Sebastian Bergman war besser. Obwohl er in einem Damenkleiderschrank gefangen war.

Sie saßen in dem engen Verhörraum in der Polizeistation von Hässleholm, wo zuvor Ursula und Lena gesessen hatten. Ingrid Bondesson auf der einen Seite, Ursula und Torkel auf der anderen. Zwischen ihnen auf dem Tisch lag Ursulas Handy neben dem eingeschalteten Aufnahmegerät. Ingrid Bondesson, eine brünette Mittvierzigerin mit einem runden, freundlichen Gesicht, sah müde und mitgenommen aus. Skeptisch beäugte sie das Telefon.

«Ich verstehe nicht ganz ... ist da noch jemand am Telefon?»

«Ja, unser Kriminalpsychologe Sebastian Bergman», antwortete Ursula nickend. «Er kann leider nicht persönlich hier sein. Aber wir hätten trotzdem einige Fragen an Sie.»

Ingrid nickte. «Es ist schrecklich, was passiert ist.»

Aus dem Hörer drang ein leises Flüstern. Niemand verstand etwas.

«Ich glaube, er will sich bedanken, dass sie trotzdem gekommen sind. Trotz der Krankschreibung», sagte Ursula lächelnd und stellte den Ton des Handys lauter.

«Ich wollte helfen, wo ich nur konnte», erwiderte Ingrid.

«Damit würden wir auch gern anfangen», sagte Ursula und beugte sich ein wenig vor. «Wir haben erfahren, dass Sie heute den Zeugen Ove Wiktorsson vernommen haben.»

Ingrid versuchte sich ein Lächeln abzuringen. Ganz offensichtlich hatte sie damit nicht gerechnet. Ihre Atmung wurde ein wenig schwerer.

«Vernehmen würde ich es nicht nennen.»

«Aber Sie waren bei ihm zu Hause, oder?», drang es flüsternd aus dem Telefon. «Und haben ihm Fragen gestellt?»

«Ja, aber ich bin ja krankgeschrieben, sodass ich formal nichts mit dieser Ermittlung zu tun habe. Ich wollte eher sehen, wie es ihm ging. Mehr so privat.»

«Also kennen Sie Wiktorsson näher?», hakte Torkel ein.

Er war gereizt, und das hörte man ihm auch an. Eigentlich sollte er als verantwortlicher Ermittler den Überblick über diesen Fall haben. Stattdessen fühlte er sich übergangen und musste fieberhaft seine eigene Rolle in alledem suchen. Ursula hatte sich außerdem nicht klar dazu geäußert, wo Sebastian steckte. Das würde sie später erklären, hatte sie gesagt. Aber irgendetwas an ihrem Tonfall hatte Torkel verraten, dass er nie erfahren würde, wo sich Sebastian Bergman aufhielt und warum er in sein Handy flüsterte. Ursula war Sebastian gegenüber loyaler, als sie es selbst zugeben würde, das wusste Torkel. Besonders wenn er, so wie jetzt, mit neuen Erkenntnissen zu dem Fall beitrug. Solange man etwas leistete, konnte die pragmatische Ursula über vieles hinwegsehen.

Ingrid starrte beschämt auf den Tisch. «Nein. Eigentlich kenne ich Wiktorsson nicht … Es war dumm von mir. Aber dieser Mord hat mich ziemlich aus der Fassung gebracht. Ich habe irgendwie nicht logisch gedacht.»

Aus dem Telefon war ein Zischeln zu hören. «Es gibt so einiges, was Sie vergessen haben uns zu erzählen, nicht wahr?»

Ingrid wusste zunächst nicht, wen oder was sie ansehen sollte, und entschied sich fürs Telefon. «Wie meinen Sie das?»

«Ich glaube, Sebastian meint, dass Sie mit dem Ermordeten verwandt sind. Das stimmt doch wohl?» Ursula lehnte sich zurück und fixierte sie. «Wir sind keineswegs dumm. Glauben Sie wirklich, dass wir nicht auf diese Verbindung gestoßen wären?»

Der letzte Satz klang richtig gut.

Obwohl er nicht richtig war.

Ohne Sebastian hätten sie vermutlich nie in diese Richtung ermittelt. Die Verwandtschaft war zu entfernt. Zu unbedeutend. Das wusste Ursula.

«Ich war schockiert. Und dann kam es mir so dumm vor, das zu erzählen. Es hatte nichts zu bedeuten, und ich hatte Angst, dass daraus eine große Sache gemacht würde.»

«Es ist eine große Sache», sagte Torkel.

«Besonders weil er nicht tot war, als Sie ihn fanden.»

Ingrid starrte auf das Handy. Sie wand sich nervös auf dem Stuhl.

«Was meinen Sie?» Ihre Stimme zitterte ein wenig.

«Ich glaube, dass Sie ihn lebend gefunden haben. Gefesselt, aber lebend», drang es aus dem Telefon.

«Wir haben Ihr Handy überprüfen lassen», ergänzte Ursula. «Sie haben um Viertel nach fünf Ihre Kollegin Eva Tonbäck angerufen und gesagt, dass Sie sich ein wenig verspäten würden. Stimmt das?»

Ingrid nickte. «Ich war zu Hause und hatte die Zeit vergessen.»

«Sie waren nicht zu Hause. Sie waren in der Storgatan, als Sie anriefen. Plus/minus 100 Meter von Tords Antiquitätenladen entfernt, darüber geben die Handymasten Aufschluss.»

Ingrid antwortete nicht. Sie starrte auf den Tisch und hoffte, dass diese Wölfe vor ihren Augen endlich verschwinden würden, wenn sie nur schwieg und sich unsichtbar machte.

Doch das würden sie nicht.

Denn jetzt hatten sie Blut gewittert.

«Sie waren dort, und er lebte. Dann sind Sie zurückgekommen, nachdem Ove Wiktorsson die Polizei wegen des Einbruchs alarmiert hatte. Als erste Polizistin am Tatort. Sie waren als erste da, weil sie in der Nähe geblieben waren.»

«Ich weiß nicht, wovon Sie reden.»

Eine Weile lang herrschte Schweigen. Sebastian wartete. Manchmal waren Pausen genauso effektiv wie Fragen.

«Ihr Chef Roland Tapper hat Sie angerufen, eine Weile bevor wir Sie hergebeten haben.»

Ingrid nickte schwach, obwohl es mehr eine Feststellung war als eine Frage.

«Er wollte Sie informieren, weil Sie das Ganze so schwergenommen haben. Und erzählte Ihnen, dass wir Lena Hansson verdächtigten, oder?», fuhr Sebastian flüsternd fort. «Erinnern Sie sich daran, was er noch gesagt hat?»

Ingrid schüttelte erneut den Kopf.

«Sagte er nicht, dass uns einzig und allein die Tatwaffe noch fehlte?»

Ingrid sah zu den anderen auf. Plötzlich erkannte sie, dass sie in eine Falle getappt war. Sie wurde leichenblass. Ursula deutete mit dem Kopf auf das Telefon. «Das war Sebastians Idee. Wir wollten sehen, wie Sie reagieren, wenn Sie das hören.»

Ingrid fand nicht einmal mehr Kraft, den Kopf zu schütteln. Wie eine kreideweiße Marmorstatue saß sie vor ihnen und starrte vor sich hin. Ursula betrachtete sie und führte Sebastians Befragung fort.

«Wir wissen, was Sie getan haben. Sie fuhren mit einer kleinen Kiste zu Lena Hansson. Und verließen das Haus anschließend ohne die Kiste. Sollen wir Ihnen erzählen, was sich darin befand? Oder möchten Sie es selbst tun?»

Ingrid machte keine Anstalten, etwas zu erzählen. Man konnte ihr nicht einmal ansehen, ob sie Ursula gehört hatte oder nicht.

«Wir haben den Hammer gefunden, den Sie in Lenas Keller versteckt haben», sagte Torkel. Das war auch schon fast das Einzige, was Ursula ihm mitgeteilt hatte, bevor sie gemeinsam den Verhörraum betreten hatten. Sie hatten technische Beweise. Und er musste einfach nur mitspielen. «Wir können beweisen, dass Sie in der Nähe des Ladens waren», fuhr er mit autoritärer Stimme fort. «Wir wissen, dass Sie Tord Hansson ermordet haben. Wir sind uns nur nicht darüber im Klaren, aus welchem Grund Sie es getan haben.»

Torkel schielte zu Ursula hinüber. Das stimmte doch hoffentlich? Dass sie kein Motiv hatten? Ursula nickte ihm zu. Ingrid sah erneut auf, sie hatte Tränen in den Augen. Sie hatte keine Kraft mehr, noch länger dagegen anzukämpfen.

«Er hat Fredrika umgebracht.»

«Ihre Tochter? In Ihrer Personalakte steht aber, dass sie sich das Leben nahm.»

«Stand da auch, warum?» Ingrid spie die Frage geradezu aus. «Er war sogar ihr Patenonkel, aber er, er …»

Offenbar brachte sie es nicht über die Lippen.

«Hat sie missbraucht?», ergänzte Ursula.

«Mehrere Jahre lang. Es hat angefangen, als sie dreizehn war. Ich wusste nichts davon. Sie hat nie etwas gesagt, aber vor einigen Wochen habe ich Fredrikas Sachen sortiert und ihre Tagebücher gefunden … Und da stand alles. Er war ein Monster.»

Alle schwiegen. Sie hatten das alles schon oft erlebt. Wenn jemand erst einmal zu erzählen begann, hörte er selten mittendrin auf. Alles brach hervor. Wichtig war nur, dass derjenige, der erzählte, das Tempo selbst bestimmen durfte.

«Ich wollte ihn nur zur Rede stellen», brach Ingrid schließlich das Schweigen. «Also bin ich in den Laden gegangen. Die Tagebücher hätten nie für eine Verurteilung ausgereicht … Ich wollte nur ein Geständnis von ihm hören.»

Eine erneute Pause. Vielleicht wurde sie durch die Weinkrämpfe verursacht, die Ingrid jetzt überkamen und immer heftiger wurden. Ursula schob ihr ein Päckchen Taschentücher zu.

«Die Hintertür war offen, also ging ich hinein. Er lag gefesselt auf dem Boden. Ich sagte ihm, weshalb ich gekommen war. Er sagte, Fredrika wäre freiwillig mit ihm ins Bett gegangen. Sie hätte es so gewollt. Hätte ihn verführt. Alles wäre ihre Schuld gewesen …»

Die Erinnerung und die Tränen ließen Ingrid erneut verstummen. Sie wollte nicht weiterreden. Ursula beugte sich über den Tisch und nahm Ingrids Hand. Ingrid begegnete ihrem Blick, sah eine andere Mutter, jemanden, der sie verstand. Sie holte tief Luft.

«Verstehen Sie? Er hat ihr die Schuld gegeben! Er sagte, dass sie es gewollt hätte. Dass sie selbst schuld gewesen sei, das hat er gesagt! Ich habe dort einen Hammer gefunden … Sie nennen es Selbstmord, aber in Wirklichkeit war er es! Er hat meine Tochter umgebracht. Mit dem, was er ihr angetan hat. Und dann habe ich einfach zugeschlagen, immer wieder …»

Ursula drückte ihre Hand.

«Warum waren Sie heute bei Wiktorsson?», fragte Torkel leise.

«Ich wollte nur herausfinden, was er gesehen hat. Er war der einzige Zeuge, den Sie hatten, und wenn er nichts gesehen hat, dachte ich mir, wäre ich noch einmal davongekommen.»

«Da ist noch eine Sache, die ich gern verstehen würde», flüsterte es aus dem Telefon. Alle im Raum schreckten auf, sie hatten Sebastian beinahe vergessen. «Warum sind Sie noch einmal als Polizistin wiedergekommen? Es wäre doch wohl besser gewesen, sich von dort fernzuhalten?»

Ingrid senkte erneut den Kopf. Ihre Antwort ließ lange auf sich warten.

«Ich hatte den Hammer vergessen.»

Ursula ließ ihre Hand los.

«Ich bin der Meinung, Sie sollten Ihren Anwalt anrufen, ehe wir die Vernehmung fortsetzen.»

Sebastian war zufrieden.

Eingesperrt, abgeschirmt, ausgeliefert. All das spielte keine Rolle. Er war trotzdem der Beste.

Sie glaubten, sie bräuchten ihn nicht.

Dass er ihnen nichts nützte.

Die Wahrheit war, dass er gar nicht an einer Ermittlung beteilig sein konnte, *ohne* einen Nutzen zu bringen. Vielleicht hatten sie es ja jetzt gelernt. Er würde jedenfalls noch lange an seine Stunden im Schrank zurückdenken, vielleicht sogar mit einem Quäntchen Wehmut.

Aber jetzt war es an der Zeit, die Sache abzuschließen.

Nicht genug, dass er den Fall gelöst hatte. Sie hatten sogar ein Geständnis. Und das machte Ove Wiktorssons Zeugenaussage vollkommen unerheblich.

Sebastian schob schwungvoll die Schranktür auf, ohne sich darum zu kümmern, ob man es im übrigen Teil der Wohnung hörte oder nicht. Er trat ins Schlafzimmer hinaus. Nicht auf allen vieren, sondern aufrecht wie ein Mann. Er ließ seinen Blick kurz über den Boden schweifen, um die zweite Socke zu finden, doch als er sie nirgends sehen konnte, beschloss er, darauf zu pfeifen. Wenn er nicht zufällig noch seine Schuhe entdeckte, würde es sowieso unangenehm kalt werden. Gut, dass kein Schnee lag, der Winter in Skåne schien nur ein tristerer Herbst zu sein. Wie auch immer, da musste er nun durch. Er ging auf die Schlafzimmertür zu, öffnete sie und schlüpfte in den Flur.

Ove entdeckte ihn zuerst. Er saß auf dem Sofa und schaute irgendeine Sportsendung im Fernsehen. Er folgte Sebastian mit einem Blick, der nichts als Erstaunen ausdrückte. Helen/Helena war in der Küche. Sie erstarrte, als sie sah, wie er zielstrebig auf die Wohnungstür zusteuerte.

«Auf die Schuhe kann ich verzichten …», presste er schnell noch in Richtung Küche hervor, ehe er die Tür öffnete und ins Treppenhaus eilte. Er schlug die Tür hinter sich zu, und als er die zweite Treppe zur Hälfte geschafft hatte, hörte er die ersten wütenden Schreie.

Es war ihm egal.

Die Frau musste die Konsequenzen tragen.

Schließlich war sie ja untreu gewesen, nicht er.

Autoren- und Quellenverzeichnis

Åke Edwardson, geboren 1953, arbeitete als Journalist und unterrichtete an der Universität, ehe er sich dem Schreiben widmete. Er gehört zu den erfolgreichsten schwedischen Krimiautoren. Seine Bücher um Kommissar Erik Winter wurden vielfach ausgezeichnet und in über zwanzig Sprachen übersetzt.

«... dann steht Lucia vor der Tür» [På vår tröskel står]. Aus dem Schwedischen von Angelika Kutsch. Originalbeitrag. Copyright © Åke Edwardson. Deutsche Übersetzung des zitierten Lucia-Liedes: Holger Gremminger.

Johan Theorin, geboren 1963 in Göteborg, ist Schriftsteller und Journalist. Seine Kriminalromane wurden mehrfach ausgezeichnet und sind in zahlreichen Ländern erschienen. Theorin lebt in Stockholm und auf Öland, wuchs jedoch in der mittelschwedischen Region Bergslagen auf, wo auch «Die letzte Reise» spielt.

«Die letzte Reise» [Hål]. Aus dem Schwedischen von Kerstin Schöps. In: *De odöda*, Bokförlaget Semic, Sundbyberg 2012, S. 7–24. Copyright © Johan Theorin.

Leena Lehtolainen, 1964 geboren, lebt und arbeitet als Autorin und Kritikerin in Degerby, westlich von Helsinki. Sie ist eine der erfolgreichsten und renommiertesten finnischen Schriftstellerinnen. 1994 erschien der erste Roman mit der Kommissarin Maria Kallio, deren Abenteuer in über zwanzig Sprachen übersetzt wurden.

«Der gestohlene Weihnachtsschinken» [Joulukinkkuvaras]. Aus dem Finnischen von Gabriele Schrey-Vasara. Originalbeitrag. Copyright © Leena Lehtolainen.

Mons Kallentoft wurde 1968 in Linköping geboren. Nach einigen Jahren in Madrid ist er in sein Heimatland zurückgekehrt und lebt nun mit seiner Familie in Stockholm. Die Bände der Krimireihe um die Ermittlerin Malin Fors aus Linköping stehen in Schweden regelmäßig an der Spitze der Bestsellerliste.

«Jenseits des Paradieses» [Bortom paradiset]. Aus dem Schwedischen von Christel Hildebrandt. Originalbeitrag. Copyright © Mons Kallentoft.

Thomas Enger, geboren 1973, studierte Publizistik Sport und Geschichte. Er arbeitete als Sportlehrer und als Online-Journalist, bevor er sich ganz dem Schriftstellerberuf widmete. Mit seiner Krimireihe um den Journalisten Henning Juul ist Enger in seinem Heimatland wie international äußerst erfolgreich. Der Autor lebt mit seiner Familie in Oslo.

«O Tannenbaum» [O jul med din vrede]. Aus dem Norwegischen von Maike Dörries und Günther Frauenlob. Originalbeitrag. Copyright © Thomas Enger.

Kristina Ohlsson, Jahrgang 1979, arbeitete im schwedischen Außen- und Verteidigungsministerium als Expertin für EU-Außenpolitik und Nahostfragen, bei der nationalen schwedischen Polizeibehörde in Stockholm und als Terrorismus-Expertin bei der OSZE in Wien.

Mit ihrem Debütroman *Aschenputtel* gelang ihr auf Anhieb der internationale Durchbruch als Thrillerautorin.

«Robert Tandem war nicht traurig» [Mannen utan sorg]. Aus dem Schwedischen von Susanne Dahmann. Originalbeitrag. Copyright © Kristina Ohlsson.

Hans Koppel wurde 1964 in Helsingborg geboren. Er hat lange als Journalist gearbeitet, bevor er sich gänzlich dem Verfassen von Romanen zuwandte. Koppel lebt heute mit seiner Familie in Stockholm. Die Thriller *Entführt* und *Bedroht* sind in deutscher Sprache im Heyne Verlag erschienen.

«Fräulein Petterssons Haus» [Frökens hus]. Aus dem Schwedischen von Lotta Rüegger und Holger Wolandt. Originalbeitrag. Copyright © Hans Koppel.

Arne Dahl, Jahrgang 1963, hat mit seinen zehn Kriminalromanen um die Stockholmer A-Gruppe eine der erfolgreichsten Krimiserien weltweit geschaffen. International mit zahlreichen Auszeichnungen bedacht, verkauften sich allein in Deutschland über eine Million Bücher mit den Ermittlern Paul Hjelm und Kerstin Holm. In Arne Dahls neuer Thrillerserie ermittelt das Opcop-Team. Dahls Werk liegt in deutscher Sprache beim Piper Verlag vor.

«Vernehmung» [Utfrågning]. Aus dem Schwedischen von Antje Rieck-Blankenburg. In: *Mord på önskelistan*, Bokförlaget Semic, Sundbyberg 2011, S. 29–41. Copyright © Arne Dahl.

Viveca Sten, geboren 1959, war Chefjuristin bei der dänischen und schwedischen Post, bevor sie sich ganz dem Schreiben widmete. Sie wohnt mit Mann und drei Kindern vor den Toren von Stockholm. Seit sie ein kleines Kind war, hat sie die Sommer auf Sandhamn verbracht, wo ihre Familie seit mehreren Generationen ein Haus besitzt. Die erfolgreichen Sandhamn-Krimis rund um Kommissar Thomas Andreasson erscheinen in deutscher Sprache im Verlag Kiepenheuer und Witsch.

«Weihnachtsmord auf Sandhamn» [Julbord i skärgården]. Aus dem Schwedischen von Dagmar Lendt. Copyright © Viveca Sten. Erschienen unter dem Titel «Ein Mord unter Kollegen» in: *Weihnachtsmord auf Sandhamn. Zwei Kurzkrimis* (ebook extra), 2012, Copyright © der deutschen Übersetzung Verlag Kiepenheuer & Witsch GmbH & Co. KG, Köln.

Olle Lönnaeus, Jahrgang 1957, wohnt in Lund und arbeitet seit über zwanzig Jahren beim Sydsvenska Dagbladet. Der Journalist hat für seine investigativen Reportagen bereits mehrere Preise erhalten. Für seinen Debütroman *Das fremde Kind* wurde Lönnaeus von der Schwedischen Krimi-Akademie mit dem renommierten Preis für das beste schwedische Krimidebüt ausgezeichnet. Lönnaeus' Romane, die in der Presse auch als «Country noir» charakterisiert werden, spielen in Skåne, im südlichsten Zipfel von Schweden.

«Die Asche» [Askan]. Aus dem Schwedischen von Sibylle Klöcker. Originalbeitrag. Copyright © Olle Lönnaeus.

Kari F. Brænne wurde 1966 in Oslo geboren. Sie studierte Kunst an der Staatlichen Norwegischen Kunstakademie sowie in Italien und an der New York Academy of Art. Zunächst arbeitete sie als bildende Künstlerin, bevor sie 2002 begann, Theaterstücke zu schreiben. 2007 debütierte sie schließlich als Buchautorin. Ihr Roman *Der Wald wirft schwarze Schatten*, eine faszinierende Mischung aus Familienroman und Thriller, wurde in mehrere Sprachen übersetzt und erhielt begeisterte Kritik.

«Schneeblind» [Snøblind]. Aus dem Norwegischen von Anne Bubenzer und Dagmar Lendt. Originalbeitrag. Copyright © Kari F. Brænne. Deutsche Übersetzung des zitierten Lucia-Liedes: Holger Gremminger.

Robert Kviby, geboren 1976, lebt in Stockholm. Er arbeitete zunächst als Softwareentwickler und war mehrere Jahre Geschäftsführer einer Medienfirma. 2012 debütierte Kviby als Autor mit dem Kriminalroman *Korrupt*. Die deutsche Ausgabe liegt im Rowohlt Taschenbuch Verlag vor.

«Abends halb zehn am Tag vor Weihnachten» [Halv tio dagen innan jul]. Aus dem Schwedischen von Lotta Rüegger und Holger Wolandt. Originalbeitrag. Copyright © Robert Kviby.

Michael Hjorth, geboren 1963, ist ein erfolgreicher schwedischer Produzent, Regisseur und Drehbuchautor. Er schrieb u. a. Drehbücher für die Verfilmungen der Romane von Henning Mankell.
Hans Rosenfeldt, Jahrgang 1964, schreibt ebenfalls Drehbücher und ist in Schweden ein beliebter Radio- und Fernsehmoderator.

Ihr gemeinsames Krimidebüt *Der Mann, der kein Mörder war* wurde ein Riesenerfolg. Das Buch erschien in zwanzig Ländern und war monatelang auf den internationalen Bestsellerlisten. Danach folgte mit *Die Frauen, die er kannte* der zweite Band der erfolgreichen Reihe um den Stockholmer Kriminalpsychologen Sebastian Bergman, die von Sveriges Television in Kooperation mit dem ZDF verfilmt wird. Der dritte Band *Die Toten, die niemand vermisst* stürmte direkt nach Erscheinen die Spitze der Bestsellerliste.

«Im Schrank» [Garderoben]. Aus dem Schwedischen von Ursel Allenstein. Originalbeitrag. Copyright © Michael Hjorth/Hans Rosenfeldt.

WUNDERLICH

Sebastian Bergmans neuer Fall

Die Bewohner von Torsby sind in Aufruhr: Das Ehepaar Carlston und seine zwei Jungen wurden brutal ermordet. Die örtliche Polizei nimmt rasch einen Verdächtigen fest, doch die Beweislage ist dünn. Daher bittet man Stockholm um Hilfe. Kommissar Torkel Höglund und sein Team von der Reichsmordkommission finden schnell heraus, dass es eine Zeugin gegeben haben muss: Nicole, Nichte der Carlstons. Ihre Fußabdrücke führen in den nahe gelegenen Wald. Und ihre Überlebenschancen schwinden stündlich. Als man Nicole endlich findet, spricht sie kein Wort. Doch sie malt Bilder. Entsetzliche Bilder. Kriminalpsychologe Sebastian Bergman kümmert sich um das traumatisierte Mädchen, sie erinnert ihn an seine eigene Tochter. Auch die Beziehung zu Nicoles Mutter wird enger. So eng, dass die beiden bei Sebastian einziehen, als jemand versucht, Nicole zu töten. Jemand, der das Mädchen für immer zum Schweigen bringen will. Jemand, der nicht aufgeben wird. Denn niemand soll erfahren, was Nicole gesehen hat.

HJORTH & ROSENFELDT

Auch als E-Book

DAS MÄDCHEN, DAS VERSTUMMTE

EIN FALL FÜR SEBASTIAN BERGMAN

WUNDERLICH

ISBN 978-3-8052-5077-1